Chinese Literature

5000 年中华智慧的结晶

148 千字浓缩中华文学的精华

构筑成一座色彩绚烂的中华文学博物馆

轻松了解辉煌灿烂的中华文学

开始一段提高文学修养与人生品位的阅读之旅

中华文学
5000年

Five
Thousand Years of
CHINESE LITERATURE

黎娜 马立荣 编著

光明日报出版社

图书在版编目（CIP）数据

中华文学 5000 年 / 黎娜 马立荣编著 .—2 版 .—北京：光明日报出版社，2005.1
（2025.1 重印）

ISBN 978-7-80145-921-3

Ⅰ . 中… Ⅱ .①黎…②马… Ⅲ . 文学史 – 中国—通俗读物 Ⅳ .J109–49

中国国家版本馆 CIP 数据核字 (2004) 第 141437 号

中华文学 5000 年

ZHONGHUA WENXUE 5000 NIAN

编　　著：黎　娜　马立荣

责任编辑：李　娟　　　　　　　　　　　　责任校对：徐为正
封面设计：玥婷设计　　　　　　　　　　　封面印制：曹　净
出版发行：光明日报出版社
地　　址：北京市西城区永安路 106 号，100050
电　　话：010–63169890（咨询），010–63131930（邮购）
传　　真：010–63131930
网　　址：http://book.gmw.cn
E – mail：gmrbcbs@gmw.cn
法律顾问：北京市兰台律师事务所龚柳方律师

印　　刷：三河市嵩川印刷有限公司
装　　订：三河市嵩川印刷有限公司
本书如有破损、缺页、装订错误，请与本社联系调换，电话：010–63131930

开　　本：170mm×240mm
字　　数：148 千字　　　　　　　　　　印　　张：12.5
版　　次：2010 年 1 月第 2 版　　　　　　印　　次：2025 年 1 月第 4 次印刷
书　　号：ISBN 978-7-80145-921-3

定　　价：33.80 元

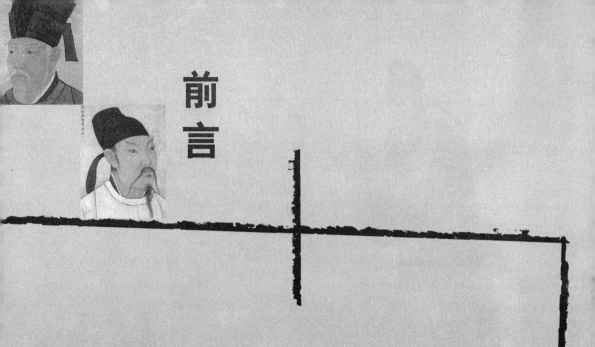

前言

　　为了让读者轻松地学习和了解中国文学，我们组织编写了这部图文版《中华文学5000年》，本书具有以下特色：

　　1. 采用故事的形式讲述中国文学发展历史，编者精心遴选了近百个文学故事，内容包括文学流派、文学大师和文学作品等，以时间为线索，用轻快活泼的文字连缀成一部完整的中国文学史，深入浅出，通俗易懂，融知识性、趣味性和艺术性于一体。

　　2. 利用版式设计和编写体例的巧妙结合，开辟"延伸阅读"、"文学辞典"和"推荐阅读"等栏目，对中国文学中出现的专业术语、文学现象等进行解释、总结和延伸，以加强知识的深度和广度，从而通过较小的篇幅清晰而完整地阐述中国文学发展演变的主要脉络和基本情况。

　　3. 在图文配合上，本书精选了400余幅与文字内容相契合的精美插图，包括经久流传的文学名著的书影、记录作家音容笑貌的画像与旧照、历代文学家留下的手稿墨迹、描绘大师诗文意境的艺术作品等，立体、直观地展示中国文学，拉近读者与经典和大师间的距离。

　　4. 在版式设计上，注重传统文化底蕴与现代设计手法的结合，营造轻松的阅读氛围，使读者不仅能直观地领略每一位大师、每一部佳作的风采，而且还能深刻感受到文学与艺术之间的内在联系，获得更广阔的文化视野、审美感受和愉快体验。

　　本书无论体例编排还是整体设计，都注重人文色彩和艺术理念的有机结合，全力营造一个具有丰富文化信息的多彩阅读空间，引领读者轻松步入神圣的文学殿堂，开始一段愉快的读书之旅。

目录

目录

中国第一部诗歌总集
《诗经》

推荐阅读 ＞ ＞ 《诗经选注》，余冠英选注，人民文学出版社 1999 年版

《诗经》是我国第一部诗歌总集，本来只叫《诗》，汉代儒者奉为经典，乃称《诗经》。

《诗经》共收入西周初期（前 11 世纪）至春秋中叶（前 6 世纪）500余年间的诗歌 305 篇，另 6 篇有目无诗。按照音乐的不同，作品分为风、雅、颂三大类。在这个按音乐关系划分的诗歌世界里，展现了久远的年代里，我们的祖先关于政治风波、春耕秋获、男女情爱的悲欢哀乐。

"饥者歌其食，劳者歌其事"，"风"又称为"国风"，是《诗经》的精华所在。共 160 篇，包括周南、召南、邶、鄘、卫、王、郑、桧、齐、魏、唐、秦、豳、陈、曹 15 个国家和地区的乐歌。这些作品主要来自民间，不少是当时人民的口头创作，因此比较直接地反映了下层民众的思想、感情和愿望，诗歌中对黑暗世道的怨恨十分强烈，对不公正现实的讽刺也非常尖锐，具有彻底的批判精神。如《魏风·硕鼠》中，诗人把奴隶主直呼为"贪而畏人"的大老鼠；在《鄘风·相鼠》中，诗人痛骂统治阶级的无耻淫乱；在《魏风·伐檀》中，诗人辛辣地讽刺剥削者无偿占有劳动成果的贪婪。从《卫风·氓》里弃妇的哀伤，到《王风·君子于役》里思妇的忧愁；从《郑风·风雨》爱情的缠绵，到《鄘风·柏舟》誓言的坚贞，《诗经》为我们真实地展现了那个年代的感情生活。不管是展现爱情、婚姻的悲剧，还是表达怀念和思慕，抑或是描绘幽会的甜蜜，莫不生动活泼，感人肺腑。

《诗经》的第一篇《周南·关雎》，就是一曲火热的情歌：

《诗经原始》书影
清方玉润著

方玉润，字石友，号鸿濛子，四川人，后居云南，屡试不第，不得已投笔从戎。本书是方玉润晚年的作品，他一反前人的旧说，提出要把《诗经》作为文学作品来研究，对于一些论点，宁肯阙疑，亦不附会穿凿。

幽风图之八月剥枣
清 吴求

    幽风图册表现的是
《诗经·国风》中产生时
间最早的诗的内容，一些
章节与周公有关。"幽"
原是周人的祖先公刘的居
住地，由于周人对农业极
为重视，所以幽诗多与农
桑稼穑有关。本图依据《幽
风·七月》的内容绘制而
成，主要讲述农历八月，
枣子已熟，农人打枣、拾
枣、剥枣的情景。

关关雎鸠，在河之洲。窈窕淑女，君子好逑。
参差荇菜，左右流之。窈窕淑女，寤寐求之。
求之不得，寤寐思服。悠哉悠哉，辗转反侧。
参差荇菜，左右采之。窈窕淑女，琴瑟友之。
参差荇菜，左右芼之。窈窕淑女，钟鼓乐之。

    诗人以河洲上雌雄和鸣的雎鸠起兴，写一个男子对一个采荇菜的美丽姑娘的单恋。此篇尽管被后世的学者硬加上了"纲纪"与"王教"的帽子，但这热烈而坦率的恋曲，却在千百年后依然感动着无数为爱献身的男女。

    "雅"是指周王朝直接统治地区的音乐，共105篇，分为大雅、小雅，多数是朝廷官吏和公卿大夫的作品，但也有大量针砭时弊、怨世忧时的作品。如《小雅·巷伯》痛骂了朝廷中的奸佞小人，《小雅·十月之交》通过自然灾异而警告了当权者，《大雅·荡》则以商朝的覆灭给最高统治者周王敲响了警钟。这些诗篇对社会现实的揭露，对于政治的关注，都启迪了后代文学的现实批判精神。

    "颂"是贵族在宗庙中祭祀鬼神和赞美祖先、统治者功德的乐曲，共40篇，分为周颂、

《伐檀》诗意图

《伐檀》是"魏风"中的第六首，奴隶们在砍伐檀树制造车辆时，想到自己一天劳累不堪，还吃不饱穿不暖，而奴隶主们却过着不劳而获的寄生生活，因而发出愤怒的责问。上图取材于"坎坎伐檀兮，置之河之干兮。河水清且涟猗"之意境。

鲁颂和商颂。其中周颂是周王室的宗庙祭祀诗，除了单纯歌颂祖先功德外，还有一部分于春夏之际向神祈求丰年或秋冬之际酬谢神的乐歌，从中可以看到西周初期农业生产的情况。如《丰年》中唱道："丰年多黍多，亦有高廪，万亿及秭。为酒为醴，畀祖妣，以洽百礼，降福孔皆。"而《噫嘻》则描绘了大规模耕作的情形："噫嘻成王，既昭假尔，率时农夫，播厥百谷。骏发尔私，终三十里。亦服尔耕，十千维耦。"

总之，《诗经》从多方面表现了那个时代丰富多彩的现实生活，反映了各阶层人们的喜怒哀乐。不管是个人的失意忧伤之情，军中的厌战思乡之情，还是男女之间的甜美恋情，都以"乐而不淫，哀而不伤"为抒情基调，显得节制而婉转，总体上形成了委婉曲折、细致隽永的特点，深刻地影响了中国诗歌以含蓄为美的审美精神。

延伸 阅读

《诗经》不是一个人或者几个人写出来的。《诗经》的作者，有的本诗中就有记载，例如小雅的《节南山》明说"家父作诵"，《巷伯》明说"寺人孟子，作为此诗"，大雅的《崧高》、《保民》都明说"吉甫作诵"；有的可以从别种古书上查出来，例如《尚书》说《鸱鸮》的作者是周公旦，《左传》说《载驰》的作者是许穆公夫人，《常棣》的作者《国语》说是周公、《左传》说是召穆公。

但《诗经》中有作者可指的毕竟是极少数，大量的诗是采诗官从民间收集起来的，我们无法知道那些优美而婉转的诗歌的作者到底是谁。

"五千精妙"
《道德经》

帛书《老子》乙本 汉

　　帛书《老子》乙本出土于湖南省长沙市马王堆3号汉墓，每行60余字，中有朱线隔开，书写于汉文帝初期，反映了汉初老子思想的广泛流传，是极有价值的珍贵文物。

　　老子是一个神龙见首不见尾的神秘人物。千百年来，人们一直无法对他的真实身份下一个定论。根据《史记》介绍如下：老聃，姓李名耳，字伯阳，谥聃，楚国苦县（今河南鹿邑东）厉乡曲仁里人，是春秋时著名的思想家，道家学派的创始人。老子做过周朝的"守藏室吏"（如同今天的国家图书馆或历史博物馆馆长），他谙于掌故，熟于礼制。他和孔子是同时代的人，较孔子年辈稍长，孔子到周的时候，曾经向他请教关于"礼"的问题。　　公元前520年，周王室发生争夺王位的内战，内战后老子被罢免而归居。由于身受奴隶主贵族当权者的迫害，为了避免祸害，他不得不"自隐无名"，流落四方。后来，他西行去秦国。经过函谷关（今河南灵宝西南）时，关令尹喜知道老子将远走隐去，便请他留言，于是他写下了5000字的《道德经》，然后骑着青牛飘然而去，世不知其所终。老子只留下了玄而又玄的短短5000字，却开启了后世所有隐逸者与逃遁者的智慧之门。

　　《道德经》又名《老子》、《老子五千文》，是中国道家的主要经典，全面反映了老子的哲学思想。全书共81章，分上下两篇，上篇37章为《道经》，讲的是世界观问题；下篇44章为《德经》，讲的是人生观问题。全书文辞简奥，哲

老子出关图　明

推荐阅读 〉 〉 《老子本原》，黄瑞云校注，人民文学出版社 1995 年版。

理宏富，且体系完整，内容丰富，涉及宇宙、社会、人生、军事、政治、医学等各个方面。其中"道"的观念，是其思想体系的核心。老子认为，"道"是天地万物的本原，是万事万物存在与变化的普遍原则和根本规律。它先天地而生，是宇宙的本原；它无声无形，"恍恍惚惚"，难以用感官去把握，但又"其中有象"；它无知无欲，自然无为，却决定和支配着天地万物的生存变化。老子首创以"道"为最高范畴的哲学思想，反对上帝有知、天道有为，针锋相对地提出天道自然无为的思想，这种对天上神权的大胆质疑，是人类思维的一次重大发展。

从朴素的哲学思想出发，老子主张"无为而治"。他敏锐地洞察了现实社会中的种种不合理现象，认为只有摒弃礼乐、赋税、政刑等人为措施，实施无为之政，老百姓才能真正地安居乐业。而他自己并不能确切地提出"无为而治"的具体方案来，只能在幻想中描绘一幅理想社会的蓝图：

小国寡民，使有什伯之器而不用；使民重死而不远徙。虽有舟舆，无所乘之，虽有甲兵，无所陈之。使民复结绳而用之。甘其食，美其服，安其居，乐其俗。邻国相望，鸡犬之声相闻，民至老死，不相往来。

《道德经》五千言，包容着极大的智慧，在中国哲学史乃至文化史上占有十分重要的地位。这部著作不仅影响先秦诸子各家各派，而且对整个哲学史中的重大哲学派别都有极大的影响。当然由于受时代和阶级的限制，老子的自然辩证观是直观的、原始的、朴素的。然而作为与黑暗现实的对照，它却是一种永恒的精神家园，书中光辉的思想火花是值得我们珍视的一份历史遗产。

三教图 明 丁云鹏

在汉末三国时期，佛教传入中国内地。以老子为代表的道教、以孔子为代表的儒教和以释迦如来为代表的佛教在中国开始了漫长的相互促进与融合。这种促进和融合对中国政治、文学、宗教、思想等都产生了巨大的影响。三教合一成为众多政治家、艺术家研究与表现的题材，图中老子欲从孔子怀中接过活泼而年幼的佛祖。

宗师语录泽后世
《论语》

孔子（前 551～前 479），名丘，字仲尼，春秋后期鲁国人，是儒家学派的创建者、中国古代最著名的思想家和教育家。孔子的先世是宋国的大臣，后迁于鲁，但他出生时家境已衰落。他父亲孔纥，又名叔梁纥，曾做过陬邑（今山东曲阜东南）宰，本身属于贵族阶级下层的"士"。他的母亲姓颜，名叫征在。孔子早年接受过良好的教育，十分熟悉六艺。他曾在曲阜城北设学舍，私人讲学，传授古代文化典籍。与从政事业相比较，孔子一生在教育领域取得的成就要大得多。他是中国历史上第一个向平民普及文化教育

"四书"书影

《论语》自汉代即被奉为儒家经典。南宋时，大理学家朱熹将它与《孟子》、《大学》、《中庸》合称为"四书"，正式成为文人的必读书。

的人。他不但提出"有教无类"的原则，而且还创立了一套行之有效的教育方法，提出"因材施教"，重视启发式教育，注意培养学生的学习自觉性和独立思考能力。

孔子身处于硝烟弥漫的乱世，感受着天下苍生所遭受的灾难，一心想通过传扬自己的思想来改变乱世。他游走列国，劝说各国君主接受自己振兴礼乐的主张。68 岁时才重返鲁国，此后他一边继续讲学，一边整理文化典籍，直到 73 岁逝世。孔子对《诗》、《书》、《礼》、《乐》、《易》、《春秋》六部典籍进行删订，编成最后的教材定本，成为几千年封建社会的经典之作。然而终其一生，他也没有从事过为自己著书立说的活动。百年之

延伸 阅读

　　《孔子家语》基本上是一部以孔夫子这个人物——他的教育事业和他的处事原则及其生平大事为中心的古代传说的集子。该书由两个彼此应该明确划分的部分组成，一个主要由汉代以前和汉代早期关于孔子的传说组成的纂集本，它是由其学派的门徒为了提供一个《论语》增补本的目的而相传下来的；另一个有不少段落、句子及短语大概是在公元 3 世纪期间窜入的，这部分大概是由王肃增入的，这是为了反对郑玄的经义，为其驳论提供权威的证据。

后，他的弟子及再传弟子将其平日的言传身教收集整理起来，编辑成书，也就是《论语》。

《论语》是记载孔子及其弟子言行的著作，是一部语录体散文，都是由孔子和弟子的对话组成。然而在短短的对话中，却已经孕育着后世散文叙事、议论、写人的基本创作要素。全书总共20篇，计有《学而》、《为政》、《八佾》、《里仁》、《公冶长》、《雍也》、《述而》、《泰伯》、《子罕》、《乡党》、《先进》、《颜渊》、《子路》、《宪问》、《卫灵公》、《季氏》、《阳货》、《微子》、《子张》、《尧曰》等，篇名取篇首的前两三字为题，无意义。

全书的核心是仁的精神和境界。我们可以看出孔子对"仁"的最简单表述就是"爱人"，即对人尊重和有同情心。孔子认为：一个人如想达到"仁"的标准，就必须"克己复礼"，通过对自己的克制和约束以提高道德水平，从而符合礼的要求。孔子将"仁"看作道德的最高准则，把求仁看作是人生的根本原则，在求仁行义问题上，他认为求仁或违仁是君子与小人的分水岭，有志之士应当为实现崇高的道德理想而奋斗。孔子把以"仁"为核心的伦理道德思想贯彻到政治领域，提出"仁政"的学说。他希望统治者"节用以爱人，使民以时"，反对对人民过分剥削压榨，而提出富民惠民的主张。他又希望统治者"为政以德"，反对一味使用严刑峻法，而要先用严格的道德标准要求自己，以身作则，通过道德感化搞好政治。综观《论语》，孔子以德治天下的决心和构想昭然可见。在礼崩乐坏的春秋乱世，孔子的德治主义自然是四处碰壁，但孔子并不因此而改变初衷。

在天道观上，孔子不否认天命鬼神的存在，但又对其持怀疑态度，主张"敬鬼神而远之"。相对天命而言，孔子更加注重人事，强调人的主观努力，把探讨和解决人世间的实际问题放在优先地位。

孔子重义轻利，但并非一概否定功利。他重视公利，主张见利思义，旨在谴责见利忘义、为谋私利而不择手段的行为，要人们追求合乎正道

孔子像

公元前551年（鲁襄公二十二年），孔子生于鲁国陬邑昌平乡（今山东曲阜城东南）。因父母曾为生子而祷于尼丘山，故名丘，字仲尼。

孔子讲学图　清

　　大约30岁时，孔子在曲阜城北设学舍，开始私人讲学，受业门人先后达到3000多，其中杰出者72人。上图表现了孔子在杏坛讲学的情景，　图中孔子端坐讲授，弟子们在周围恭敬地聆听。作品因是宫廷绘画，所以特别讲求用色和整体结构。

的利益。孔子的义利观，有义利相分的倾向，也有义利并重的倾向。

　　整部《论语》语言十分简练，善于用形象的语言表达深刻的道理，因此读来无不用意深远，洋溢着一种雍容和顺、迂徐含蓄的风格。"岁寒，然后知松柏之后凋也。"（《子罕》）由树之常青象征坚贞凛然的风骨，这不仅仅是对松柏的赞颂，更是对丰富的社会现象的概括。后世诗人笔下所歌颂的"郁郁涧底松"，就是从《论语》中得到的启示。

　　《论语》更善于在简单的对话中描写人物。《先进》篇"侍坐"一节，描述孔子听弟子各言其志，在短短的言谈中，子路的直率、冉有的谦恭、公西华的长于辞令都跃然纸上。而曾皙"莫春者，春服既成。冠者五六人，童子六七人，浴乎沂，风乎舞雩，咏而归"的描绘，更是将一种安贫乐道的情怀，一种潇洒倜傥的风度，都体现在生动鲜明的生活画面中。

　　《论语》在汉代就是学者的必读之书，到南宋时，理学家朱熹把《论语》、《孟子》、《大学》、《中庸》合在一起，称为四书。到了明清两朝，规定科举考试中，八股文的题目必须从四书中选取，因而当时的读书人把《论语》奉为"圣典"。《论语》不仅影响中国历史两千多年，而且很早就流传到海外，作为中国文化的代表性著作，在世界范围内都产生了重大影响。

推荐阅读 > > 《论语通译》，徐志刚译，人民文学出版社 2003 年版

史学叙事传统的开山之作《左传》

《左传》是研究春秋历史最重要的典籍，而且在文学史上也有极高的价值。然而这样一部史学和文学的名著，它的作者究竟是谁，历来竟众说纷纭，莫衷一是。司马迁和班固都说是左丘明，并说他是鲁太史，有的人认为这个左丘明就是《论语》中提到的与孔子同时代的左丘明，但也有人对此提出质疑。

左丘明像

左丘明，春秋末期鲁国人。因其家世代为左史官，故尊其为左丘明。其生平事迹，历史文献记载很少。

《左传》全名《春秋左氏传》，或称《左氏春秋》，是我国古代记述春秋时期周王与各诸侯国事迹的编年体史书。全书共 18 万余字，记述内容始于鲁隐公元年（前 722），迄于鲁悼公四年（前 464），前后长达 259 年。其主要内容不外春秋列国的政治、外交、军事各方面的活动及有关言论，其次则天道、鬼神、灾祥、卜筮、占梦之事，作者认为可资劝诫者，无不记载。

《左传》的记事文体大概可分三类，每类的来源不同，其史料价值因之而异。第一种是文字比较简短，但有月日，此类应出自当时史官记事，其史料价值最高。其次是一般记事，包括那些零星的故事，一般无时间记载，多半出自各国私人记录，此类史事与传说都有，一般是可信的，少数是后人插入的，那就不可信了。再其次是一些长篇大论的文章，类似《国语》，很像后人借题发挥，其可信度较低，有的甚至是不可信的，当分别观之。

《左传》叙事，往往很注重完整地叙述事件的过程和因果关系，其叙事最突出的成就在于对战争的描写。《左传》一书，记录了大大小小几百次战争，城濮之战、崤之战、邲之战、鄢陵之战等大战的描述历来被人们赞不绝口，不计其数的小战役也写得各具特色，精彩生动。一般说来，《左传》写战争，不局限于对交战过程的记叙，而是深入揭示战争起因、酝酿过

推荐阅读 ＞ ＞

《左传选译》，沈玉成选译，人民文学出版社 1989 年版。

程及其后果。《左传》是一部历史著作，但作者有时就像一个故事讲述者，把事件叙述得颇具戏剧性。叙事中人物的行动、对话构成了表现人物的主要手段，而绝少对人物进行外貌、心理等主观静态描写。通过对人物在重大历史事件中言行的描写，使得人物性格得以展现，形象得以完成。

由于春秋战国间社会变革的影响，《左传》通过人物言行所表现的进步思想是很显著的。首先是民本思想，例如卫人逐其君，晋侯以为太甚，于是师旷说：

"或者其君实甚。……夫君，神之主也，民之望也。若困民之主，匮神乏祀，百姓绝望，社稷无主，将安用之？弗去何为？"

又说：

"天之爱民甚矣！岂其使一人肆于民上，以从（纵）其淫，而弃天地之性？必不然矣。"

师旷这番议论，在从前是不可想象的。他表面上似乎没有摆脱天道鬼神的观念，但实际上却是根据人民利害来发表他的政见的。

其次是爱国思想。弦高遇秦兵侵郑，机智地以犒师为名，因而保全了郑国（僖三十三年）。吴师入郢，昭王奔随。申包胥如秦乞师，七日夜哭不绝声，勺饮不入口。秦竟出兵，败吴而复楚（定四年）。作者记载这些动人的历史事件，就是有意表扬他们高度的爱国主义精神。

在整个中国文学史上，小说与戏剧在很久以后才产生。然而与此有关的文学因素，却在春秋战国时代就借助了历史著作的母胎孕育着。《左传》正是第一部包含着丰富文学因素的历史著作，它所创立的文史合一的创作传统，既为后代小说、戏剧的写作提供了经验，又为之提供了丰富的素材。

《春秋正义》（唐孔颖达等）书影
此书是对《春秋左氏传》的注释性读物。

文学辞典

春秋三传

《春秋》有三传，即《春秋左氏传》、《春秋公羊传》、《春秋谷梁传》。《春秋公羊传》又称《公羊传》、《公羊春秋》，儒家经典之一。上起鲁隐公元年，止于鲁哀公十四年，与《春秋》起讫时间相同。相传其作者为子夏的弟子，战国时齐人公羊高。《谷梁传》亦称《春秋谷梁传》、《谷梁春秋》，为儒家经典之一。起于鲁隐公元年，终于鲁哀公十四年。体裁与《公羊传》相似。其作者相传是子夏的弟子，战国时鲁人谷梁赤（赤或作喜、嘉等）。起初也为口头传授，至西汉时才成书。

战国外交史料的汇编
《战国策》

刘向像

《战国策》是一部记录战国时代谋臣策士的言论与行为的文章集，它是战国至秦、汉间纵横家游说之辞和权变故事的汇编，它不作于一时，也不成于一手。战国时代，有人专门从事外交策略的研究，讲

《战国策》经过刘向（前77～前6年）的整理和润色，成为一部著名的传世经典，对后世影响甚大。刘向是西汉著名的文学家、经学家。本名更生，字子政，江苏沛县人。他是汉代皇族楚元王的四世孙，元帝时因直谏而得罪权贵，被诬下狱，免为庶人，闲居十余年。成帝即位，改名向，受诏整理五经秘书。他作有赋33篇，但最为人称道的是他纂辑的4部著作：《战国策》、《说苑》、《新序》和《列女传》。

究如何揣摩人主观心理，运用纵横捭阖的手腕，约结与国，孤立和打击敌国，史称纵横家。他们对谈说之术非常重视，为了切磋说动人君的技艺，就不断收集资料，储以备用，有时并自行拟作，以资练习，《战国策》中的许多篇章是这样产生的。

　　《战国策》最终由西汉刘向辑录成书，书名也为他所定。汉成帝时，刘向受诏校录群书，《战国策》即其中之一。据刘向《战国策书录》，该书收集的文章，在他以前已以《国策》、《国事》、《短长》、《事语》、《长书》、《修书》等书名流传。他做的工作只是收集，按国别和大体时间排序并除去重复章节。刘向按东周、西周、秦、齐、楚、赵、魏、韩、燕、宋、卫、中山十二策分编，共33卷。

　　从春秋到战国，社会发生翻天覆地的变化，新兴的士阶层日益崛起，逐渐成为历史舞台的主角。在这种情况下产生的《战国策》，生动

《战国策》书影

推荐阅读 > > 《战国策选读》，朱友华选译，
上海古籍出版社 1987 年版。

地记载了纵横家们的机智善辩、聪明智慧，并通过他们的言行反映了当时的社会风貌和各国政治、经济、军事、外交的重大活动。《战国策》以大量的事实展示了"士"的重要性，布衣之士左右天下局势的事迹被作者津津乐道，他们甚至在诸侯王公面前也毫不掩饰自己的锋芒。在《战国策·齐策》记载齐宣王重用王斗，王斗举荐五个人出任要职，结果齐国大治；《战国策·燕策》记载燕昭王师事郭隗，招揽天下之士，结果燕国强大起来，联合五国讨伐齐国。

围绕谋臣策士的游说活动，《战国策》描写了一大批个性鲜明的人物，上至诸侯王公，下至闾巷细民、三教九流，当然，最活跃的还是那些在历史舞台上纵横捭阖、任意驰骋的宏辩之士。作者在叙述他们的事迹时，往往集中笔墨叙写一个人的事迹，通过富于特征的言行表现他们的性格和内心世界。同时，还使用大量的夸张、渲染和虚构等手法，造成酣畅淋漓的启示和铿锵有力的文章节奏，使得奇异曲折的情节与恢奇卓异的人物有机地结合在一起。

《战国策》因其对战国时期各国之间错综复杂的政治斗争及谋臣策士们在此斗争中的折冲周旋有不少生动的记叙，可以作为史书来读。而作为一种文学创作，该书叙事记言，起伏跌宕，文笔极佳，其立论之法、夸饰之辞，及所用的许多寓言故事，都是脍炙人口的。秦汉的政论散文、汉代的辞赋都受到《战国策》艺术风格的影响；司马迁的《史记》描绘人物形象，也是在《战国策》基础上的向前发展。

易水送别图　清　吴历

易水送别是《战国策·燕策》中的精彩篇章，书载：燕太子丹希望刺客荆轲及早刺秦王，于是在易水边送别。荆轲饮完酒，慷慨悲歌："风萧萧兮易水寒，壮士一去兮不复还。"西汉司马迁在《史记》中几乎全部采录了这些史料，并加以润色。

万世逍遥 《庄子》

《庄子》书影

关于《庄子》一书的作者，自司马迁开始，绝大多数研究者认为应为庄子。庄子（前369~前286年），名周，字子休，战国时宋国蒙（今河南商丘东北）人，先秦著名思想家，道家学派的主要代表人物。他与梁惠王、齐宣王是同时代的人，较孟子稍晚。他曾做过蒙地漆园小吏，管理生产漆的工匠，任职不久即辞官。庄子一生视仕途为草芥，不追逐官禄，因而他家境贫寒，一生穷困潦倒，除讲学、著述外，有时靠打草鞋维持生活，有时靠钓鱼糊口。他曾经向监河侯（官名）借过粮食，也曾经穿着粗布麻鞋见魏王。相传楚威王以厚金聘他做楚国的丞相，但他却坚辞不就，后来终于终身脱离仕途，过着隐居的生活。庄子蔑视权贵，鄙视吏禄，追求个人自由。他猛烈地抨击当时的社会，在文章中大声疾呼"圣人生而大盗起"，直接把矛头指向暴君，表现出对统治者和当时社会制度的不满和蔑视。庄子的思想与老子相近，推崇并发展了老子的学说，"著书十余万言"，后被编成《庄子》一书。

《庄子》亦称《南华经》，根据汉代流传的古本，有52篇，内篇7，外篇28，杂篇14，解说3，共10余万字。但传世的郭象注本只有33篇：内篇7，外篇15，杂篇11。这些是不是都是庄子的著作，历来有争议。一般认为，《内篇》思想连贯，文风一致，是全书的核心，应当属于庄子的著作，《外篇》、《杂篇》冗杂，有可能是庄子门徒或后学所作。

《内篇》是全书的核心，包括《逍遥游》、《齐物论》、《养生主》、《人间世》、《道充符》、《大宗师》、《应帝王》7篇，各篇各有中心思想，但又具内在联系，反映了庄子的宇宙观、认识论、人生观、道德观、政治观和社会历史观。其中《逍遥游》是《庄子》的第一篇，主旨是讲人应该如何才能适性解脱，达到逍遥自由的境界。庄子认为只有忘绝现实，超脱

推荐阅读 〉 〉

《庄子今注今译》，陈鼓应注译，中华书局2001年版。

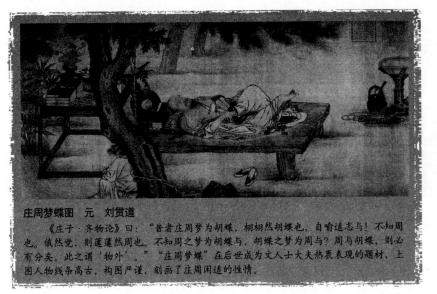

庄周梦蝶图 元 刘贯道

《庄子·齐物论》曰："昔者庄周梦为胡蝶，栩栩然胡蝶也，自喻适志与！不知周也。俄然觉，则蘧蘧然周也。不知周之梦为胡蝶与，胡蝶之梦为周与？周与胡蝶，则必有分矣。此之谓‘物外’。""庄周梦蝶"在后世成为文人士大夫热衷表现的题材，上图人物线条高古，构图严谨，刻画了庄周闲适的性情。

于物，才是真正的逍遥，人生种种苦恼和不自由的根本原因在于"有待"、"有己"，而"逍遥"的境界是"无所待"的，即不依赖外在条件、它力的。

《庄子》使用了"寓言"、"重言"、"卮言"为主的表现形式。所谓"重言"，是借重古先圣哲或当时名人的话，或另造一些古代的"乌有先生"来谈道说法，让他们互相辩论，或褒或贬，没有一定之论。但在每一个场合的背后，却都隐藏着庄子自己的观点。"卮"是古代的漏斗，所谓"卮言"，就是漏斗式的话。漏斗的特点是空而无底，"卮言"隐喻没有成见的言语。通过这三种充满了暗示性的表现方式，《庄子》创造了一个超越时空、不辨古今，具有无限阐释可能性的艺术境界。

《庄子》是道家学派的一部重要著作，不但涉及哲学、人伦、政治，而且谈论美学、艺术、语言、生物、养生等方面。书中第一次提出了寓言、小说的概念，创造了近200个寓言故事，开创了以虚构的手法反映现实和表现理想的写法。《庄子》对后世的政治影响也很复杂，历代知识分子崇尚其悲观厌世、自我陶醉的人生态度，而统治者也较多地取其消极面作为麻醉人民的工具。《庄子》不仅在国内，而且在国际文化界也引起了普遍的关注。

庄子像

庄子是继老子之后，战国时期道家学派的代表人物，同时他也是一位优秀的文学家、哲学家。他以其代表作《庄子》阐发了道家思想的精髓，发展了道家学说，使之成为对后世产生深远影响的哲学流派。

浩然之气
孟子

孟子像

孟子继承和发展了孔子的思想，提出一套完整的思想体系，对后世产生了极大的影响，被尊奉为仅次于孔子的"亚圣"。

孟子（前372～前289）名轲，字子舆，邹国（今山东邹县一带）人，是孔子嫡孙子思的学生，战国中期著名的思想家、政治家和教育家，儒家学派的主要代表。孟子生于何时，众说纷纭。一般认为他生于周烈王四年（前372年）的说法，较为合理。从30岁到40岁这段时间，孟子主要的活动是收徒讲学，宣扬儒家学说。44岁时，他便带领着学生周游列国，宣扬他的"仁政"、"王道"学说。他游历宋、齐、滕、魏等国，以王道、仁政学说游说诸侯，一度担任过齐宣王的客卿。鲁平王即位以后，他的弟子乐正克为政，孟子曾到鲁国，但未见用。滕文公即位后，孟子又来滕国。梁惠王后元十五年，孟子到梁国，这时已经70岁左右。次年，惠王死，襄王嗣位，孟子就

孟母择邻　版画

相传孟母为了让孟子有一个良好的成长环境，曾三迁其住处。孟家原距墓园很近，孟子年幼，常游戏于墓园之中；孟母于是把住处迁至闹市附近，孟子又学商人做买卖；孟母再迁住处于学宫旁，孟子于是开始学揖让进退之礼，孟母欣慰，即定居于此，世称"大迁之教"。

> 关于《孟子》的篇数历史上曾有不少争议，司马迁在《史记》中说"作《孟子》七篇"，但班固在《汉书·艺文志》中却说："《孟子》十一篇"。现在一般认为是七篇，即《梁惠王》、《公孙丑》、《滕文公》、《离娄》、《万章》、《告子》、《尽心》。本来《孟子》七篇并没有分上下篇，到东汉赵岐著《孟子章句》时，才把七篇分为上下篇，后来加以沿用。在形式上有模仿《论语》之处，亦是摘取每篇开头的几个重要字眼来命名，并没有别的意义。《孟子》一书以问对、答辩方式展开，以驳论为主要的论证方法，与语录体散文《论语》略有不同。

离开了。孟子在实践中不断碰壁后，晚年和学生一起，"序《诗》、《书》，述仲尼之意，作《孟子》七篇"（《史记·孟轲荀卿列传》）。

孟子的政治思想是行"仁政"，主张以德政争取人心，统一天下。"仁政"学说的新观点是"民为贵，社稷次之，君为轻"的民本主义思想。"仁政"学说的理论基础是性善论，孟子认为人生而具有天赋的"仁心"，即善的本性，这是实行"仁政"的保证。为了实施"仁政"，孟子还提出"劳心者治人，劳力者治于人；治于人者食人，治人者食于人"的社会分工论，反对"君民并耕"的主张。孟子认为王权是"天"授予，"天"是宇宙万物的主宰，"天"意通过贤明的君主来实现。这些思想都在《孟子》一书中得到了很好的体现，全书翔实地记载了孟子的思想、言论和事迹，保存了丰富的历史资料，是研究孟子思想和先秦文学、历史、经济、哲学的重要著作。其中，"乐以天下，忧以天下"的精神则是书中最富感染力的部分。他认为，社会责任感是人和动物相区别的根本标志，人不能只考虑自身的完满，而必须为他人和社会做出贡献。

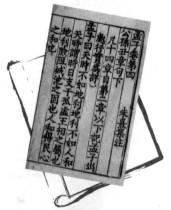

《孟子》书影

　　《孟子》是记录孟轲言行的一部著作，也是儒家重要经典之一。

与孔子的深沉庄重、谨慎省身不同的是，孟子是一个锋芒毕露的人。为了在天下推行"仁政"的思想，他动辄与人言辞交锋，唇舌开战，而且必欲争胜。这种好胜的性格反映在《孟子》里，就形成了理直气壮、慷慨激昂的风格：

　　说大人，则藐之，勿视其巍巍然。堂高数仞，榱题数尺，我得志，弗为也；食前方丈，侍妾数百人，我得志，弗为也；般乐饮酒，驱骋田猎，后车千乘，我得志，弗为也。在彼者，皆我所不为也，在我者，皆古之制也，吾何畏彼哉？（《孟子·尽心下》）

孟子曾经说过："吾善养吾浩然之气。"（《公孙丑上》）这种浩然之气，

推荐阅读 ＞＞ 《孟子选注》，李炳英选注，人民文学出版社2003年版。

亚圣庙坊

亚圣庙又称为"孟庙"，位于山东省邹县旧城南门外，是纪念孟轲的庙宇。现存的规模建于明弘治十年（1497）。

是一个正直笃行的士大夫对仁义道德进行坚持不懈的修炼，从而形成一种至大至刚的人格魅力。而由这种人格魅力所决定，《孟子》在嬉笑怒骂之间传达观点，绝不做吞吞吐吐之状，此书说理精辟，语言形象，感情激越，词锋犀利，富于鼓动性，具有很强的逻辑说服力和艺术感染力。这种理直气盛的做人和行文的风格，以其巨大的魅力影响着后世一代又一代的作家。

两汉时，《孟子》和《论语》并列；五代时，《孟子》被列入"经书"；南宋朱熹将《大学》、《中庸》、《论语》和《孟子》合在一起，称为四书。作为儒家学派最出名的两部经典作品，《论语》与《孟子》为后世提供了垂范千年的立身治学准则和治国平天下的原则，其宝贵的"仁"的思想，是黑暗的奴隶社会中人性觉醒的一道灿烂的曙光。

汨罗江上万古悲风

屈原

屈原像

屈原主要活动于楚怀王时期，在中国历史上，他是一位最受人民景仰和热爱的诗人。他的作品是坚持"美政"理想，与腐朽的楚国贵族集团进行斗争的实录。1953年，他被列为世界"四大文化名人"之一。

屈原，名平，字原，战国时楚国秭县（今湖北秭归）人，约生于公元前340年，卒于公元前277年。出身贵族，是楚武王后裔，曾任左徒、三闾大夫。怀王时，主张联齐抗秦，选用贤能，但受其他贵族排挤而不见用。后来遭靳尚与上官大夫等人毁谤，先被放逐到汉北，又被流放至江南，终因不忍见国家沦亡，怀石自沉汨罗江而死。传说，屈原投汨罗江这天，正是农历五月初五，村民得知他投江，赶紧划着船，在江上打捞。江水茫茫，已经无法寻找了。村民们怕鱼儿咬伤他的尸体，便用竹叶包了米饭，撒在江中喂鱼，也算是对他的祭奠。从此以后，每年的这一天，人们为了怀念屈原，都要划龙舟、包粽子。这一习俗流传下来，就成了我们现在的端午节。

屈原一生创作了大量的诗篇，从《九歌》到《九章》，从《哀郢》到《离骚》，从《橘颂》到《天问》，他所有的痛苦、愤怒、哀怨、孤独都通过与楚地民歌相结合，化为响彻天地的吟唱。

《离骚》是屈原的代表作，全诗 373 句，2490 字，是中国文学史上第一首由诗人自觉创作、独立完成的长篇抒情诗。这首诗是秦军入侵汉北，屈原随逃难人群横渡洞庭湖，顺沅水南下到湘西，最后颠沛到长沙附近这一段时间里所创作的。这是屈原在政治上遭受严重挫折以后，面临个人的厄运与国家的厄运，对于过去和未来的思考，是一个崇高而痛苦的灵魂的自传。诗人以自身为原型，树立了一个具有高尚品格和出众才华的抒情者的形象。在诗人倾注满腔心血所塑造的这个能够把楚国引向康庄大道的主人公身上，体现着诗人自己的主体意识、情感、理想和人格。

诗人以极富个性化的笔触，真实而深刻地揭示了在战国末年楚国政治舞台上进步与反动两种势力的尖锐斗争，暴露了楚国政治的黑暗和社会的混浊，展现了一个伟大灵魂深挚热烈的爱国情怀、峻洁高尚的光辉人格和不屈不挠的斗争精神。全诗色彩浓烈，气势宏伟，闪耀着

推荐阅读 > >

《楚辞选》，马茂元选注，人民文学出版社 2002 年版。

屈子祠

屈子祠位于湖南省汨罗市汨罗江岸的玉笥山上，始建于汉代，现存规模为清代乾隆二十一年 (1756) 重建。祠后有一平顶土丘，俗称骚坛，传说《离骚》就在此地写成。

屈原卜居图　清　黄应谌

《卜居》是楚辞中的名篇，为屈原所作。这幅图即根据《卜居》的文意而绘，描绘屈原
被放逐后，心怀国事而不能为，因而心思迷乱，遂拜访太卜郑詹尹，询问自处之道的情景。

理想主义的光辉异彩，是杰出的浪漫主义作品。

　　《九章》是屈原两次放逐中的经历和苦闷心境的反映，具有强烈的政治性和抒情色彩。《天问》是一篇奇文，对自然和社会提出了170多个问题，其中还保存了不少神话传说和古史资料。《九歌》则是屈原在民间乐歌的基础上，为朝廷举行大规模祭典所创作的，想象丰富，语言精美。

　　屈原是中国文学史上第一个伟大的爱国主义诗人，他揭开了中国文学自觉时代的序幕，从他开始，中国诗歌进入了一个由集体歌唱到个人独创的新时代。而由他独立开创的新诗体——楚辞，已经大大地突破了《诗经》以四言为主的表现形式和以抒情言志为主的现实主义风格，极大地丰富了诗歌的表现力，从而为中国古代的诗歌创作开辟了一片新天地。后人也因此将《诗经》与《楚辞》并称为"风骚"，这就是中国诗歌现实主义和浪漫主义传统的两大源头。

文学 辞典

楚辞

　　战国时期，在我国南方楚地形成的一种叫作"辞"的新诗体。在这之前的《诗经》，诗句以四字句为主、篇章较短，风格朴素，采用散文化的句法；楚辞则篇章宏阔，气势汪洋恣肆，诗的结构、篇幅都扩大了，句式参差错落，富于变化，感情奔放、想象力丰富，文采华美，风格绚烂。一般来说，诗经产生于北方，代表了当时的中原文化，而楚辞则是南方楚地的乡土文学，楚辞中的大部分作品是屈原吸收民间文学并加以创造性提高的结果。《楚辞》的编纂始于西汉，刘向将屈原、宋玉以及他们的追随者的作品16篇汇编成书，取名《楚辞》。

富丽堂皇的大汉颂歌
汉赋

赋是汉代主要的文学样式，它直接从骚体演变而来，也受到战国诸子散文的影响。西汉初期贾谊等人的创作，处于骚体赋的阶段。汉景帝时枚乘创作《七发》，标志着汉大赋的成熟。汉武帝时，赋的创作最为兴盛，其中最为活跃的是司马相如，他把汉大赋的创作推向了不可超越的顶峰。

司马相如（前179～前118年），字长卿，小名犬子，蜀郡成都人。因为钦慕完璧归赵的蔺相如，所以更名为相如。景帝时期，拜官为武骑常侍，但他对这个官职并不感兴趣。正值此际，梁孝王来到长安，并带来了邹阳、枚乘等一批文士，司马相如常与他们文章往来，后来他借口有病辞去了官职，投到梁孝王门下当了一介门客。在这段时间里，他写出了《子虚赋》。梁孝王死后，司马相如回归蜀地。因为生活无着，他依附于临邛令王吉。这期间认识了临邛富人卓王孙的女儿卓文君，因琴会意，两情相悦，他们克服了重重困难，终于成就了幸福的婚姻。如今成都的"琴台故径"一景，犹有当年的遗风余韵。

汉武帝时期，经由杨得意的引荐，司马相如得以登入朝堂。在廷见时，司马相如所作《上林赋》使得武帝龙颜大悦，封他做郎官。武帝元光五年（前130年），相如两次奉旨出使巴蜀。他从巴蜀回来后，有人告发他出使时曾受人财物，因而被免官，但不久又复职。此后，他常称病闲居。晚年时还任过文园令，元狩五年（前118年）病卒。

班固《汉书·艺文志》著录"司马相如赋二十九篇"，

司马相如像

　　司马相如是西汉大辞赋家，他善鼓琴，其所用琴名为"绿绮"，是传说中最优秀的琴之一。他与卓文君私奔的故事，长期以来脍炙人口，传为佳话。

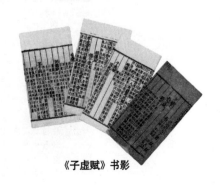

《子虚赋》书影

卓文君像　明　佚名

卓文君是西汉女文学家，司马相如的妻子，蜀郡临邛人。她本是临邛富人卓王孙之女，擅鼓琴，长于词赋。丧夫后她不顾家人阻挠与司马相如逃至成都。婚后两人衣食无着，于是回到临邛，当垆卖酒。司马相如成名得官后，欲聘茂陵女为妾，卓文君作《白头吟》加以讽劝，两人恩爱如初。其《白头吟》至今尚存。

现仅存有《子虚赋》、《上林赋》、《哀秦二世赋》、《大人赋》、《长门赋》、《美人赋》等几篇。其中《子虚赋》、《上林赋》是整个西汉时期大赋的代表作，《子虚赋》写于在梁孝王门下为客时期，《上林赋》作于武帝召见之际，前后相差10年，但是两篇内容相接，构思连属，故《史记》将它们视为一篇，称为《天子游猎赋》。作品虚构了子虚、乌有先生、亡是公3个人，借他们的对话联结成篇。作者在赋中通过对帝王贵族生活的描写，竭力宣扬了汉家天子的奢华和富有。

《子虚赋》、《上林赋》在艺术上最为突出的特点就是极度夸张的铺陈描写。例如在描写云梦泽时，作者极力写这里的山水土石的名贵，接着把他所想象到的一切奇花异草、珍禽怪兽，都依照东南西北上下的方位排列于其中。这两篇大赋在当时所取得的重大成就，是不容忽视的。它建立了汉赋的固定形体，成为后世赋家刻意模仿的样板。

司马相如的赋重铺排，重夸饰，极富于文采美和音乐美，为汉代散体大赋确立了比较成熟的形式，他的赋无论在形式还是在内容上都代表了汉赋的最高成就。

班固（32～92年）字孟坚，扶风安陵（今陕西咸阳东）人。其年少时，

文学辞典

赋

赋是汉代最主要的文学体裁，其形成受到了《诗经》和《楚辞》的巨大影响。汉赋一般篇幅较长，多采用问答体，韵散夹杂，其句式以四言、六言为主，但也有五言、七言或更长的句子。汉赋闳阔壮丽，但也好堆砌词语，极尽铺陈排比之能事。一般分为骚体赋、散体大赋和抒情小赋3类。汉赋的3种类型代表了汉赋发展的3个阶段。骚体赋主要盛行于西汉初年，受骚体诗或者楚辞的影响，如贾谊的《吊屈原赋》。散体大赋又称作汉大赋，也是人们一般意义上所认为的汉赋。它主要盛行于西汉中叶至东汉初年，代表作家作品有枚乘的《七发》，司马相如的《子虚赋》、《上林赋》等。抒情小赋是汉赋的新发展，它的出现预示着汉大赋的衰弱。抒情小赋篇幅短小，比起汉大赋的恢宏壮丽自有一番情趣，代表作家作品主要有张衡的《归田赋》、赵壹的《刺世嫉邪赋》等。

能属文，诵诗书。16岁入洛阳太学，博览典籍，性宽和，为人倚重。23岁那年，即建武三十年（54年），父亲班彪去世，他私自修改国史，因此被捕入狱。弟弟班超赶到洛阳，为他申辩。当明帝审阅地方官送来的班固的书稿时，十分欣赏他的才华，并任他为兰台令史，负责掌管图籍，校定文书。此后他与陈宗、尹敏、孟异等共同撰成《世祖本纪》，并独自完成功臣、平林、公孙述的列传、载记28篇。后来明帝命令班固继续完成他原来所欲著述的西汉史书。班固经过潜精积思20余年，终于在建初七年（82年）完成了《汉书》。《汉书》一写成，影响就很大。和帝永元初年（89年），班固以中护军随大将军窦宪出征北匈奴。永元四年（92年），窦宪以外戚谋反而

班固像

班固出身于仕宦家庭，是东汉前期最著名的辞赋家，著有《两都赋》、《答宾戏》、《幽通赋》等。

畏罪自杀，班固因此受到牵连。先被免官，后有人因曾受班固家奴侮辱，便借机搜捕班固入狱。不久，班固死于狱中，时年61岁。在东汉文坛上，班固的主要角色是一位史传文学家，但他在赋的创作上也卓有成绩，写有《两都赋》、《答宾戏》、《幽通赋》等。《两都赋》被南朝梁朝萧统所编著的《文选》列为第一篇，可见其在汉魏六朝文人心目中的地位非同一般。这篇赋分《西都赋》和《东都赋》，而从内在关系上看，实为一篇文章的上下章。作品虚构了"西都宾"和"东都主人"两个人物，通过他们的谈话构成内容。体制宏大，极力铺写东西二都的繁华，开拓了散体大赋的新题材。这篇赋的体制和表现手法上，可以明显地看出司马相如《子虚》、《上林》的影响。当然，班固也有所创新，他的这篇赋作开创了"京都大赋"体式，稍后的张衡和晋时的左思都受其影响，分别作有《二京赋》和《三都赋》。此外，他的《答宾戏》、《幽通赋》皆为述志之作，文辞丰足，多拟他人但仍不失其风。另其作《咏史诗》是现存最早的文人五言诗之一。

张衡像

张衡在天文、数学、地理和文学等方面，表现出了非凡的才能和广博的学识，共著有科学、哲学和文学著作32篇。为了纪念他的功绩，人们将月球背面的一环形山命名为"张衡环形山"，将小行星1802命名为"张衡小行星"。

推荐阅读 〉 〉

《司马相如》，龚克昌著，春风文艺出版社1999年版。

《司马相如文选译》，费振刚、仇仲谦选译，巴蜀书社1991年版。

《汉赋新选》，龚克昌选，湖北教育出版社2001年版。

《全汉赋》，费振刚等辑校，北京大学出版社1993年版。

张衡（78~139年），字平子，南阳西鄂人，少善属文，通五经，贯六艺，东汉时期伟大的科学家、文学家、发明家和政治家。在地震学、天文学、地理学、数学、气象学、机械学等方面，均有突出的乃至当时世界领先的成就。在文学方面，其名著《东京赋》和《西京赋》，合称《二京赋》。

《西京赋》书影

《二京赋》是他用了整整十年的时间才写成的，谱写了东汉时期长安和洛阳的繁华景象，虽极奢靡，但语句清新婉丽，洋洋洒洒，亦为汉赋之代表。当时天下承平日久，统治者耽于享乐，极尽奢华，"衡乃拟班固《两都》，作《二京赋》，因以讽谏"。《二京赋》在结构谋篇方面完全模仿《两都赋》，以《西京赋》、《东京赋》构成上下篇。文中生动地描绘了宫室的辉煌、官署宿卫的严整，后宫的侈靡，其间又穿插了商贾、游侠、角抵百戏、嫔妃邀宠的描写，展现了汉代的城市生活和风俗民情。文章的气势波澜壮阔，成为汉代"京都大赋"的代表之作。

张衡的《二京赋》标志着大赋创作高潮的结束，而其《思玄赋》、《归田赋》等作品则预示着抒情小赋时代的到来。

在和帝、顺帝时期，张衡以才华出众受到亲幸，同时也招致群小的谗言毁谤。他常为自己的处境而苦恼，于是写成《思玄赋》，陈述自己不肯屈从流俗，而在想象中遍访古圣先贤以探求人生玄理的心志。他的《归田赋》则是魏晋以后大行于世的"抒情小赋"的先驱，表现出了他更多的艺术才能：

仲春令月，时和气清。原隰郁茂，百草滋荣。王雎鼓翼，鸧鹒哀鸣；交颈颉颃，关关嘤嘤。于焉逍遥，聊以娱情。尔乃龙吟方泽，虎啸山丘。仰飞纤缴，俯钓长流。

通读全篇，能感受到浓郁的生活情趣，品味到人与自然的完美和谐，也能让人想起老庄的精神境界。当时还有许多文人都借赋来宣泄寄怀，其中比较有名的有蔡邕、赵壹等，抒情小赋的创作从建安、魏晋，一直延续到盛唐、隆宋。

史家绝唱，无韵"离骚"

《史记》

　　《史记》原名《太史公书》，东汉末年才称为《史记》。作者司马迁（前145～前87年？），字子长，左冯翊夏阳（今陕西韩城）人。司马迁家学渊源，其家世代为史官，祖辈中也出现过杰出的军事家和专业的经济管理人才，而其父司马谈所撰的《六家要旨》也在许多观点上影响了司马迁。司马迁十岁时，父亲司马谈做了太史令，他便跟随父亲来到京城长安，师从当时的大学者董仲舒、孔安国学习《春秋》、《尚书》。20岁时，司马迁开始了他的壮游，主要到了中原和江南。回来以后，他在朝廷做了郎中。后来又奉旨到过四川、云南一带。他一方面搜集到了许多历史人物的资料和传说，增长了史家的见识，同时开拓了胸襟和眼界，蕴蓄了诗人的情怀，为以后编写《史记》积累了众多的资料。

　　汉武帝元封元年（前110年），司马谈去世。临终时，把著述历史的未竟事业郑重地托付给司马迁。司马迁继任父亲做了太史令，他大量阅读国家藏书，研究各种史料，准备着撰写一部"究天人之际，通古今之变，成一家之言"的旷世史书。

　　天汉二年（前99年），在汉朝对匈奴的战争中，名将李陵兵败被俘，成了朝野千夫所指的罪人。而司马迁却站出来为这位降将辩护，汉武帝天威震怒，司马迁被判交一定的赎金或是接受宫刑方可免死。司马迁家贫难以自赎，为了完成《史记》，他只能忍辱接受宫刑。

司马迁像

　　司马迁极少用排比铺张的骈文，而形成朴素简炼、通俗流畅，既疏缓从容、庄谐有致，又富于变化的语言风格。《史记》在中国散文发展史上起着承前启后的作用，它既开创了中国纪传体史学，也开创了中国的传记文学。

曾经的精神贵族，堕入了耻辱的地狱，那是一种怎样的生不如死、九曲回肠的痛苦呢。但是，依然有一种力量支持着司马迁，去完成他的事业。这种力量，集中表现在他的《报任安书》一文中。司马迁写作此文时，大约43岁。这时《史记》已经完成，生的留恋已不再多，所以《报任安书》既是忧愤心灵的剖白，也是对于人世的深情告别。此后他的生平事迹几乎无从知晓。

《史记》全书共130篇，52万字，记事上起轩辕黄帝，下迄汉武帝太初年间，由十二本纪、十表、八书、三十世家、七十列传组成。十二本纪按照历代帝王的先后顺序记载了各朝兴衰终始，十表排列了帝王和诸侯国之间的大事，八书是有关经济、文化、天文、历法等方面的专门论述，世家主要是贵族之家的历史，列传则是社会各阶层、各类型风云人物的传记。这五种体例相互补充而形成宏大框架，贯通古今，全面地反映了从黄帝到汉武帝3000年历史风貌，是我国古代历史的伟大总结。

其中"本纪"、"世家"和"列传"，是《史记》中最有文学价值的部分。司马迁通过展示人物的活动来再现多姿多彩的历史画面，上自帝王将相，下至市井黎民、诸子百家、三教九流，所涉及的人物有4000多个。一部《史记》，就是一条五光十色的历史人物画廊，司马迁以其天纵之才，把3000年风起云涌的历史中的风流人物，活灵活现地驱于笔端。同是汉高祖的功臣，萧何持身谨慎，奉守法律，陈平年轻时家境贫寒而爱好学习，所以他始终有读书人的气质；樊哙发迹以前以屠狗为生，功成之后依然是大块吃肉大杯饮酒。即便是同一类型的人物，司马迁也能让他们千人千面。比如同样是以口舌为能的策士，苏秦是一位身处逆境勇于发愤的正面形象，而张仪身上却多了几分狡诈和权谋。

完璧归赵图 清 吴历

《廉颇蔺相如列传》是《史记》中最著名、最精彩的篇章之一，"怒发冲冠"、"完璧归赵"、"负荆请罪"、"刎颈之交"等成语都出自其中。下图表现的即是"完璧归赵"这一故事情节。

同时，司马迁笔下的人物具有多方面的性格特征，看似相互对立的性格特征，却和谐完美地统一在一个人的身上。项羽是一位"力拔

山兮气盖世"的天地英雄，在多年的南征北战中屠城无数，杀人如麻，可谓心坚似铁。但后来他在垓下被刘邦包围，到了四面楚歌、走投无路的境地，别是一种英雄气短，儿女情长。再比如知人善任的明君刘邦，也有极其丑陋的一面。在与项羽两军对垒的时候，项羽劫持了他父亲来要挟他，要把他的父亲煮了，他却笑着说分给他一杯肉汤。这种流氓无赖的嘴脸，与他的雄才大略，合成了一个完整的人物形象。

中华
文学5000年

33

司马迁祠

该祠位于陕西省韩城市西南的芝川镇，始建于晋，经历代修建，至今犹存。祠坐西面东，东眺黄河，西枕梁山，北为峭壁，里面有司马迁的墓冢。

由于司马迁的人生是悲剧的人生，因此这种悲剧的精神不可避免地笼罩着全书。《史记》里的风云人物，大都具有悲剧的命运。伍子胥、虞卿、范雎、魏豹、彭越等人，或在困境中著书立说，或久经磨难而不衰，千锤百炼更坚强。他们的苦难经历都打上了深深的悲剧烙印，寄寓着作者深切的同情，包含了司马迁自己的人生感慨。

司马迁在著书过程当中秉承"实录"精神，通过对事件的记述和历史规律的研究，提出了许多富有创造性的观点，如他对于经济、民族关系、下层人民等的卓绝认识，是"史家之绝唱"。同时，《史记》开创了我国以人物为中心的文学艺术，叙事简明生动，语言朴素简炼、庄谐有致，体现出浓厚的抒情性，被誉为"无韵之离骚"。

一部血泪凝成的《史记》，不仅是历代正史的开山之作，而且也成为了以后两千多年中国叙事文学的渊薮。其写作技巧、文章风格、语言特点，对唐宋八大家、明代的前后七子、清代的桐城派都有着巨大而深刻的影响。它情节曲折、人物形象栩栩如生的特点，也对后代小说的创作积累了丰富的经验。

推荐阅读 > >

《司马迁》，季镇淮著，北京出版社2002年版。

《司马迁之人格与风格》，李长之著，三联书店1984年版。

《史记选注汇评》，韩兆琦编注，中州古籍出版社1990年版。

民间俚曲
两汉乐府

乐府本来是掌管音乐的官署，在秦朝和汉初已经设立，汉武帝时最为兴盛。乐府机关不仅让御用文人们创作诗歌以供演唱，而且也大规模地采集全国各地的民歌。后来就把这些诗歌统称为乐府诗。

汉代乐府诗大多来自民间，具有浓郁的生活气息。有对社会不平的反抗，有对炎凉世态的控诉，有对死的厌恶和对生的眷恋，也有唱给真诚爱情的大胆颂歌。代表作有《妇病行》、《孤儿行》、《东门行》、《战城南》、《陌上桑》、《十五从军征》和《孔雀东南飞》等等。

《东门行》里，一户人家"盎中无斗米储，还视架上无悬衣"，这种无食无衣一贫如洗的现况，逼得男主人公拔剑而起，走上反抗的道路，而妻子则苦苦相劝，恳求丈夫忍受生活的煎熬，不要做出违法的事情，但是这种没有希望的日子，何时是一个尽头呢？在《十五从军征》一诗中，有一位老军人"十五从军征，八十始得归"，但是当他千辛万苦回到家乡，却只看到荒凉的庭院房舍和座座孤冷的坟墓。

《孔雀东南飞》图

《孔雀东南飞》是我国汉乐府民歌中最长的一首五言叙事诗，创作时间大致是东汉献帝建安年间，作者不详，从汉末到南朝，此诗在民间广为流传并不断被加工。

汉乐府诗里还有很多涉及爱情的诗篇，代表作《孔雀东南飞》取材于东汉献帝年间发生在庐江郡的一桩婚姻悲剧。诗中的男主人公焦仲卿与其妻刘兰芝感情深笃，但是焦母却不喜欢儿媳，婆媳矛盾十分激烈，终于焦母逼令仲卿休妻再娶。刘兰

推荐阅读 > > 《汉乐府》，麻守中著，春风文艺出版社 1999 年版。
《乐府诗选》，曹道衡选注，人民文学出版社 2000 年版。

芝回到娘家后，哥哥逼迫她改嫁，刘兰芝走投无路，决心以死相争。婚前的一天，兰芝与闻讯前来的仲卿抱头痛哭，一对有情人在人世间找不到相聚的地方，相约共赴黄泉，在另一个世界里寻求天长地久的爱情。该诗通过焦仲卿与刘兰芝的爱情悲剧，控诉了封建礼教、家长制和门阀观念的罪恶，表达了青年男女要求爱情婚姻自主的愿望。全诗共 340 余句，故事完整，语言朴素，人物性格鲜明，结构紧凑。

乐府诗里，表现弃妇怨女这一类题材的作品也不少见。《上山采蘼芜》写女子因为男子的喜新厌旧而被抛弃，对男子的行为表示了强烈的谴责。《陌上桑》里罗敷在面对太守的无耻调戏时，表现出来的不是那种弱者的哀怨无助，而是对于强权的反抗和对于爱情的忠贞。

在以抒情诗为主的文学大背景下，汉代乐府诗以其突出的叙事性独树一帜，成为文学百花园里一朵常开不败的奇葩。汉乐府最基本的艺术特色就在于它的叙事性，出现了由第三者叙述故事的作品和有一定性格的人物形象及比较完整的情节，奠定了中国古代叙事诗的基础。与这种叙事性相伴随的则是汉乐府民歌所体现出来的激烈而直露的感情，形成了一次情感表现的解放。同时这种精神也开启了后代法门：建安曹操诸人古题乐府的"借古题写时事"，杜甫新题乐府的"即事名篇，无复依傍"以及白居易所倡导的新乐府运动"歌诗合为事而作"等均源于此。其次，汉乐府民歌的主要形式是杂言体与五言体，这也对后代诗歌创作影响深远，后代杂言莫不源于汉乐府，而五言体则逐渐取代了《诗经》的四言和《楚辞》的骚体，成为我国诗史上一种重要的诗歌形式。总之，作为汉代非主流的民间创作，汉乐府深刻影响了后代文人的创作，促进了诗歌的兴起，在文学史上具有相当重要的地位。

延伸 阅读

《乐府诗集》是收集历代各种乐府诗最完备的一部重要总集，是上古至唐五代乐章和歌谣的总集，辑者为南宋初期人郭茂倩。《乐府诗集》所收作品以汉魏至隋唐的乐府诗为主，多数是优秀的民歌和文人用乐府旧题所作的诗歌。全书共 100 卷。把乐府诗分为郊庙歌辞、燕射歌辞、鼓吹曲辞、横吹曲辞、相和歌辞、清商曲辞、舞曲歌辞、琴曲歌辞、杂曲歌辞、近代曲辞、杂歌谣辞和新乐府辞等 12 大类；每一大类中又分若干小类，如横吹曲辞又分汉横吹曲、梁鼓角横吹曲等类；相和歌辞又分为相和六引、相和曲、吟叹曲、平调曲、清调曲、瑟调曲、楚调曲和大曲等类。

《乐府诗集》
（宋 郭茂倩辑）书影

"五言冠冕"
古诗十九首

　　古诗十九首，组诗名，汉无名氏作，非一时一人所为，是一组非常成熟的、文学价值颇高的五言诗歌。但遗憾的是，今天已经不可能知道它们的作者是谁，唯一能够肯定的是，从写作的笔法来看，这十九首诗歌一定出自学养有素的文人之手，同时这些诗人们都受到了民歌的影响。失意的文士们，把他们对于现实的怨愤，对于前途的迷惘，以及人生无常的感慨、羁旅穷途的哀愁尽情地倾注于笔端，化作了传世的诗篇。南朝梁萧统合为一组，收入《文选》，题为《古诗十九首》。

草书《古诗十九首》（局部）　明　陈道复

　　《古诗十九首》的作者非一人所作，所以它们反映的思想内容是很复杂的，其主题有闺人怨别、游子怀乡、游宦无成、追求享乐等等，但有一个共同的特征，就是对人生易逝、节序如流的感伤，大有汲汲遑遑如恐不及的忧虑，这些都反映了社会大动乱的前夕，失意士人对于现实生活和内心要求的矛盾和苦闷。

　　"生年不满百，常怀千岁忧。昼短夜苦长，何不秉烛游？"这一种人生苦短、世事无常的感慨，流露在诗行间。他们或有感于长青的松柏，或寄意于磊磊的山石，与自然的永久的存在相比，人生总是显得那么渺小，那么短暂。因此，春花秋月的节序物候，一草一木的荣枯衰败，总会在诗人的心中激起情感的波澜。"四顾何茫茫，东风摇百草。所遇无故物，焉得不速老？""回风动地起，秋草萋以绿。四时更变化，岁暮一何速！"秋风萧瑟，草木摇落，一年的光阴为什么总是那么快呢？似乎总是在不知不觉中，青春岁月就随风而逝，曾经意气风发的年青

推荐阅读 ＞　＞

　　《汉魏六朝诗选》，余冠英选注，人民文学出版社 2000 年版。

人，如今已经苍颜白发矣。正因为有此感慨，诗人们特别珍视情感，轻利重别。不满百年的人生里，爱情、亲情、友情、乡情，才是最值得珍惜的东西，远离故土漂泊天涯，和爱人、朋友的分别，都会让人感到黯然神伤！"思君令人老，轩车来何迟？伤彼蕙兰花，含英扬光辉。过时而不采，将随秋草萎。"

　　与民歌的朴拙之美不同，《古诗十九首》开始展现出别具魅力的精妙之美。文人们有意识地运用各种表现手段，对诗句进行刻意地雕琢。比如《迢迢牵牛星》一诗：

> 迢迢牵牛星，皎皎河汉女。纤纤擢素手，札札弄机杼。终日不成章，泣涕零如雨。河汉清且浅，相去复几许。盈盈一水间，脉脉不得语。

　　全诗借助于写景来抒发情感，没有一处直露的笔墨，而茫茫愁绪，洋溢其间，读来只觉哀婉缠绵。

　　《古诗十九首》的艺术成就十分突出，被誉为"惊心动魄，一字千金"。其主要艺术特色是长于抒情：融情入景，寓情于景，善于通过某种生活情节抒写作者的内心活动，抒情中带有为事意味；同时善于运用比兴手法，着墨不多而能言近旨远，语短情长；语言不假雕琢，浅近自然，但又异常精炼，含蓄蕴藉，余味无穷。其高度艺术成就是五言诗已经达到成熟阶段的标志，被刘勰誉为"五言之冠冕"。

牛郎织女图　高句丽

　　汉代，中国开始出现完整的牛郎织女的传说，东汉应劭《风俗通义》佚文引《岁华纪》载："织女七夕当渡河，使鹊为桥。"南朝梁宗懔《荆楚岁时记》曰："天河之东有织女，天帝之子也。年年织杼劳役，织成云锦天衣。天帝哀其独处，许配河西牵牛郎，嫁后随废织纴，天帝怒，责令归河东，唯每年七月七日夜渡河一会。"《古诗十九首》中的《迢迢牵牛星》就是这一民间传说在文学上的反映。

慷慨悲凉的建安文学

建安（196～220年）是汉献帝的年号，建安时期在中国文学史上是一个非常重要的阶段，历史上称作"建安文学"，尤以诗歌为盛。建安文学的代表人物有曹操和他的两个儿子曹丕、曹植以及建安七子。由于他们亲身经历了东汉末年以来社会动荡、战乱频仍之苦，本身又具有较高的才华，因此在继承汉代乐府民歌"感于哀乐，缘事而发"的优良传统和现实主义精神的基础上，创作出了大量优秀的诗篇，形成了慷慨悲凉的"建安风骨"。

曹操像

曹操（155～220），字孟德，小名阿瞒，沛国谯县（今安徽亳州）人，三国时期的文学家、政治家、军事家。

作为一位心怀雄图的军事家，曹操在长期的戎马生涯中写下了大量的诗文，是建安文学的开创者。他的诗歌苍劲雄浑，具有强烈的现实主义，比如《薤露》、《蒿里行》等诗，就直接反映东汉末年重大的历史事件，展现出当时的历史画面。"铠甲生虮虱，万姓以死亡。白骨露于野，千里无鸡鸣。生民百遗一，念之断人肠。"（《蒿里行》）寥寥数语，概括了当时战事连年导致百姓大批死亡的事实，语言古朴而内涵厚重，英雄的慈悲情怀，自然地表露字里行间。

对酒当歌，人生几何？譬如朝露，去日苦多。慨当以慷，忧思难忘。何以解忧，唯有杜康。青青子衿，悠悠我心。但为君故，沉吟至今。呦呦鹿鸣，食野之苹。我有嘉宾，鼓瑟吹笙。明明如月，何时可掇？忧从中来，不可断绝。越陌度阡，枉用相存。契阔谈宴，心念旧恩。月明星稀，乌鹊南飞，绕树三匝，何枝可依？山不厌高，海不厌深，周公吐哺，天下归心。

全诗从"人生几何"发端，以"天下归心"收结，流动着一片悲凉慷慨、深沉雄壮的情调。

与此诗主题风格近似的，还有《步出夏门行》组诗，其中的《观沧海》、《龟虽寿》等诗作皆能看出"外定武功，

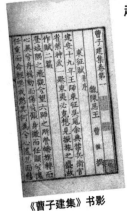

《曹子建集》书影

内兴文学"的曹操包容四海、囊括宇宙的壮志和雄心。

在三曹里，曹丕是真正当上皇帝的人。他博闻强记，下笔成章，其创作以写游子思乡、思妇怀远见长，缠绵悱恻，深切动人。今存其诗约40首，代表作《燕歌行》两首，是现存最早的完整七言诗，文笔纤细，感情细腻。散文成就也较高，代表作有《与吴质书》。其文学专论《典论·论文》是我国较早的文学批评专著，在论文中他高度评价了文学的功用。此外，他还对建安七子进行了评论，提出了"文气"的概念，而且注意了不同文体的区别，这些范畴都成为后来文学批评中的重要课题，在我国文学批评史上具有重要的意义。

曹植自幼很受曹操的宠爱，他与兄长曹丕之间曾经有过一场王位的争夺。因此，曹操死后，曹植受到了政治迫害，一生空怀壮志，无从施展，郁郁而死。曹植的前期作品，多数是抒写个人的志趣与抱负。《白马篇》是其前期创作的代表诗作，"捐躯赴国难，视死忽如归"，诗中那一位英雄少年，实际上是作者的自我写照。曹丕当权以后，曹植在残酷的政治迫

洛神赋图（局部）　东晋　顾恺之
　　此图取材于曹植的《洛神赋》（《感甄赋》），描绘曹植在洛水边遇到宓妃的浪漫故事。顾恺之以手卷的形式，用连续的画面，艺术地展现了原赋的内容，表达了曹植抑郁惆怅的感情，成功地传达了洛神"翩若惊鸿，婉若游龙"的动人姿容。这幅画在内在气质上和曹植的《洛神赋》达到了珠联璧合的程度，是中国绘画史上不朽的精品。

害之下，早期的豪迈自信已不再有，作品中多抒写对个人命运的失望和对政敌的怨恨，显出一种深沉悲凉的气氛。这类作品中，最有代表性的是《赠白马王彪》。

和父亲相比，曹植显然少了许多英雄的豪迈气魄，但是又多了些才子的浪漫情怀。他的作品大多精心锤炼，其结构精致，刻画入微，对仗工稳，语言华美。

在曹氏父子的影响下，文学创作蔚为壮观，较为著名的有孔融、陈琳、王粲、徐干、阮瑀、应玚、刘桢。他们七人与曹丕、曹植兄弟有密切的交往，由此形成了一个文学集团，文学史上称为"建安七子"。"七子"的生活，

建安七子

　　"建安七子"即以曹操、曹丕、曹植父子为核心的邺下文人集团。最早提出"七子"之说的是曹丕，七人大体上代表了建安时期除曹氏父子而外的优秀作者。其诗作崇尚风骨，多悲凉慷慨之气，抒发救国安邦、忧国忧民之志。

基本上可分为前后两个时期。前期他们生活在汉末的社会大动乱中，都未能逃脱颠沛困顿的命运。后期他们生活都先后依附于曹操，不过，孔融后来与曹操发生冲突，被杀。他们的创作大体上也可以分为前后两个阶段。前期作品多反映社会动乱的现实，抒发忧国忧民的情怀。代表作品有陈琳的《饮马长城窟行》、王粲的《七哀诗》与《登楼赋》、阮瑀的《驾出北郭门行》、刘桢的《赠从弟》等，都具有现实意义和一定的思想深度。后期作品则大多反映他们对曹氏政权的拥护和自己建立功业的抱负，内容多为游宴、赠答等。无论前、后期，"七子"的创作都是积极、健康的内容占着主导地位。

　　"七子"的创作各有个性，各有独特的风貌。孔融以奏议散文闻名当时，作品体气高妙。王粲诗、赋、散文号称"兼善"，其作品抒情性强。徐干诗、赋皆能，文笔细腻、体气舒缓。陈琳、阮瑀均长于章表书记，相比而言，陈琳比较刚劲有力，阮瑀比较自然畅达。应玚亦能诗、赋，其作品和谐而多文采。刘桢擅长诗歌，所作气势高峻，格调苍凉。

　　"七子"在中国文学史上具有相当重要的地位，他们与"三曹"一起，构成建安作家的主力军。

推荐阅读 〉〉

《建安文学概论》，王巍著，辽宁教育出版社2000年版。
《三曹诗选》，余冠英选注，人民文学出版社2000年版。

隐逸文人团体 竹林七贤

　　曹魏后期，曹氏皇帝昏庸无能，司马家族重权在握，篡位自立，建立了西晋，这一段历史，文学史上称之为"正始时期"。这一时期，文人们不再把目光聚集在丑恶的当世生活，而是避开现实，以深具洞察力的眼光去观照哲学的世界。在他们的作品里，表现出的是深刻的理性思考和尖锐的人生悲哀，代表文人就是所谓的"竹林七贤"。

　　"竹林七贤"即谯国嵇康、陈留阮籍、河内山涛、河南向秀、沛国刘伶、陈留阮咸、琅琊王戎，此七人生性旷达，经常聚集在竹林下纵酒酣歌，嗜酒几乎是他们共同的特点。刘伶醉酒，千古闻名。他常乘着鹿车，拿着一壶酒，到处乱跑，让仆人跟着他，并且吩咐说："我死了，你就随便挖个坑把我埋了吧！"司马昭想让阮籍的女儿嫁给自己的儿子，派人去提亲，阮籍大醉60天，使得媒人无从开口，只得作罢。

　　除了嗜酒，他们也放任自己的行为举止，而不顾世人评说。阮籍为素不相识的夭亡少女扶棺痛哭，表达对一个美丽生命逝去的痛悼；他对谁都翻着白眼，唯独对嵇康青眼有加。刘伶则经常在家中裸奔，有人责备他，他却说，我以天地为房屋，以屋宇为衣服，你怎么钻到我衣服里面来呢！

　　从实质上看，七贤的这种放达任性的林下之风，表现的是内心深处的无法解脱的痛楚。他们认识到自己面对现实的无奈，所以只有选择消极抗争的行为。他们的痛苦，为千秋后代留下了一个评说不尽的话题。

　　七人在文学创作上成就不一，以阮籍、嵇康为高。阮籍的五言诗，嵇康的散文，在文学史上都占重要地位。向秀的《思旧赋》，篇幅虽短，但感情深挚。刘伶有散文《酒德颂》。阮咸精通音律，善弹琵琶，但文学作品很少。山涛（字巨源）、王戎所遗留下来的著作文学性也不高。

竹林七贤图笔筒　清

嵇康天性旷达，文采斐然。散文方面，他的《与山巨源绝交书》，是传颂一时的名篇。山巨源就是"竹林七贤"之一的山涛，本与嵇康为至交，后来却投靠司马氏。他向朝廷推荐嵇康做官，于是嵇康写了这封信表明自己断然拒绝的态度，并宣布与山涛绝交。"人此犹禽鹿，少见驯育，则服从教制；长而见羁，则狂顾顿缨，赴汤蹈火，虽饰以金镳，享以佳肴，愈思长林而志在丰草也。"这种个人意识和追求个性自由的精神，是正始文学最为显著的特色。

嵇康的诗写得也不错，现存 50 余首，有四言、五言、七言和杂言诗，而以四言的成就为高。他在诗中表现出追求自然、高蹈独立、厌弃功名富贵的人生观，如在《幽愤诗》一诗中，他就自述身世和志趣，表达出对自由生活的无限向往。

然而在与强权的对抗中，嵇康最终还是免不了悲惨的一死。他被陷害下狱，3000 名太学生上书请求免罪，但是这反而坚定了司马氏杀害嵇康的决心。东市临刑的时候，嵇康气定神闲，弹奏了一曲《广陵散》，然后不无遗憾地说："《广陵散》于今绝矣！"

推荐阅读 〉 〉

《阮籍·嵇康》，陈庆元著，春风文艺出版社 1999 年版。

《阮籍咏怀诗讲录》，叶嘉莹著，天津教育出版社 1997 年版。

高逸图　唐　孙位

　　这是残存的《竹林七贤图》。图中只剩下了四贤：从左到右，分别是惯作青白眼的阮籍、嗜酒的刘伶、善发谈端的王戎、介然不群的山涛。人物重视眼神刻画，线条细劲流畅，似行云流水。

　　而阮籍既不愿意与司马氏对抗一死，也不愿意像山涛那样阿附权贵。生活在夹缝中的阮籍，只好同司马氏虚与委蛇，佯装痴狂。所以其诗里大多透露着内心的无奈与惶恐，充满了苦闷、孤独的情绪。其诗以82首《咏怀诗》为代表。诗里他或者感叹人生无常；或者写树木花草由繁花密叶而花飘叶落，借以比喻世事的反复；或者写鸟兽虫鱼对自身命运之无奈；或者伤感于生命中不能承受之痛。

　　现实中没有出路，只有向精神世界寻求。阮籍在咏怀诗中讽刺历史上那些因贪图富贵而招致杀身之祸的名利之徒，羡慕仙人的生活，赞美古时的隐士。这是他为自己寻找到的精神出路。他是那个特定时代的悲剧人物，代表着那一批个性觉醒的知识分子，他们以极大的热情去追求人格和生命的完美，追求真诚自由的生活。

文学辞典

正始文学

　　正始是魏废帝曹芳的年号（240～249年），习惯上所说的"正始文学"，还包括正始以后直到西晋立国（265年）这一段时期的文学创作。此时，社会异常黑暗，道家思想盛行，玄学大兴，深刻的理性思考和尖锐的人生悲哀，构成了正始文学最基本的特点。正始时期著名的文人有"正始名士"和"竹林七贤"。前者的代表人物是何晏、王弼、夏侯玄，他们的主要成就在哲学方面。后者指阮籍、嵇康、山涛、王戎、向秀、刘伶、阮咸七人，主要成就在文学方面，其中阮籍、嵇康的成就最高。

陆机像

陆机(261～303年)，字士衡，吴郡吴县华亭(今上海松江)人，才冠当世，诗、文、辞赋均有成就。

陆云像

陆云(262～303年)，字士龙，吴郡吴县华亭(今上海松江)人，西晋文学家。

西晋文学的繁荣主要在于太康、元康（280～299年）年间，代表作家有三张、二陆、两潘和一左。三张即张载、张协和张亢的并称，二陆即陆机和陆云的并称，两潘即潘岳和潘尼的并称，一左即左思。这七人代表了太康文学的最高成就。

在"三张"中，张协的成就最高。张协字景阳，安平（今属河北）人，曾任公府掾、秘书郎、华阳令等职。永宁元年(301年)，为征北将军司马颖从事中郎，后迁中书侍郎，转河间内史，治郡清简。惠帝末年，天下纷乱，他辞官隐居，以吟咏自娱。永嘉初，复征为黄门侍郎，托病不就。后逝于家。他的现存作品主要是收录于《文选》的《杂诗》十首，文体华净，辞采华茂，状物工巧。

陆机出身当时著名的江南士族之家，祖父陆逊，父陆抗，均为东吴名将，地位显赫。陆机年轻时曾是东吴的牙门将，吴亡之后，他闭门苦读，十多年不出来做官。太康十年，陆机与弟弟陆云来到洛阳，名动一时，人谓"二陆入洛，三张减价"。陆机长于写抒情小赋，代表作有《感时赋》、《思亲赋》、《思归赋》、《别赋》等。赋体的文艺批评著作《文赋》，是论文的名作，其形式也是前所未有的。此外他还写过历史著作《晋纪》、地理著作《洛阳记》等。在诗歌创作方面，陆机对以往的各类诗歌经典都十分熟悉，常模仿《诗经》、《楚辞》、汉乐府以至古诗十九首。他在太康末年应召北上，途中作有《赴洛道中作》二首，诗人由吴入洛，既眷怀

推荐阅读 ＞ ＞

《汉魏六朝诗选》，余冠英选注，人民文学出版社2000年版。

南国，又忧惧未来，诗中极力描写旅途景象和客游的忧伤，流露出孤独与寂寞的心情。

"陆才如海，潘才如江"（《世说新语》），与陆机齐名的潘岳（247～300年）文风绮丽，诗文以抒写悲哀之情著称。 潘岳少有才名，热衷于仕进，媚事权贵，人品颇遭到非议。他仕途并不得意，所以常常感到苦恼。他虽有高蹈避世的想法，又不能真正实行，最终被赵王司马伦杀害。潘岳诗文均以善叙悲哀之情著称，爱妻病故后，他写有《悼亡诗》三首。深婉的情感，打动了无数的痴情人，以后历代的"悼亡"作品都源于此。潘岳也是一个重要的赋家，代表作有《西征赋》、《秋兴赋》、《怀旧赋》等。

在西晋文学渐趋柔媚的大背景下，左思当算是独具一格的。左思（250～305年）字太冲，临淄（今属山东）人，出身于寒素家庭。妹左芬以文才被召入武帝内宫，左思随之移家洛阳。入京之初，他有着求取仕进的企图，却为门阀制度所阻遏，官止于秘书郎，最终退出官场。他花了10年时间撰写的《三都赋》，辞藻壮丽，经当时社会名流的推荐，名显一时，达官贵人纷纷争相传写，竟造成"洛阳纸贵"。他的八首《咏史诗》则以刚健质朴的语言表现出对于士族门阀制度的强烈不满，颇具激情与力度，仿佛是建安风骨的遗风余韵。

> 郁郁涧底松，离离山上苗。
> 以彼径寸茎，荫此百尺条。
> 世胄蹑高位，英俊沉下僚。
> 地势使之然，由来非一朝。

昏庸的贵族占据着社会的高位，怀才的寒士却只能屈沉下僚。这就好比生长在涧谷里的青松，纵然高大挺拔，可是由于生长的地方太低，竟然被山顶的小草所遮盖，由此诗人生发出对于权贵之门的蔑视之情。

西晋时的砚

瓷砚出现于三国、西晋初。这两款瓷砚体现出制作的匠心，典雅实用。中国的文房四宝是随着文学的发展以及文人对书写要求的提高而不断发展的，同时也对中国古代文学的发展有着积极的影响。

文学辞典

太康体

太康体指西晋武帝太康年间的一种诗风，或一种诗体。"太康"（280～289）为西晋武帝司马炎的年号，"太康体"语见宋严羽《沧浪诗话·诗体》："太康体（晋年号左思潘岳二张二陆诸公之诗）"。据说源于钟嵘的《诗品》："太康中，三张二陆两潘一左，勃尔复兴，踵武前王，风流未沫，亦文章之中兴也。"太康文坛比较繁荣，诗歌一般以陆机、潘岳为代表。太康诗歌比较注重艺术形式的追求，讲究辞藻华美和对偶工整，但往往失于雕琢，笔力平弱，带有消极影响。

"不为五斗米折腰" 陶渊明

陶渊明像

陶渊明出身于没落的仕宦家庭。在家族中，他既钦敬曾祖陶侃的积极进取，又特别赞赏外祖孟嘉的冲淡自然，因而思想中融入了儒道两种精神。

陶渊明（365～427年），字元亮，一说名潜，字渊明，晋代浔阳柴桑（今江西九江）人，东晋著名诗人，我国田园诗的开拓者和集大成者。

陶渊明的曾祖父陶侃是晋朝的开国元勋，官至大司马，封长沙郡公。祖父和父亲都做过太守之类的官。不过，到他出世后，父亲早亡，家道中落，由于少年贫困，他很少交游，大部分时间花在读书上。29岁时他开始做官，先后做过州祭酒、参军一类小官。

41岁时，他的堂叔陶夔设法让他做了彭泽县令。有一次，上级派遣督邮到地方检查工作，属下告诉他应该束带迎接。陶渊明叹息说："吾不能为五斗米折腰向乡里小儿！"于是便封印挂冠，结束了他的仕途生涯，回到庐山的老家。

在归隐的最初三年里，耕田、爬山、作诗、喝酒，他随心所欲，无拘无束。不幸的是，在他44岁那年，一场大火把他的家烧了个精光，使他所有的家庭财产化为乌有，家境急转直下。但在这种情况下，他仍不改远离官场的初衷，又一次拒绝了朝廷的征召。

陶渊明在诗歌、散文、辞赋诸方面都有很高的成就，但影响最大的还是诗歌。陶诗现存126首，四言诗9首，五言诗117首。从内容上可分为饮酒诗、咏怀诗和田园诗三大类。陶渊明是中国文学史上第一个大量写饮酒诗的诗人。他的《饮酒》20首或指责黑白颠倒、毁誉雷同的上流社会，或揭露世俗的腐朽黑暗，或

推荐阅读 ＞ ＞

《陶渊明》，廖仲安著，中华书局1963年版。

《陶渊明诗文赏析集》，李华著，巴蜀书社1988年版。

反映仕途的险恶，或表现在困顿中的牢骚不平。从诗的情趣和笔调看，可能不是同一时期的作品。东晋元熙三年（421年），刘裕废杀晋恭帝而自立，建刘宋王朝。《述酒》即以比喻手法隐晦曲折地记录了这一篡权易代的过程，对晋恭帝以及晋王朝的覆灭流露了无限的哀惋之情。

《陶渊明集》书影

田园诗是陶诗的重要部分，内容多描写田园风光和风俗人情，他把平凡的乡村田园劳动生活引入诗歌的艺术园地，开创了田园诗一派。

陶渊明的田园诗主要有组诗《饮酒》、《归园田居》、《和郭主簿》等，充分表现了诗人鄙夷功名利禄的高远志趣和守志不阿的高尚节操，对黑暗官场的极端憎恶和彻底决裂，抒发了诗人对宁静闲适的生活的由衷喜爱。"少无适俗韵，性本爱丘山。误落尘网中，一去三十年。"这是一个天性热爱自然的人，置身于名利场中，无异于锁在金笼的那只渴望自在啼鸣的鸟。

远离了市井红尘，没有刀光剑影的战乱，也没有污浊不堪的官场。在陶渊明的田园诗里，"自然"这一哲学概念，以美好的形象表现了出来。

结庐在人境，而无车马喧。问君何能尔？心远地自偏。采菊东篱下，悠然见南山。山气日夕佳，飞鸟相与还。此中有真意，欲辩已忘言。

由于陶渊明在这首诗里的吟咏，酒和菊已经成了他精神和人格的象征。

不过，陶渊明毕竟是有高远的人生理想的。当这种理想遭遇现实的棒喝而只能流于空想时，心中的幽愤难平是不可能完全被美酒和秋菊消解的。于是，在田园诗以外，他还写有大量的咏怀咏史的诗。在《杂诗》十二首、《读山海经》十三首这些诗里，我们分明能够感受到静穆悠远的隐士对现实的憎恶与不安，对人生短

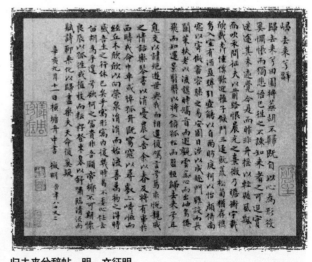

归去来兮辞帖 明 文征明

《归去来兮辞》是陶渊明的著名文章，受到后世文人的高度赞扬和极力推赏，书法家更是常以它作为表现对象。此帖是明代著名书法家文征明（1470～1559年）82岁时的作品，笔法紧劲，中规中矩。

文学 辞典

促的无限焦虑，和那种被强烈压抑着的建功立业的渴望。

陶渊明的辞赋散文，虽然数量不多，但思想、艺术上都有独特的成就，像《桃花源记》、《归去来兮辞》、《五柳先生传》等都是传诵千古的名篇。其中，《归去来兮辞》是陶渊明辞官归隐之际与上流社会公开决裂的宣言。文章将叙事、议论、抒情巧妙地融为一体，以绝大篇幅写了他脱离官场的无限喜悦，想象归隐田园后的无限乐趣，表现了他对大自然和隐居生活的向往与热爱。语言自然朴实，有着浓厚的乡土气息。

"千秋万岁名，寂寞身后事。"老杜的诗句用在陶渊明的身上，再恰当不过了。在他生活的当世，社会普遍推崇华丽绮靡的文学风格，但他的诗歌朴素冲淡，并不合于当时人的口味。直到600年后的赵宋王朝，在苏东坡的极力推重下，人们才发现陶渊明其人其诗的价值，从此陶渊明才走出寂寞的"田园"。

桃花源遗址

对现实的失望，迫使诗人回到诗歌中去构筑一个理想的社会，《桃花源诗并记》大约作于南朝宋初年。作品描绘了一个乌托邦式的理想社会，表现了诗人对现存社会制度彻底否定与对理想世界的无限追慕之情。图为位于湖南桃源县的桃花源遗址。

述 "古今神祇灵异人物变化"《搜神记》

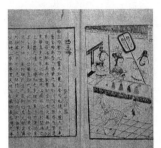

《搜神记》书影

《搜神记》是一部志怪小说，内容涉及神祇灵异的变化和神仙五行。其中有些作品曲折地反映了社会矛盾，表达了人民的爱憎和要求，充满了美丽的幻想，富有浪漫主义色彩。

南北朝时期，志怪小说特别兴盛，有的记述鬼魅，有的描写佛法，有的编录神仙方术，光怪陆离，荒诞不经。其中《搜神记》是这类作品中写作最早、成就最高的一部，它的作者是东晋时期的干宝。干宝字令升，河南新蔡人，年轻时勤学博览，喜欢阴阳术数之类的东西，因为才名出众，被朝廷召为著作郎。他对经史之学研究很深，但是所著的书都已失传，只有《搜神记》流传了下来。此书以写鬼神为主，而且借写鬼神为由，演绎不同的伦理道德观念，寄托作者的人生体验。

《搜神记》是较早集中记述神话传说、俗闻逸事的专书，共搜集故事 464 篇。书中故事大都源于神话传说、宗教演绎和民间传闻，虽然虚妄荒诞，却也各有理寓。讲忠孝节义的，反映儒家观点；讲神仙术数的，植根道教思想；表现因果报应的，源于佛学宗旨：劝善惩恶则是三教殊途同归的目的。撩开其鬼怪世界的神秘面纱，可一窥民俗风情，可了解世道人心。

《搜神记》中所写鬼神，多有善恶的分别。比如《丁新妇》这则故事里，讲述一位善良的少女，被亲人迫害而死，死后为神现形，那些居心不良的男子想要调戏她，她就施加惩罚；而忠厚的老者帮助她渡河，她就施以善报。与这位善神相对

嫦娥执桂
图 明 唐寅

嫦娥的故事始见于《搜神记》中，是干宝根据民间传说创作的。画家在绘制嫦娥时，将自己傲物不羁的性情融入其中，心与笔齐，色墨并施，堪称卓绝。

比的，一位叫作蒋侯的恶神，他在世为人时嗜酒好色，死后为神，任意致人死命，为害一方，而百姓却无可奈何。

在劝善惩恶的主题之外，《搜神记》也描写人鬼之间的爱情故事。如《紫玉韩重姻缘》一篇，讲的是吴王的女儿紫玉生前和韩重两情相悦，私订终身，而吴王坚决不许，紫玉郁郁而死，死后为鬼和韩重人鬼相见于墓穴，赠以明珠。《辛道度》、《谈生》、《钟繇》等几篇，也都是讲的这类故事，寄寓追求婚姻自由的意义。

《搜神记》中还有不少优美的神话故事和民间传说，如《董永》、《嫦娥奔月》、《弦超》、《河伯女》等。

这些故事情节曲折、描写细致，已经是比较成熟的短篇小说了，对唐代的传奇和元明两代的戏曲都有较大的影响。

本书精彩篇章不少，脍炙人口的还有卷十一《三王墓》、《东海孝妇》、《韩凭妻》等。这些故事反映了社会上层统治者的残暴、荒淫和昏聩，下层百姓无辜惨死的血海深仇以及他们渴望复仇申冤的强烈心态。《三王墓》中干将、莫邪的儿子赤为报父仇毅然自刎，借手侠客，通过神奇的方式最终杀死楚王。这个故事虽然虚幻，结果却大快人心，广为传诵。鲁迅先生还将这个故事改编成小说《铸剑》，收在《故事新编》中。《韩凭妻》中荒淫无耻

干将莫邪炼剑图　清　任颐
《三王墓》是《搜神记》中脍炙人口的名篇，讲述的是干将莫邪炼剑及其子赤复仇的故事。此图表现的正是干将莫邪炼剑的情形，线条刚劲有力，用墨温润，设色淡雅，是任颐人物画中的精品。

延伸 阅读

魏晋南北朝时期产生了大量的志怪小说，现在保存下来的完整与不完整的尚有30余种，其中以干宝的《搜神记》成就最高。

志怪小说中有不小一部分是道士、佛徒自神其教的作品，因此，其中不少作品或讲神仙道术，或谈巫鬼妖怪，或夸殊方异物，或言佛教灵异。这类作品服务于现实的统治，是志怪小说中的糟粕。而志怪小说中的民间故事，多借助神怪的题材，反映广大人民的思想和愿望。其中有直接暴露封建统治者的凶残、表现人民对统治者坚决斗争的，有颂扬劳动人民善良、勇敢、乐于助人、勇于自我牺牲精神的，也有反映封建婚姻制度下青年男女为争取爱情幸福而斗争的故事。

志怪小说大都采用非现实的故事题材，显示出浓厚的浪漫主义色彩。处于小说发展初期的志怪小说，在艺术形式方面，一般还只是粗陈梗概。然而也有一些结构较完整、描写较细致生动、粗具短篇小说规模的作品，如《韩凭妻》、《李寄斩蛇》等。

志怪小说对后世有很大影响，唐代传奇就是在它的基础上发展而来的。在中国小说史上，说狐道鬼这一流派的形成，也肇始于志怪小说。同时，志怪小说还给后世的戏曲和小说提供了丰富的素材。

推荐阅读 > >

《搜神记》，干宝著，上海古籍出版社 1998 年版。

的宋康王活活拆散韩凭、何氏一对恩爱夫妻，并将他们迫害致死。结果韩凭夫妇虽然未能同穴而葬，然而两墓各生大梓树，"屈体相就，根交于下，枝错于上"。树上早晚栖息着一对鸳鸯，交颈悲鸣。在悲剧色彩中，显示他们没有被帝王的淫威所征服，以超自然的力量重新紧密结合在一起，表现出至死不渝、忠贞不屈的抗争精神。总之，《搜神记》中有很多貌似离奇，实则广泛深刻反映社会现实的故事，读者在品味怪诞情节的同时，也能够形象地了解历史，受到启迪。

最早的轶事小说

《世说新语》

　　《世说新语》是以记录人物的逸闻琐事为主的志人小说，堪称中国文化史上的一部奇书。编纂者刘义庆（403～444 年）是刘宋武帝刘裕的侄子，13 岁时被封为南郡公，后来又袭封临川王，很受皇帝的赏识和重用。

　　《世说新语》按照类书的形式进行编排，分为"德行"、"言语"、"政事"、"文学"等 36 篇。主要记载自东汉至东晋这一段历史中文人名士的言行，对统治阶级的政事和日常生活也有涉及。所记的事情，以反映人物的性格和精神风貌为主，并不追求历史的真实性。书中表彰了一些孝子、贤妻、良母、廉吏的事迹，也讽刺了士族中某些人物贪残、酷虐、吝啬、虚伪的行为，体现了一些基本的评价准则。高尚的品行，超逸的气度，豁达的胸怀，出众的仪态，机智的谈吐，都是本书所欣赏的；勉力国是，忘情山水，豪爽放达，谨严

推荐阅读 ＞ ＞

《世说新语选译》，柳士镇选译，巴蜀书社1990年版。

庄重，作者都加以肯定；即使忿狷轻躁，狡诈假谲，调笑诋毁，也不轻易贬损。

这部书记录了士族阶层的多方面的生活面貌和思想情趣。如"雅量"篇记载："谢公与人围棋，俄而谢玄淮上信至。看书竟，默默无言，徐向局。客问淮上利害，答曰：'小儿辈大破贼。'意色举止，不异于常。"谢安是东晋名相，当时他的侄子谢玄在淝水前线与前秦80万大军对敌，国家兴亡，在此一举，胜利消息传来，他却平静如常，这种临大事有静气的胸怀和雅量，不知倾倒多少自以为是的士人。

书里也写那些名士们在平常生活中的行为表现，很能够见出人物的真性情。比如王子猷雪夜访戴故事：

王子猷居山阴，夜大雪，眠觉，开室命酌酒，四望皎然，因起彷徨，咏左思《招隐诗》，忽忆戴安道。时戴在剡，即便夜乘小船就之。经宿方至，造门不前而返。人问其故，王曰："吾本乘兴而行，兴尽而返，何必见戴！"

寥寥数语，人物的个性风貌，纤毫毕见。

魏晋人物能言善辩，在语言表达上十分机智敏捷，尤以能说会道著称。以"言语"中所记的邓艾为例：

邓艾口吃，语称"艾艾"。晋文王戏之曰："卿云艾艾，定是几艾？"对曰："凤兮凤兮，故是一凤。"

口吃的邓艾，在别人嘲笑缺点时，能够巧妙地引用古语为自己解嘲，言辞十分得体，充分表现出一种急智。再比如王子敬：

王子敬云："从山阴道上行，山川自相映发，使人

《世说新语》书影

《世说新语》问世以来，校注研究甚多，其中以南朝梁刘孝标所注最为精核。1983年中华书局出版了余嘉锡撰《世说新语笺疏》，1984年又出版了徐震谔《世说新语校笺》。此书影是宋椠本。

延伸 阅读

"志人"这个名目，为鲁迅《中国小说的历史的变迁》所设立，与"志怪"相对而言。《中国小说史略》有言："记人间事者已甚古，列御寇、韩非皆有录载，惟其所以录载者，列以用以喻道，韩在储以论政。若以赏心而作，则实萌芽于魏而盛大于晋。虽不免追随俗尚，或供揣摩，然要为远实用而近娱乐矣。"由此可见志人小说，虽仍有记录史实、供人揣摩的写作目的，但欣赏和娱乐的特点已经很强。具有这种性质而时代较早的作品，有东晋葛洪假托为西汉刘歆遗书的《西京杂记》，但是这本书盖以人事为主，但所涉较杂，而且大多数记载过于琐碎。专记人物言行的，则有东晋中期裴启的《语林》和晋宋之际郭澄之的《郭子》，二书均已散佚。《世说新语》原名《世说》，是同类著作中唯一完整地保存下来的，也是集大成的一种。

应接不暇。若秋冬之际，尤难为怀！"

很平常的一句话，但是细细读来，的确能让人感受到名士对美的领悟能力，对大自然的一往情深。

《世说新语》共收1000多则故事，笔法简约隽永，语言质朴简练。一般只有数行文字，短的只是三言两语，就将人物本身最有特征、最富于意味的动作和语言，直接呈现出来，描绘出人物的神韵来。该书对后世笔记文学产生了很大的影响，其中不少故事，如"祢衡击鼓骂曹"、"曹植七步成诗"等为后世的小说、戏剧提供了素材。

东山报捷图
明 仇英

谢安(320～385)是东晋的一代名相，《世说新语》中关于他的词条最多，记载也最丰富。图中表现的正是《世说新语》中描述的"东山报捷"场面：报捷的童子侍立在一旁陈述战事的胜利，而谢安仍专心下棋，镇定自如。

第一部系统的文学理论著作

《文心雕龙》

　　《文心雕龙》的作者刘勰（约466～约539年），字彦和，东莞莒（今山东莒县）人，世代居住在京口（今江苏镇江）。少年时家境贫寒，为生活所迫，跟随沙门僧十余年，并因此精通佛教经典。梁代初年，做过南康王萧绩的记室，又曾担任太子萧统的通事舍人，为萧统所赏识。后来出家为僧，法名慧地。

　　《文心雕龙》是我国历史上第一部系统的文学理论著作，评论了晋宋以前200多位重要作家，总结了35种文体的源流演变和特点，全面论述了文学创作和评论上的一些重要问题，内容丰富多彩。全书共50篇，由四大部分组成：

　　总论由《原道》、《征圣》、《宗经》三篇构成。《原道》中主要说明万事万物必有其自然的文采："形立则章成矣，声发则文生矣"。刘勰据此说明：文学作品必须有文采，但应该是由相应的内容决定其文采。《征圣》、《宗经》两篇强调学习儒家经典的写作原则，刘勰认为圣人的著作 "衔华而佩实"，所以《征圣》篇强调："志足而言文，情信而辞巧，乃含章之玉牒，秉文之金科矣。"这也正是《原道》和《征圣》、《宗经》三篇总论提出的核心观点。很明显，《文心雕龙》的文学思想是以儒家思想为核心的。

　　从第五篇《辨骚》到《书记》共21篇，通常称为文体论。这部分从四个方面论述了各种文体：一是文体的起源和发展概况，二是文体的名称、意义，三是评论各个时期有代表性的作品，四是总结各种文体的特点及写作要领。所以，这部分不仅论文体，也是批评论的重要组成部分；特别值得注意的是，本书的创作论正是以这部分所总结的各种文体的创作经验为基础提炼出来的。

从《神思》到《总术》共 19 篇是创作论；《时序》、《物色》两篇介于创作论和批评论之间，也包含一些论创作的重要意见。这是本书的精华部分，分别对艺术构思，艺术风格，继承与革新，内容和形式的关系，文学与社会现象、自然现象的关系等重要问题，进行了专题论述；也对声律、对偶、比兴、夸张以至用字谋篇等，逐一进行了具体的探讨；对于风格和风骨也有深入的研讨和论述。

本书集中阐述文学批评理论的，只有《知音》一篇。但是，从总体上看，三篇总论同时也是批评论的总论；文体论对各种文体的作品所作评论，同时也是刘勰的作品论；《才略》篇论历代作家的才华，《程器》篇论历代作家的品德，这同时也就是刘勰的作家论；创作论中所论述的创作原理，也正是刘勰评论作家作品的原理。所以，从整体上看，他的批评论相当丰富。例如关于批评态度问题，刘勰非常强调批评应该有全面的观点。又如他特别强调，批评家的广博识见的重要性，他提出了一个在后世非常出名的论断："操千曲而后晓声，观千剑而后识器"，认为任何批评中的真知灼见，只能建立在广博的学识和阅历基础之上。

《文心雕龙》是一部比较艰深的理论著作，普通的读者也许会觉得读懂它很困难。但是，只要方法得当，基本理解本书的内容还是可以做到的。在阅读过程中，我们要善于利用其论述的特点。《文心雕龙》讲的是理论问题，能抓住其理论的脉络，就比较容易理解了。

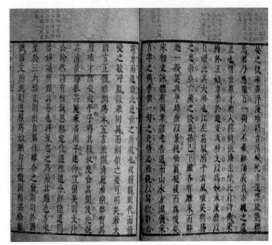

《文心雕龙》书影

《文心雕龙》的版本较多，最早的刻本是元至正本，这个本子是以后各版本的祖本。此外尚有清人黄叔琳的《文心雕龙辑注》、今人范文澜《文心雕龙注》、杨明照《文心雕龙校注》、周振甫《文心雕龙注释》以及詹锳的《文心雕龙义证》。

格律诗的先声 永明体

  "永明"是南朝齐武帝萧赜的年号，"永明体"就是南朝齐武帝永明时期形成的新诗体。"永明体"亦称"新体诗"，这种诗体要求严格四声八病之说，强调声韵格律，对"近体诗"的形成产生了重大影响。

  在永明体产生的过程中，沈约所起的作用是不可忽视的。他著有《四声谱》，倡导声律理论，提出了具体的声律理论、写作法则及其原理，也就是四声法则，还提出必须要避免八病。作为对五言诗的写作要求，遵循"四声"，避免"八病"，这就是以沈约为代表的永明声律论的主要内容和核心所在。在永明体的诗人之中，沈约在当时甚有名望，诗歌成就也较为突出，主要表现在他的山水诗和离别哀伤诗之中。沈约的山水诗并不算多，但具有清新之气，其中又往往透露出一种哀怨感伤的情调。此类诗歌在齐梁山水诗中，亦不失为上乘之作。像 "山嶂远重叠，竹树近蒙茏。开襟濯寒水，解带临清风"（《游沈道士馆》）；"长枝萌紫叶，清源泛绿苔。山光浮水至，春色犯寒来"（《泛永康江》）等描写山水的诗句，都令人耳目一新。

沈约（441～513年），南北朝时梁代著名文学家、诗律学家。字休文，吴兴武康（今浙江德清）人，齐梁文坛领袖。其创作讲求声韵格律，促成了诗歌由古体向近体的发展。著作有《宋书》、《沈隐侯集》辑本二卷。又曾著《四声谱》、《齐纪》等，已佚。

  沈约的离别诗也同样有"清怨"的特点，如最为人称道的《别范安成》，全诗语言浅显平易，但情感表达得真挚、深沉而又委婉，在艺术技巧上具有独创性。

  永明体的另一个代表诗人谢朓（464～499年），字玄晖，陈郡阳夏人。他是谢灵运的族侄，叔侄俩都以山水诗见长，世称二谢，谢灵运为大谢，谢朓为小谢，又因为谢朓曾经担任过宣城太守，所以又称他"谢宣城"。谢朓的主要文学成就是山水诗，他将描写景物和抒发感情自然地结合起来，发展了谢灵运开创的山水诗。其代表作有《暂

推荐阅读 ＞ ＞

《谢朓庾信及其他诗人诗文选评》，杨明著，上海古籍出版社 2002 年版。

使下都夜发新林至京邑赠西府同僚》、《晚登三山还望京邑》、《之宣城郡出新林浦向板桥》等。

谢朓的诗作里所表现的感情，大多是迷惘、忧伤，写景也大多是清丽悠远。和谢灵运的诗作对比就能发现，谢朓继承了谢灵运山水诗描绘细致、语言清新的特点，但是又不同于他的写实主义的客观描摹，而是通过山水景物的描写来抒发情感意趣，达到情景交融的地步。

由于有意识地追求诗歌的声律之美，谢朓的诗作里出现了不少精美的警句。他只用简简单单几个字，就能点染出一幅萧疏淡远的水墨画，高雅闲淡而又富于思致。如："余霞散成绮，澄江静如练。"（《晚登三山还望京邑》）"大江流日夜，客心悲未央。"（《暂使下都》）"天际识归舟，云中辨江树。"（《之宣城郡出新林浦向板桥》）。

另一位积极参与创制"永明体"的王融，也是颇有才华的诗人。王融诗歌的主要特点是构思含蓄而有韵致，写景细腻而清新自然，语言华美而平易流畅，他的诗同谢朓的诗有共同之处。如他的《临高台》："游人欲骋望，积步上高台。井莲当夏吐，窗桂逐秋开。花飞低不入，鸟散远时来。还看云栋影，含月共徘徊。"写景清新细腻，造语清新精巧，表现出一种含婉不露的情韵。

永明体的产生，标志着中国古典诗歌的一大进步。经过许多诗人的不断探索，在诗的格律声韵、对仗排偶、遣词用句以及构思、意境等方面，都较古体诗更为工巧华美、严整精练。当然，永明体对声律的苛细要求，无疑也给诗歌创作带来一些弊病。不过他们的优秀之作，毕竟为当时的诗坛注入了新的气息，他们所积累的丰富的艺术经验，也为后来律诗的成熟及唐诗的繁荣奠定了基础。

文学 辞典

任昉像

任昉（460～508年），字彦昇，乐安博昌（今山东寿光）人，历仕宋、齐、梁三代，南北朝著名文学家。

竞陵八友

南朝齐梁时竟陵王萧子良门下八个文学家的并称，唐代姚思廉在《梁书·武帝本纪》中说："竟陵王萧子良开西邸，招文学，高祖（萧衍）与沈约、谢朓、王融、萧琛、范云、任昉、陆倕等并游焉，号曰八友。" 萧衍（464～549年），即梁武帝，字叔达，南兰陵（今江苏常州）人。齐时以文学游于萧子良门下，他的诗多淫词艳语或宣扬佛理之作，格调不高。八人中最有成就的是沈约与谢朓。萧琛（478～529年），字彦瑜，南兰陵人。少明悟，有才辩。陆倕（470～526年），字佐公，吴郡吴（江苏苏州）人。少勤学，善为文，文辞甚美，昭明太子萧统称其"才学早为邻"。任昉（460～508年）以表奏见长，与沈约有"沈诗任笔"之称。王融、范云的文学成就也比较高。

"文章老更成"
庾信

校书图　北齐　杨子华

此图表现北齐天保七年(556)皇帝高洋命樊逊等人刊校五经诸史的故事，反映了北朝对文艺的重视。和北齐并立的北魏政权同样对南朝文艺相当向往。当时庾信为南朝梁的御史中丞，出聘西魏，因词采有盛名，所以被扣留不允其还。庾信虽数次请求返回南方，但北朝终是惜才，不肯将他放还。庾信最后在隋开皇元年(581)卒于北方，年68。

　　庾信(513～581年)字子山，南阳新野(今河南)人，出身于诗书世家。15岁那年，他被召入东宫，当了昭明太子萧统的讲读。20岁左右开始做官，历任侍郎、别驾、正员郎等职。这一时期他吸取了南朝文学的精华，也感染了一些弊病，其诗风被称作"徐庾体"(徐庾体指南北朝时期徐摛、徐陵父子和庾肩吾、庾信父子的诗文风格)，文学创作主要是写一些宫体诗。

　　梁武帝末年，侯景叛乱，攻到建康，繁华的建康化为一片瓦砾，庾信的3个孩子死于乱军之中，老父亲也不知流落到何方。战乱平定以后，他到了江陵，投奔梁元帝萧绎。两年以后，他奉命出使西魏，恰在此时，西魏大军进攻江陵，杀了梁元帝，把大批的南朝百姓带到北方做奴隶，庾信的母亲和妻子也在俘虏之列。庾信凭着他和西魏安定公宇文泰的朋友关系，才救回妻母。但是庾信却因才华出众被强留在北方，再也回不了江南。遥远的故土在他的心中，化成富足安宁的理想之邦，他愤懑于北方异族对这一切的破坏，同情江南父老在这场历史浩劫中的苦难遭遇，他也景仰那些

推荐阅读 ＞ ＞　《庾信选集》，中州书画社1983年版。

曾经为之奋斗并在救亡图存中做出过贡献的英雄们。

情郁于中，发之于外，就成了一篇篇抒写"乡关之思"的诗赋华章。正所谓"国家不幸诗家幸，赋到沧桑句更工"。庾信运用写宫体诗时练就的成熟的文学技巧，把自己从未有过的经历和情感写入诗中，北朝的生活环境，南朝的文学技法，全新的人生体验，共同熔铸了一位出色的诗人。《拟咏怀》27首，是他的代表之作，虽然未必是作于一时，但是主旨相似，全是感叹自己的身世、思念家乡、哀悼梁代亡国的内容。因为亡国之臣身份的原因，许多想法不能直言，只能用比兴或者咏史的手法来写。比如第十一首：

> 摇落秋为气，凄凉多怨情。
> 啼枯湘水竹，哭坏杞梁城。
> 天亡遭愤战，日蹙值愁兵。
> 直虹朝映垒，长星夜落营。
> 楚歌饶恨曲，南风多死声。
> 眼前一杯酒，谁论身后名！

庾信在辞赋方面的成就也很高，早期的赋，如《春赋》、《对烛赋》、《荡子赋》等，多写女子的美貌或相思别离，辞藻华美；后期代表作主要有《枯树赋》、《竹杖赋》、《小园赋》和《伤心赋》等抒情小赋，最著名的是《哀江南赋》。该赋以自身的经历为线索，历叙梁朝由兴盛而衰亡的经过，是一篇用赋体写的梁代兴亡史和作者自传。全篇凝聚着对故国臣民在金陵、江陵两次被祸的哀伤，概括了江陵陷落时被俘到长安的10万臣民的血泪生活，将叙事、议论、抒情结合一体，感情深沉悲痛。

庾信是南北朝文学的集大成者，杜甫在《戏为六绝句》（其二）曾言："庾信文章老更成，凌云健笔意纵横。"明代张溥认为："史评庾诗'绮艳'，杜工部又称其'清新''老成'，此字者，诗家难兼，子山备之。"庾信的诗歌融合南北诗风，对唐诗有重要影响；他的骈文、骈赋，可与鲍照并举，代表了南北朝骈文骈赋的最高成就；其诗歌融合南北诗风，对唐诗有重要影响。

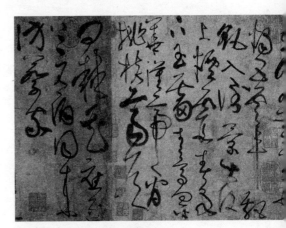

庾信《步虚词》帖　唐　张旭

吴侬小调与草原牧歌
南北朝民歌

似乎是为了与同一时期文学的贵族化相抗衡，南北朝的民歌创作蔚为兴盛。无论是南方的山清水秀，还是北方的天高地迥，都能在人民心中激起美的感悟并发而为歌，展现出一种天籁自然之美。

江南地区气候温润，物产丰富，花木繁荣，风光明媚，并且观念也比较开放，人们普遍追求人生的快乐和感情的满足。所以南朝民歌集中抒写男女之情，而且绝大多数是以女子的口吻来表达对于恋人的相思和爱慕，风格深婉缠绵，清新艳丽。

南朝民歌善于以情景交融的手法，来抒写悠悠的情思。比如《子夜四时歌·秋歌》中的一首：

秋风入窗里，罗帐起飘飏。仰头看明月，寄情千里光。

秋风入窗，吹起罗帐，此时不经意地抬头，一眼望皎月。这圆圆的月亮勾起闺中女儿的情思，她想到远方的情人或许也在痴痴地望着月亮，于是便把自己的情思借这光华遥相传递。这种以景写情、情景相生的写法，在朴素的汉乐府民歌里是见不到的。

南朝民歌里最出色、写得最美的诗篇当属《西洲曲》。这首诗描写一位少女从初春至深秋、从现实到梦境，对远方情人的思念：

忆梅下西洲，折梅寄江北。单衫杏子红，双鬓鸦雏色。西洲在何处，两桨桥头渡。……采莲南塘秋，莲花过人头。低头弄莲子，莲子青如水。置莲怀袖中，莲心彻底红。忆郎郎不至，仰首望飞鸿。鸿飞满西洲，望郎上青楼。楼高望不见，尽日栏干头。栏干十二

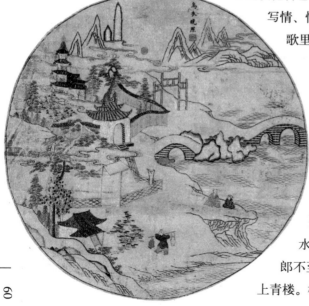

乌衣晚照图　明

《石城乐》、《莫愁乐》、《西洲曲》都是南朝民歌中的精品，展现了南方特别是当时文化中心建康（石头城、石城）的风土人情。这幅乌衣晚照图是后人想象的南朝石头城朱雀桥东乌衣巷的水乡风光，颇有古风。

曲，垂手明如玉。卷帘天自高，海水摇空绿。海水梦悠悠，君愁我亦愁。南风知我意，吹梦到西洲。

这首诗基本上是四句一换韵，又运用了连珠格的修辞手法，形成了一种回环婉转的旋律，声情摇曳，韵味无穷。

北朝质朴豪放的民歌的作者是身处北方的各族人民。大漠平川，骏马为伴，造就了他们孔武强悍的精神：

健儿须快马，快马须健儿。跸跋黄尘下，然后别雄雌！

矫健的骑手骑上快马才能显示出他的威猛，快马驮上健儿才能跑出它的威风。他们即使是歌唱爱情，也有粗犷的调子：

驱羊入谷，白羊在前。老女不嫁，蹋地呼天！

这首奔放朴野的爱情诗歌，把少女渴望出嫁的心情，表达得如此直露。至于北朝民歌的名篇，那是众所周知。在天苍苍，野茫茫，风吹草低见牛羊的北国，走出了一位代父从军的巾帼英雄花木兰。木兰慷慨从戎，驰骋沙场十余年，为国家立下汗马功劳，而在凯旋之后功成不居，返回家园和双亲弱弟同享天伦。这位勇敢刚毅而又亲情浓郁的女英雄，堪称中国文学史上最理想的女性形象。

出行图　南北朝

《幽州马客吟歌》、《紫骝马》、《企喻歌》、《折杨柳歌》等都是北朝民歌中的名篇，内容大多与马有关，这与当时的统治者多是北方草原游牧民族有密切的联系。上图是山西省太原市武平二年(570年)北齐墓中出土的壁画，是北朝武士骑马出行的情景，真实反映了当时的社会生活。

推荐阅读 》 》

《乐府诗选》，曹道衡选注，人民文学出版社2000年版。

"不废江河万古流" 初唐四杰

王勃像

相传王勃做文章，先磨墨数升，酣饮后引被而卧，醒来援笔成篇，不改一字，时人称此为"腹稿"。

王杨卢骆当时体，轻薄为文哂未休。
尔曹身与名俱灭，不废江河万古流！

这是诗圣杜甫对初唐四杰的高度评价。四杰指的是生活在高宗、武后时期的王勃、杨炯、卢照邻、骆宾王四位诗人，他们"以文章齐名天下"。四杰在文学上有较一致的观点，他们不满齐梁绮艳的诗风，努力以自己内容充实、格调健康的作品扫荡齐梁文风。虽然他们的诗文并未脱尽齐梁风气，但是扩展了题材，笔意纵横，感情真挚，并且熟练运用了七言歌行这一诗体。此外，他们为五言律诗奠定了基础。五言律诗在"四杰"之前已有出现，但作品不多。到了"四杰"的时候，五律才得到充分发挥，并在他们的作品中被逐渐固定下来。

王勃（650～676年）的家世与太史公司马迁颇有几分相似。他的父亲经常以"司马谈之晚岁"自况，一心把"学而优则仕"的希望寄托在王勃的身上。很小的时候王勃就有才名，朋友们把他和他的两位哥哥比作"王氏三珠树"。乾封元年（666年），高宗要到泰山封禅，王勃向朝廷进献了《宸游东岳颂》和《乾元殿颂》，文采菁华，风传一时。沛王李贤听到了他的名声，就把他招到门下做文字工作。但是不久，王勃因为一篇文章得罪皇帝，被逐出了王府。他四处游历，途中结识了卢照邻，两人交往甚密。此后他也曾几度出仕，有一次因为私藏钦犯差点被杀了头，因为朝廷改元大赦天下才保住性命，但还是被革掉了功名。从此他断绝了仕途之望，一心做学问。无奈天不假年，上元三年（676年），他远道看望父亲，途

落霞孤鹜图　明　唐伯虎

　　此画是唐伯虎根据唐代王勃《滕王阁序》中的名句"落霞与孤鹜齐飞，秋水共长天一色"绘制而成的。画幅自题诗："画栋珠帘烟水中，落霞孤鹜渺无踪。千年想见王南海，曾借龙王一阵风。"诗中流露出对王勃少年得志的钦慕和向往。

中落水受到惊吓而死，年仅27岁。

　　四杰中王勃才气最高，成就最大。他反对自南朝以来即蔓延的宫体诗风，提出诗歌革新主张。其诗歌创作内容充实、感情充沛、悲凉浑壮，并在七言、杂言诗体形式上也有所创新，初步摆脱了齐梁浮华空虚的文风。《滕王阁序》、《采莲曲》、《送杜少府之任蜀州》等是其诗歌代表作。《滕王阁序》以生动的文笔，从各方面极力地铺叙滕王阁的壮丽和阁中宴饮的盛况，并即景生情，抒发了自己怀才不遇的愤懑和客愁羁旅的伤情。这篇作品最大的特点是意境开阔宏伟，声调和谐优雅，词采精练华美。几乎处处是警语，处处是丽句：

落霞与孤鹜齐飞，秋水共长天一色。
关山难越，谁悲失路之人？
萍水相逢，尽是他乡之客。
老当益壮，宁移白首之心？
穷且益坚，不坠青云之志。

　　这些名句情真意切，同时又平仄协调，属对工稳，没有一点斧凿的痕迹。

　　杨炯（650～约693年）陕西华阴市人，曾官盈川令。幼时聪敏，显庆四年（659年）举神童，授校书郎。高宗永隆二年（681年）为崇文馆学士，迁詹事司直。武后初，任梓州（故治在今四川省三台县）司法参军，

杨炯像

　　杨炯擅长五律，语言精丽严整，风格警劲弘放。有《盈川集》30卷，《全唐诗》存诗1卷。

秩满迁盈川（故治在今四川省筠连县）令，卒于官。他在四杰中存诗最少，成就也最低。今存诗歌以五言律、绝为主，而擅长五言律诗。较之卢照邻、骆宾王，诗歌语言更趋明净凝练，进一步扫荡了六朝以来浮华雕饰的文风。《从军行》是他的代表作，表达了诗人慷慨从军的豪情壮志，艺术上较成熟，其中"宁为百夫长，胜作一书生"一句常为人引用。此外还有《巫峡》、《西陵峡》、《广溪峡》等作品，这些诗歌展现了祖国雄奇瑰玮的山水风景，表现了诗人豪迈开朗的襟怀。

卢照邻，生卒年史无明载，字升之，号幽忧子。他的人生经历相当丰富，用他自己的话来说是"周游几万里，驰骋数十年"。他一生不得志，晚年又患风疾，手足痉挛，卧病十余年，成为残废。曾作《五悲文》自道遭遇。后来不胜病痛，投颍水而死。卢照邻广泛地学习六朝人的七言歌行、抒情小赋、乐府诗，对其优点加以提炼吸收，他的诗歌创作内容较为丰富，形式也比较完备，而其中成就最高的是七言歌行，词采富艳，意境清远，代表作有《长安古意》。这首诗借用历史题材，以纵横奔放、富丽铺陈的笔调，描绘了当时首都长安现实生活的形形色色：如云的车骑，壮丽的宫馆，游侠子弟，歌姬舞女，市井娼家等等。描写了他们"北堂夜夜人如月，南陌朝朝骑似云"繁华狂热、堕落癫狂的生活。诗人以清醒的头脑指出，这一切终究会发展到空虚幻灭的结局："节物风光不相待，桑田碧海须臾改。昔时金阶白玉堂，即今唯见青松在。"在末尾，诗人以自己的冷清生活与前面所描写的统治阶级的生活作了对比："寂寂寥寥扬子居，年年岁岁一床书"。这首诗在艺术上虽然没有完全摆脱六朝的藻绘余习，但是韵味深厚，不流于浮艳，继承了宫体诗，而又变革了宫体诗。明代著名学者胡震亨在《唐音癸签》中说他"领韵疏拔，时有一往任笔，

卢照邻像

卢照邻年少时，从曹宪、王义方受小学及经史，博学能文。初为邓王府典签，邓王比之为司马相如。高宗乾封(666～668年)初，出为益州新都尉。后染风疾，因服丹药中毒，手足残废。由于政治上的坎坷失意和长期病痛的折磨，最后自投颍水而死。

推荐阅读 〉 〉

《初唐四杰和陈子昂》，沈惠乐、钱伟康著，上海古籍出版社1987年版。
《新选唐诗三百首》，武汉大学中文系选，人民文学出版社1980年版。

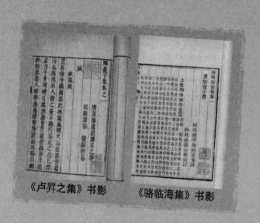

《卢昇之集》书影　　《骆临海集》书影

不拘整对之意"。

骆宾王（约640～约684年），婺州义乌（今浙江义乌）人，曾做过长安县主簿、临海县丞等。后来参加徐敬业起兵反对武则天的活动，不知所终。他生活经历丰富，和王勃、卢照邻都有交往，他们在成都有过一段"寻姝入酒肆，访客上琴台"的浪漫生活。骆宾王是四杰中存诗最多的，其诗歌虽没有彻底摆脱齐梁浮饰夸丽文风，但以匡时济世、建功立业的理想，为诗歌注入新鲜内容。他擅长七言歌行，颇多边塞题材的诗作，富生活实感，开唐代边塞诗歌之先河。他的咏物诗托物抒怀，慷慨悲凉，代表作有《帝京篇》、《在狱咏蝉》等。《帝京篇》内容和卢照邻的《长安古意》相近，但是篇幅更大，多辞赋铺排的成分，"当时以为绝唱"。

他有过从军的经历，对军旅生活有实际的观察和体验，其中最能表现他的豪迈遒丽风格的就是从军一类题材的诗，如《边城落日》、《边夜有怀》等。这一类诗以雄放见长，对后来的陈子昂、高适、岑参、李白等人的边塞诗，都有一定的影响。

不过他的卓著名声，不是因为他的诗，而是因为他的一篇骈文——《代李敬业传檄天下文》，后人也称作《讨武曌檄》。公元684年，唐朝开国功臣李勣的长孙李敬业在扬州起兵，讨伐临朝称制的武则天。骆宾王当时正在李敬业幕府，代李敬业写下了这篇著名的檄文，历数武则天屠兄杀姊、鸩母弑君、蓄谋篡唐称帝的种种罪名，号召天下起而伐之。文章挥洒自如，痛快淋漓，词采风茂。

骆宾王像
闻一多曾评价骆宾王：天生一副侠骨，专喜管闲事，打抱不平，杀人报仇革命，帮痴心女子打负心汉。

"念天地之悠悠"陈子昂

陈子昂诗意图 当代 刘旦宅

此图表现《登幽州台歌》诗意。清黄周星评此诗曰："胸中自有万古，眼底更无一人。古今诗人多矣，从未有道及此者。此二十二字，真可泣鬼神。"

陈子昂（约 661 ～ 700 年）字伯玉，因曾任右拾遗，后世称陈拾贵，梓州射洪（今四川射洪）人。出身于富有之家，轻财好施。24 岁中进士，上书论政，得到武后重视。曾两次出塞，直言敢谏，遭受排斥打击。38 岁后辞职归乡，不久蒙冤死于狱中。而因为在武则天篡唐称帝时期当过官，颇受后人的批评。陈子昂的思想很复杂，对儒、道、佛等都颇感兴趣。

文学上，陈子昂是沿着初唐四杰开创的反对齐梁浮靡诗风的革新之路走下来的，是唐诗开创时期在诗歌革新理论和实践上都有重大功绩的诗人。他在《修竹篇序》一文中主张"反齐梁，复汉魏"，打着复古的旗号，要

推荐阅读 > >

《陈子昂诗文选译》，王岚译注，巴蜀书社1994年版。

求文学创作具有鲜明饱满的感情和质朴有力的语言，文学家要关心现实，要抒发自己的真情实感。

他流传下来的作品并不见多，其诗歌代表为《感遇诗》38首，这些诗内容广阔，思想丰富，是一组颇能体现他的独特风格的五言古诗，既有讽时刺事之作，有对于当时政治的批评，有对于民众苦难的同情，有对于个人境遇的感慨，也有对于神仙隐逸生活的向往。总体风格苍凉激越，质朴明朗。以第三十五首为例："本为贵公子，平生实爱才。感时思报国，拔剑起蒿莱。西驰丁零塞，北上单于台。登山见千里，怀古心悠哉。谁言未忘祸，磨灭成尘埃。"这首诗作于他第一次随军北征期间。诗人亲临沙场，有感于心，发而成篇。它继承了建安诗人的慷慨多气，蕴藏着壮伟的情怀，展现出不甘平庸、积极进取的精神风貌。

陈子昂最出色的诗作还是《登幽州台歌》："前不见古人，后不见来者。念天地之悠悠，独怆然而涕下！"诗人登上古老的幽州台，对着雄伟壮丽的万里江山，感慨古代明君良将已经消逝在历史的长河中，而后继者又隐藏在茫不可知的未来，举目四望，知音何处呢？天地悠悠，人生短暂，怎不让人神伤。这首诗格调沉郁雄浑，情调深沉孤独，引起时人及后人无数共鸣。

陈子昂的诗歌是初唐向盛唐过渡的桥梁，后来的张九龄、李白、杜甫、白居易等人的诗歌创作，都受到了他的影响。

除诗歌外，他在散文革新方面也极具功绩，他的对策、奏疏都是朴实畅达的散文，开唐代文风之先。欧阳修评之为"文宗"，作品集有《陈伯玉集》。

古读书台

　　陈子昂为四川射洪人。古读书台位于四川省射洪县，是当年陈子昂读书学习的地方，又称"陈子昂读书台"。

孤篇横绝，竟为大家

张若虚与《春江花月夜》

　　初唐时期的创作是整个唐代文学的序曲阶段，虽真正传唱不衰的诗篇并不太多，但是有一篇就够了，这就是《春江花月夜》。关于它的作者张若虚的生平情况，历史上的记载不多。张若虚，扬州（今属江苏）人，曾任兖州兵曹，生卒年、字号均不详。中宗神龙（705～707年）中，他以文辞俊秀驰名于京都，与贺知章、张旭、包融并称"吴中四士"。他的诗流传下来的现仅存二首：《代答闺梦还》、《春江花月夜》，其中《春江花月夜》这一首就把他推上了诗歌史上第一流诗人的位置。张若虚也因此被清朝诗论家王闿运评为"孤篇横绝，竟为大家。李贺、商隐，挹其鲜润，宋词、元诗，尽其支流。"

　　《春江花月作》沿用陈隋乐府旧题，来抒写真挚感人的离别情绪和富有哲理意味的人生感慨。全诗以春江月夜为背景，细致、形象而有层次地描绘相思离别之苦，语言清新，韵律悠扬，自然地融诗情哲理于一体，初步洗脱了六朝宫体诗的浓脂腻粉。诗的题目就分外的别致，春、江、花、月、夜，这五种事物集中了人生最动人的良辰美景，构成了一幅诱人探寻的妙境。一开篇，诗人从春江月夜的宁静美景入笔：

　　春江潮水连海平，海上明月共潮生。滟滟随波千万里，何处春江无月明！江流宛转绕芳甸，月照花林皆似霰；空里流霜不觉飞，汀上白沙看不见。

　　江潮连海，月共潮生。明丽的月色朗照千里春江，江流曲曲弯弯地绕过芳草遍地的春之原野；如水的月光泻在开满鲜花的树上，是那样的洁白幽美。这美丽的景色，让诗人情不自禁地开始了对于似水年华的追忆和思索：

　　江天一色无纤尘，皎皎空中孤月轮。江畔何人初见月？江月何年初照人？人生代代无穷已，江月年年只相似。不知江月待何人，但见长江送流水。

由时空的无限，自然地联想到了生命的无限。个人的生命昙花一现，而整个人类的存在则是绵延不绝的。但是毕竟逝者如斯，一去不还。孤月徘徊中天，大江日夜奔流，似乎都是为了一个永远无法实现的等待。江月有恨，流水无情，就像这满溢着离愁别恨的人间。诗人收回飞越的神思，转而叙写世间男女的相思之苦："白云一片去悠悠，青枫浦上不胜愁。谁家今夜扁舟子？何处相思明月楼？"这种相思，牵系着思妇的爱恨情怀："可怜楼上月徘徊，应照离人妆镜台。玉户帘中卷不去，捣衣砧上拂还来。此时相望不相闻，愿逐月华流照君。鸿雁长飞光不度，鱼龙潜跃水成文。"而两地的离愁，一样的相思，游子的思念又是怎样的呢：

昨夜闲潭梦落花，可怜春半不还家。江水流春去欲尽，江潭落月复西斜。斜月沉沉藏海雾，碣石潇湘无限路。不知乘月几人归，落月摇情满江树。

落花，流水、残月，衬托的是游子的思归之情。这种乡情之深，连做梦也念念不忘。花落幽潭，春光将老，人还远在天涯，情何以堪！结句"落月摇情满江树"，将不绝如缕的思念之情，月光之情，游子之情，诗人之情，种种情愫交织成片，洒落在江树之上，也洒落在一代代饱受相思之苦的人们的心上。

纵观全诗，作者紧扣诗题所示的五种景物来写，而以月为中心。这位美丽的婵娟，静静地走过夜空，静静地看着人世间的种种悲欢离合。在诗人笔下，自然的奇景、美丽的爱情、人生的哲理、宇宙的奥秘全都交融在一起。"江畔何人初见月，江月何年初照人，人生代代无穷已，江月年年只相似。"这几句最为著名，为后人千古传唱。诗人在作品中表达的思想感情，尽管悲伤，但仍然轻快；虽然叹息，却不失轻盈。闻一多先生称赞这首诗是"诗中的诗，顶峰上的顶峰"，算是道出了古往今来所有读者的共同体会。

春江花月夜图 当代 任率英

《春江花月夜》是乐府《清商曲辞·吴声歌曲》的一个旧题，始创者是陈后主，发展于隋炀帝，成名于张若虚。明代李攀龙《唐诗选》评张若虚的这一诗作道："绮回曲折，转入闺思，言愈委婉轻妙，极得趣者。"现代研究唐诗的权威学者、诗人闻一多在《宫体诗的自赎》中则誉之为"诗中的诗，顶峰上的顶峰"。全诗一共有３６句，四句一换韵，计九韵，富节奏感，有音乐美，具古典味，如水墨画，人称"孤篇压盛唐"。

绚烂之极归于平淡

孟浩然

孟浩然像

孟浩然是唐代第一个大量写山水田园诗的人，存诗260多首，多为五言律诗。他的山水诗多写故乡襄阳的名胜，他将襄阳的山水、烟树、新月、小舟描绘得平常而亲切，代表作有《秋登兰山寄张五》、《夜归鹿门歌》、《江山思归》等。

孟浩然（689～740年），襄阳（今湖北）人，是唐代一位不甘隐沦却以隐沦终老的诗人。前半生在家闭门苦读，曾一度隐居鹿门山。40岁入长安应进士试不第，在江淮吴越各地漫游几年后，重回故乡。后张九龄做荆州刺史，引他做幕僚，不久即归隐，以此终身。据说他也曾有过仕进的机会，只是因为写了两句诗"不才明主弃，多病故人疏"，得罪了皇帝，从而失去了的机会。在盛唐诗人中，他年辈较早，人品和诗风深得时人赞赏、倾慕。他和王维、李白、王昌龄等人都有过交往，李白在《赠孟浩然》一诗里称赞他说："吾爱孟夫子，风流天下闻。红颜弃轩冕，白首卧松云。醉月频中圣，迷花不事君。高山安可仰，徒此揖清芬。"在他去世后，王维写了一首《哭孟浩然》："故人不可见，汉水日东流。借问襄阳老，江山空蔡州"，对他表示了深切的怀念。

孟浩然一生经历比较简单，没有入过仕途，而且完全生活在开元承平时代，没有经历很多生活风波，这就决定他的诗歌思想内容不够丰富，但他的思想也没有发展到幽冷孤独的程度。他一生虽然基本上过着隐居的生活，但他内心却相当矛盾。他在《书怀贻京邑同好》一诗中说道："三十既成立，嗟吁命不通。慈亲向羸老，喜惧在深衷。甘脆朝不足，箪瓢夕屡空。执鞭慕夫子，捧檄怀毛公。感激遂弹冠，安能守固穷？"清楚地说明了他对于仕途的热望以及期待朋友们援引的心情。但是，他除了赢得诗坛盛名而外，求仕的希望

推荐阅读 > >

《王维孟浩然诗选评》，刘宁选评，上海古籍出版社2002年版。

完全落空了。他的诗作现存 200 多首，大部分是他在漫游途中写下的山水行旅诗，还有一些是写田园村居生活的。他擅长五言律诗和排律，多写隐逸生活和山水田园风光。他的诗歌，意境清远，淳朴明丽，语言流畅，多自然超妙之趣。虽不无愤世嫉俗之作，但更多属于诗人的自我表现。他和王维并称，其诗虽不如王诗境界广阔，但在艺术上有独特造诣，而且继陶渊明、谢灵运、谢朓之后，开盛唐田园山水诗派之先声。他对山水田园诗派的形成起了重要作用，他在南北朝诗人创作实践的基础上，把山水田园诗提升到了一个新的境界，他的诗经常写到漫游于南国水乡所见的优美景色和由此引发的自然情趣。

挂席东南望，青山水国遥。舳舻争利涉，来往接风潮。问我今何适？天台访石桥。坐看霞色晓，疑是赤城标。（《舟中晓望》）

诗人信笔写来，似乎"淡到看不见诗"，无意为诗，却诗意浓郁。他的诗往往在白描之中见出不着痕迹的功力，于精心着力处却仿佛是不经意间说出的。比如为人们熟知的《过故人庄》：

故人具鸡黍，邀我至田家。
绿树村边合，青山郭外斜。
开轩面场圃，把酒话桑麻。
待到重阳日，还来就菊花。

《孟浩然诗集》书影

一个普通的农庄，一顿普通的农家饭食，竟然能够写得如此富于诗意，真可谓"绚烂之极归于平淡"。

文学辞典

山水田园诗派

指以盛唐诗人王维、孟浩然为代表、以写作山水田园诗著称的诗歌流派。属于这一诗派的诗人还包括储光羲、裴迪、丘为、祖咏、綦毋潜等。这派诗人多有隐逸生活经历，人生观较接近佛道思想，且往往因遭挫折而趋于消极。其诗人在山水田园的描写中，抒写闲适、退隐的思想感情，较少反映社会现实。诗歌色彩清淡，意境深幽，风格恬静闲远，精美含蓄，体裁多为五言古体和五言律绝。在继承陶渊明田园诗和谢灵运山水诗传统的基础上，加以发展，达到山水田园诗的高峰。其中王维、孟浩然成就尤高。王诗融诗情、画意、乐感于一体，"高华精警，极声色之宗"（清方东树《昭昧詹言》）。孟诗虽境界稍狭，题材稍窄，然其诗孤峭清冲淡、自然浑成，亦颇具特色。该诗派与当时边塞诗派交相辉映，同李白、杜甫一道雄踞盛唐诗坛，共同形成后人美称的"盛唐之音"。中唐韦应物、刘长卿、柳宗元等山水田园诗多受其影响。

七绝圣手 王昌龄

　　王昌龄（698～约756年）字伯安，太原（今山西太原）人，一说京兆（今陕西西安）人。开元十五年（727年）王昌龄考中进士，步入仕途。初补秘书郎，授江宁县丞又因事贬为龙标尉，故世称王江宁、王龙标。后为濠州刺史闾丘晓所杀，结局悲惨。王昌龄的诗作，特别是七言绝句，在名作如林的盛唐取得突出的成就，人称"七绝圣手"。其诗歌句奇格妙，雄浑自然。

　　为官期间，他有一段时间到过萧关、临洮、碎叶等边塞之地，亲历战场。他那些杰出的边塞诗作正是他边塞之行的艺术反映，虽数量不多，但几乎篇篇是精品，全面而真实地反映了当时的征战生活。

　　秦时明月汉时关，万里长征人未还。但使龙城飞将在，不教胡马度阴

山。（《出塞》）

　　青海长云暗雪山，孤城遥望玉门关。黄沙百战穿金甲，不破楼兰终不还！（《从军行》其五）

　　在诗人笔下，为清除边患而英勇善战的戍边将士们总是意气风发，斗

推荐阅读 ＞ ＞

《王昌龄诗注》，李云逸注，上海古籍出版社1984年版。

志昂扬。军士们不胜不罢休的顽强战斗精神，在他的眼中是如此的豪壮。

然而统治者的穷兵黩武，给广大兵士们带来了永无休止的征战。在这茫茫大漠渺渺胡天，怎能没有愁绪呢：

琵琶起舞换新声，总是关山旧别情。撩乱边愁听不尽，高高秋月照长城。（《从军行》其二）

王昌龄的《从军行》、《塞下曲》、《塞上曲》等诗篇中，都抒写了出征士兵的乡愁和离恨，以及他们矛盾复杂的心理活动。

他还有许多著名的宫怨诗，大概写于困居长安的时候：

奉帚平明金殿开，暂将团扇共徘徊。玉颜不及寒鸦色，犹带昭阳日影来。（《长信秋词》之三）

诗人深深地同情幽居深宫与世隔绝的不幸妇女，他用凄婉的笔调、新巧的构思形象生动地描写出了宫女们的悲惨处境，以及她们无处诉说的哀愁和幽怨。这其间，或许隐藏着诗人自己抑郁不得志的影子。

王昌龄交游很广，朋友间的聚散别离也常激起他的灵感，流溢出美妙的诗篇：

琉璃堂人物图
五代　周文矩（左图）
图中表现的内容是诗人王昌龄在江宁县丞任所的琉璃堂聚会吟唱的故事，与僧人相对着的黑衣者为王昌龄，后部倚松的是诗人李白。

寒雨连江夜入吴，平明送客楚山孤。洛阳亲友如相问，一片冰心在玉壶。

迷濛的烟雨笼罩着吴地的江天，夜雨的寒意不仅浸透了满江烟雨，也浸透了两位离别友人的心。

在他被贬官龙标时，已年近半百，远离家乡亲友的日子，故土的青山明月，只能在梦里相逢，心境悲苦，"远谪唯知望雷雨，明年春水共还乡"。安史之乱发生后，王昌龄从龙标返回故里，却不幸在路过亳州的时候，被刺史闾丘晓杀害。

《王摩诘诗集》书影

诗中有画，画中有诗
王维

王维（701～761年），字摩诘，山西太原人。他少年时就能诗会画，多才多艺，很受贵族阶层的欢迎。当时，他为贵族们写了不少应景助兴的诗歌，同时也写了不少的爱情诗、闺怨诗。《相思》算是这一类题材的代表作：

红豆生南国，春来发几枝。劝君多采撷，此物最相思。

这首诗通过对红豆的吟咏来表达相思爱情，语言虽然简短，但情深意长。此外，他在这一时期写的《九月九日忆山东兄弟》、《桃源行》也都很著名。

王维早年在功名仕途上是比较顺利的，21岁就中了进士。因为精通音律，被任命为大乐丞。不久因为做事不谨慎，被贬为济州司仓参军。

辋川图 唐 王维

王维不仅是诗人，同时也是画家和音乐家。在长安附近的辋川，他创作了奠定他作为绘画南宗地位的《辋川图》，也写了许多载入文学史的优美诗篇。

后来得到宰相张九龄的帮助，重新回到长安做了京官。王维的诗以张九龄罢相为界限，可以分为前后两期：前期写的诗更具有现实意义，对当时社会上一些不合理现象表现出不满；而后期，由于政治上遭受挫折，意志日趋消沉，多在佛教和山水中寻找寄托。

开元二十五年，王维奉旨到边塞劳军。出使途中，写下了著名的《使至塞上》，他以雄健粗放的线条，勾勒出大漠壮丽的景色。和这首诗题材、思想感情相似的，还有《陇西行》、《观猎》、《少年行》、《送元二使安西》等代表作品。

戍边两年后他回到都城做了殿中侍御史。这一时期他游历了许多地方，写出了许多写景雄伟壮丽，同时又洋溢着积极乐观情绪的优美诗篇，其中有不少佳句。例如："江流天地外，山色有无中。"（《汉江临眺》）"日落江湖白，潮来天地青。"（《送邢桂州》）"惟有相思似春色，江南江北送君归。"（《送沈子福归江东》）。

大约在40岁时，王维辞官归隐，他借助山光水色来抚平政治上不得意的伤痕，创作出了许多优美的山水田园诗。《终南别业》一诗，就是他刚刚隐居时所作。在诗中他恣意描写隐逸山林、独往独来，任兴所至而无忧无虑的乐趣，一如他的"行道水穷处，坐看云起时"两句诗。其他杰出诗作还有《鹿柴》、《鸟鸣涧》、《渭川田家》、《白石滩》、《新晴野望》等，而《山居秋暝》一诗最为知名：

> 空山新雨后，天气晚来秋。
> 明月松间照，清泉石上流。
> 竹喧归浣女，莲动下渔舟。
> 随意春芳歇，王孙自可留。

苏轼称赞王维说："味摩诘之诗，诗中有画；观摩诘之画，画中有诗。"这首诗就是最好的证明。

王维的母亲虔诚地信奉佛教，王维本人也对佛学深有研究，他之所以取字为"摩诘"，就是因为他对佛教《维摩诘经》十分喜爱。他在隐居这一时期的许多山水田园诗，既有很高妙的艺术境界，又寓含了深厚的禅理趣味，这些诗为王维赢得了"诗佛"的美誉。

木末芙蓉花，山中发红萼。涧户寂无人，纷纷开且落。（《辛夷坞》）

美丽的辛夷花在杳无人迹的山涧旁静悄悄地自开自落，没有生的喜悦，也没有死的悲哀。后世人说这首诗"读之身世两忘，万念俱寂"，诗人的心境也有如这远离红尘的辛夷花一样，宁静淡泊，超然出尘。佛家"不悲生死，不永寂灭"的理趣，不着一字而全在其中了。

不幸的是天宝十四年，安史之乱，安禄山攻破长安，王维当了俘虏，而且还被迫做了伪官。朝廷光复长安以后，他侥幸得到皇帝的宽恕，免罪复官。在颓唐和消沉的心境里，王维度过了他的晚年。

王维像

王维因官至尚书右丞，所以人称王右丞。他是盛唐诗坛上极负盛名的诗人，其诗在唐代自成一派，影响久远。今存诗400余首，以五言律诗和绝句著称，他最擅长的是田园诗。

金戈铁马，碧血丹心
高适和岑参

铁马金戈的盛唐时代，造就了一代边塞诗人高适、岑参。他们的诗歌成就，既是那个时代的产物，也是他们自己诗心的外化。

高适（702～765年），字达夫，出身武将之家。史书上说："有唐以来，诗人之达者，唯适而已。"从武的背景，使高适与其他文人不大一样。他青壮年时期也曾遭遇坎坷，落拓不遇，但是并没像文士们通常表现出的那样怨天尤人，而是从不放弃，直到成功地步入仕途，晚年曾任淮南节度使、剑南西川节度使。

高适的一生，经历了唐明皇、肃宗、代宗三朝，他长期从军，三次奔赴塞外。他现存的诗作，绝大部分写于安史之乱以前。高适性格狂放，抱负远大，"喜言王霸大略，务功名，尚节义"。其诗作多反映边地生活，

与岑参并称"高岑"，是唐边塞诗派的代表。他的边塞诗反映了豪壮的戎马生活，抒写了建功立业的抱负，热情歌颂了将士们的英雄气概，也表达了边境和内地人民对和平生活的强烈向往，代表作有《燕歌行》。

汉家烟尘在东北，汉将辞家破残贼。男儿本自重横行，天子非常赐颜色。……山川萧条极边土，胡骑凭陵杂风雨。战士军前半死生，美人帐下犹歌舞。……相看白刃血纷纷，死节从来岂顾勋！君不见沙场征战苦，至今犹忆李将军！

高适《除夜作》诗意图　当代　戴敦邦

此图表现的诗全文为："旅馆寒灯独不眠，客心无事转凄然。故乡今夜思千里，霜鬓明朝又一年。"此诗动人之处在于将故乡之思与羁旅寒灯之下的凄然感受放置在具有欢乐色彩的除夕之夜，将生命有限的无奈与故乡千里的空间阻隔对应。

荒凉绝漠的自然环境、如火如荼的战斗气氛、士兵复杂变化的内心活动，与诗人强烈的爱憎感情水乳交融，形成了悲壮激昂的艺术风格。

除了边塞诗，高适也写了许多反映民生疾苦的诗。如在《东平路中遇大水》中，他代那些遭受自然灾害的农民向皇帝请命："圣主当深仁，庙堂运良筹。仓廪终尔给，田租应罢收！"在《自淇涉黄河途中作十三首》中，诗人对处于困境中的农民表示了真挚的同情，"试共野人言，深觉农夫苦！去秋虽薄熟，今夏犹未雨"。出于同样的情感，他对那些鱼肉人民的统治者表示出了极大的愤慨。

与高适并称的岑参（约 715～770 年），祖籍南阳（今属河南），迁居江陵。岑参出身于"一门三相"的显赫官僚家庭，但父亲早死，家道衰落。天宝三年他中了进士，步入仕途。他曾几度为各路节度使幕府参军，后来又当了嘉州刺史，所以后世又称他为岑嘉州。岑参先后两次出塞，居边塞共 6 年。其诗歌题材广泛，出塞前写作了许多感叹身世、赠答朋友以及描写山水的诗歌，出塞后诗歌主要题材是边地的瑰丽风光和激烈的战斗生活。其诗形式丰富多样，以慷慨报国的英雄气概和不畏艰苦的乐观精神为基本特征，富有浪漫主义的特色。想象丰富，构思新奇，语言明快通俗，换韵自然。

对西域边疆雄奇壮丽风光的描绘，是岑参边塞诗的重要内容。这类作品中，《白雪歌送武判官归京》和《走马川行》是与高适的《燕歌行》不相上下的名作。"轮台九月风夜吼，一川碎石大如斗，随风满地石乱走。"诗人身处这样的环境中，不但不以自然的恶劣为苦，而且充满了好奇与热爱。

赞颂大唐帝国的赫赫军威和守边将士们的骁勇善战，也是

岑参《春梦》诗意图

《春梦》写作年代不详，因载《河岳英灵集》，当为天宝十二年(753 年)以前所作。此诗反映了诗人久佐戎幕，对边境征战生活和塞外风光的体验及感受。

推荐阅读 > >

《高适和岑参》，周勋初著，上海古籍出版社 1994 年版。

《高适岑参诗选》，孙钦善著，人民文学出版社 1985 年版。

边塞诗派

　　边塞诗派形成于盛唐，代表作家是高适和岑参，此外还有李颀、王昌龄等。通常所说的边塞诗，是一个比较宽泛的概念，凡是以边塞为题材的诗歌，都可称为边塞诗。边塞诗的内容非常丰富，有戍边将士的军旅生活，有边塞自然和人文景观，以及边塞和中土的交往等。边塞诗可以作于边塞，也可以作于京华内地，前者的创作主体有边塞生活的经历，后者则是写身居中土的体验感受，并没有亲临边塞。边塞诗在唐代极为繁荣，主要是因为盛唐时期国力强盛，诗人都渴望建功立业，故而边塞对他们很有吸引力。由于当时交通很发达，这给诗人出游边塞提供了有利条件。此派诗歌多意境开阔，风格豪迈，取得了极高的艺术成就，促进了唐诗的繁荣。

彩绘武官俑　唐

　　该俑是盛唐时期边塞军士的真实反映，双手的姿势和面部的表情都显示了傲视一切的盛世气概。

岑参诗中的一大主题。"脱鞍暂入酒家垆，送君万里西击胡。功名只向马上取，真是英雄一丈夫"（《送李副使赴碛西官军》），这里抒发的不仅是诗人自己的抱负，而且表现了一种勇赴国难、奋发进取的时代精神。

　　表现西域风情，反映胡汉的文化交流和民族融合，也是岑参边塞诗的重要内容。此外，他的诗中也还有忧国伤时的内容，这些诗多作于安史之乱以后，数量虽然不及杜甫和高适的多，但自有一种体察入微的深切感受。

绝代诗仙
李白

　　"李杜文章在，光焰万丈长。"盛唐诗潮波澜壮阔，气象万千，而其中最为引人注目的，是李白和杜甫的诗歌。这一仙一圣，在盛唐诗歌的顶峰上，树立起两座擎天丰碑。

　　李白（701～762年）字太白，号青莲居士，绵州昌隆（今四川江油）人。

李白的父亲是一位专职商人，生意做得很成功，家境十分富有。李白五岁时，全家迁至绵州青莲乡。李白少年时学习过剑术，在蜀中时，曾与梓州剑侠赵蕤有交往；离开四川后，他行事仍然带上了很浓厚的侠客风度。

峨眉山月半轮秋，影入平羌江水流。
夜发清溪向三峡，思君不见下渝州。（《峨眉山月歌》）

清新的笔墨点染出秋山的月色，清幽静谧，衬托出一叶扁舟离乡去国时眷恋的情怀。

25岁时，李白"仗剑去国，辞亲远游"，到处寻访名山胜水，出三峡，入湖北，泛洞庭，登庐山，游金陵，下扬州……在扬州居留的一年里，他广交朋友，接济落魄才子，很快就"散金三十余万"。后向西返回，到达了湖北安陆，在那里，他结了婚。此后十年间，他仍以安陆为中心，四处漫游。他的《襄阳歌》、《江上吟》、《长干行》、《渡荆门送别》、《望庐山瀑布》等作品，就作于这一时期。

天宝元年（742年），唐玄宗下诏征李白入京，让他当了翰林供奉，专门在宫廷里写作诗文。对于李白来说，这无疑是个施展抱负、大济苍生的大好机遇。他在《南陵别儿童入京》中兴奋地写道：

白酒新熟山中归，黄鸡啄黍秋正肥。呼童烹鸡酌白酒，儿女嬉笑牵人衣。……会稽愚妇轻买臣，余亦辞家西入秦。仰天大笑出门去，我辈岂是蓬蒿人！

李白到了长安以后，因才华出众经常为皇帝起草诏命，或侍从皇帝出游，写些宫廷题材的诗文；侍从之暇，则在繁华的长安市上游冶饮酒。杜甫在《饮中八仙歌》中曾记载他的宴饮盛况，"李白斗酒诗百篇，长安市上酒家眠。天子呼来不上船，自称臣是酒中仙"。

但是由于李白本人的桀骜不驯，同时意识到皇帝只是把自己作为"帮闲"文人对待，而达官显贵更是把自己当作眼中钉，处处作梗，三年后李白主动要求离开朝廷。他的名篇《蜀道难》、《行路难》三首、《月下独酌》四首以及一部分《古风》，都写于这个时期。《蜀道难》一诗，形象雄伟，感情

李白像
　李白是盛唐最杰出的诗人，也是我国文学史上继屈原之后又一伟大的浪漫主义诗人，素有"诗仙"之称。李诗中常将想象、夸张、比喻、拟人等手法综合运用，从而造成神奇异彩、瑰丽动人的意境。

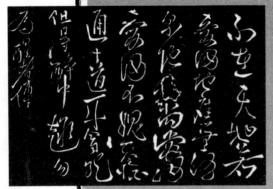

天若不爱酒诗帖 唐 李白

此帖是李白书自己所作的诗，字迹回环曲折，灵动放逸。

李白故里

李白生于中亚碎叶，幼时回到内地的故乡四川江油。终其一生，李白经历坎坷，思想复杂，既是一个天才的诗人，又兼有游侠、隐士、道人、策士等的气质。他留给后世的900多首诗篇表现了他一生的心路历程，是盛唐社会现实和精神生活面貌的艺术写照。

炽烈，想象丰富，语言夸张，充分显示了李白积极浪漫主义的诗歌风格。而在《行路难》三首中，诗人的内心却交织着痛苦、失望、希望和自负的复杂情绪，时而长叹"大道如青天，我独不得出"，"停杯投箸不能食，拔剑四顾心茫然"，时而又自信地宣称"长风破浪会有时，直挂云帆济沧海"。

李白离开长安后，赶上了一个千年的约会。他出京后，东到洛阳，在那里遇上了杜甫和高适。他们三人一同东游梁宋，终日痛饮狂歌，慷慨怀古。那年秋天，高适一人独自南游，李白和杜甫继续同行，"醉眠秋共被，携手日同行"，结下了终生不渝的深厚友谊。同游了将近一年的时间，两人才依依惜别。

此后李白继续自己的天涯孤旅，直到安史之乱爆发，前后一共10年时间。这10年是他创作的高峰期。他或批判现实，对国运民生表示深切的关怀；或自抒愤懑，寄情于纵酒求仙之中；或赞美祖国的大好河山；或怀念友朋的真挚情谊。《梦游天姥吟留别》、《将进酒》、《梁甫吟》、《远别离》、《秋浦歌》组诗、《闻王昌龄左迁龙标遥有此寄》、《哭晁卿衡》、《赠汪伦》等著名的篇章，就写于这一时期。其中《将进酒》最能代表李白诗歌感情奔放激烈的特色。"君不见黄河之水天上来，奔流到海不复回。君不见高堂明镜悲白发，朝如青丝暮成

推荐阅读 ＞ ＞

《李白诗选》，复旦大学古典文学教研组选注，人民文学出版社2002年版。

雪"，"人生得意须尽欢，莫使金樽空对月"，"古来圣贤皆寂寞，唯有饮者留其名"，"五花马，千金裘，呼儿将出换美酒，与尔同销万古愁。"全诗笔酣墨饱，诗句豪纵而不觉其浮嚣，由悲转乐、转狂傲、转愤激，感情悲愤而发为狂放。

天宝十四年，安史之乱爆发，玄宗幸蜀，长安沦陷。李白因参加永王李璘的幕府，蒙冤沦为朝廷的囚犯，被判处流放夜郎。他一路看风景，一路写诗，到了白帝城。恰遇朝廷下旨大赦天下，他立刻返舟东下，重出三峡，欣喜的心情无法言表：

朝辞白帝彩云间，千里江陵一日还。两岸猿声啼不住，轻舟已过万重山。

遇赦之后，他作了很多诗，如《自汉阳病酒归寄王明府》、《江夏赠韦南陵冰》、《豫章行》、《门有车马客行》等，都是很感人的诗篇。

宝应元年（762 年）中秋，李白一病不起。以不世之才自居的大诗人，顽强而执着地追求着惊世骇俗的功业，一直到临终，还写了一首《临路歌》："大鹏飞兮振八裔，中天摧兮力不济。余风激兮万世，游扶桑兮挂左袂。后人得之传此，仲尼亡兮谁为出涕！"为宏伟的抱负再也无法实现而感到巨大的悲哀。

"山登绝顶我为峰"
诗圣杜甫

李白一生笑傲江湖，酒月相伴，绝大部分过着神仙般的日子；而比他晚十多年的杜甫（712～770 年），在生命中最美好的年岁里却遭遇上安史之乱，他的一生，注定了不是飘逸的神仙，而是悲悯的圣人。

杜甫字子美，在长安时住城南少陵附近，自称少陵野老，帮世称杜少陵，出生在一个信奉儒家伦理、累世为官的家庭。从诞生到 35 岁，是杜甫一生中最为惬意的日子，这一段时间，正是大唐帝国全盛的日子。据他自己说，他 7 岁

杜甫像

杜甫原籍湖北襄阳，生于河南巩县。唐肃宗时，官至左拾遗。后入蜀，友人严武推荐他做剑南节度府参谋、检校工部员外郎，故后世又称他杜拾遗、杜工部。

延伸 阅读

时就开始吟诗，十四五岁时就是一位青年诗人了。开元十九年（731年），杜甫开始了他的漫游生活。4年后，杜甫参加进士考试，不过铩羽而归。

天宝三年杜甫与李白在洛阳相遇，这一次相逢对于杜甫来说是生命中最有意义的一件事，他在以后写了不少的诗篇，比如《赠李白》二首、《冬日有怀李白》、《春日忆李白》、《梦李白》二首、《寄李十二白二十韵》、《与李十二同寻范十隐居》、《天末怀李白》、《不见》等，都是怀念他们这段浪漫的日子。

天宝五年（746年），杜甫来到京城长安。整整10年的时间，困守长安、生活潦倒的杜甫才弄到个正八品下的官职——右卫率府兵曹参军，负责管理兵器和仓库门的钥匙。然而就在他"走马上任"的官定之日——天宝十四年（755年）十一月，安禄山造反了。

无奈中，杜甫带着一家老小流亡。途中他得知太子李亨即位，便把家人安置下来，自己去投奔皇帝效力，不料却被叛军捉住并押解到了长安。几个月后杜甫冒险从长安逃出来，衣衫褴褛地到了肃宗那里，被任命为"左拾遗"，负责随时给皇帝提出意见。但就任不久，他因为上疏营救被罢相的房琯，触怒了肃宗，下狱问罪，此后被皇帝排挤在外。他反映社会动荡、关心国运民生的代表性作品，几乎都作于这一时期。

杜甫在飘零的旅途上，忠实地描绘出时代的面貌和自己内心的悲哀。《北征》、《羌村》三首、"三吏"、"三别"、《春望》、《月夜》、《自京赴奉先县咏怀五百字》等等，每一篇都是那个时代的忠实记录。从这些诗篇中，可以清楚地看到诗人如何辗转挣扎、颠沛流离，历经饥寒困苦，备尝生逢乱世的忧患。

乾元二年（759年），杜甫到了成都。第二年春天，在亲友的帮助之下，他在成都西郊的浣花溪畔盖了一所草堂。

推荐阅读 > >

《杜甫传》，莫砺锋著，天津人民出版社2001年版。
《杜甫诗选注》，萧涤非选注，人民文学出版社2002年版。

去郭轩楹敞，无村眺望赊。澄江平少岸，幽树晚多花。
细雨鱼儿出，微风燕子斜。城中十万户，此地两三家。（《水
槛遣心》）

　　然而这种宁静美妙的日子只有两三年的时间，由于他所倚重的朋友
几度离开成都，他的生活时时发生危机。但他
始终没有放弃自己的诗歌创作，在此期间他以
惊人的毅力创作了400多首诗，诗歌艺术达到
了炉火纯青的境地。尤其是他的律诗创作，登
上了一个后人无法企及的艺术高峰，后人把他
的律诗专称为"杜律"，成为写作律诗的最高
准则。杜甫用律诗写应酬、咏怀、羁旅，也用
它来写山水，写时事。《咏怀古迹》五首、《秋
兴》八首，以律诗写组诗，是他的律诗里登峰
造极的代表之作。其他如《登高》、《闻官军
收河南河北》、《春夜喜雨》、《江村》、《江
汉》、《蜀相》、《南邻》、《狂夫》、《野
老》、《白帝城最高楼》、《旅夜书怀》等等，
莫不是传诵千古的名篇。

杜公祠
　　该祠位于陕西省长安县，是纪念杜甫的建筑，建于明嘉靖五年(1526年)。

　　大历三年（768年），杜甫携家人乘舟东
出三峡，开始了他人生中的最后一次漂泊。江陵、
公安、岳阳、潭州、衡阳……两年时间，江流
上的一叶孤舟就是他的家。大历五年（770年）
的冬天，杜甫停下了浪迹天涯的脚步，静静地
与天地造化相融为一。"千秋万岁名，寂寞身
后事"，这是杜甫写给李白的句子，正好也应
在了他自己的身上。杜甫把自己的苦难，化作
了彪炳千秋的壮美诗篇，铸成了一部沾溉后世
的诗史。

杜甫草堂
　　此草堂位于四川省成都市，杜甫曾在此生活三年。

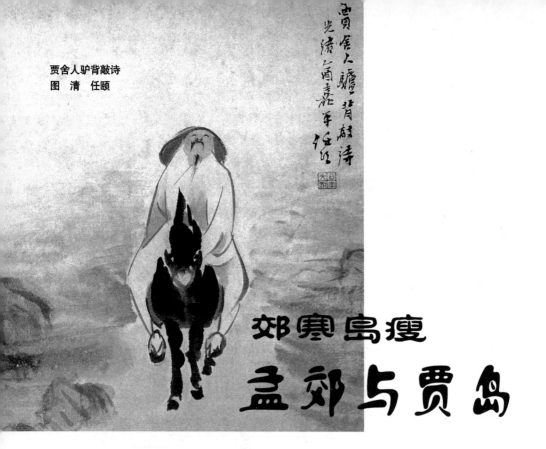

贾舍人驴背敲诗
图 清 任颐

郊寒岛瘦
孟郊与贾岛

唐代诗人孟郊、贾岛同以"苦吟"著名，后人以"郊寒岛瘦"并称。孟郊（751～814年），字东野，湖州武康（今浙江）人。早年屡试不第，46岁始中进士，50岁任溧阳尉，后来辞官。他的一生贫困潦倒，故而其诗多啼饥号寒、倾诉穷愁失意的不平之鸣。他又颇有士人的社会责任感，所以又经常写些忧国伤时的句子。再加上诗人好奇矜新，追求"深"、"险"、"怪"，便形成了冷涩奇险为主的诗风。

"东野穷愁死不休，高天厚地一诗囚"，孟郊以苦涩凄冷、幽怨郁愤的情绪去观照外物，摄取的意象多为峭风、秋虫、冷月、寒露、枯枝、败草、

延伸 阅读

苦吟派是唐代以韩愈、孟郊为代表的一个诗歌流派，除韩、孟外，还有李贺、贾岛、卢仝、马异等。这一诗派继承杜甫"语不惊人死不休"的精神，标新立异，洗削凡近。韩气豪，孟思深，而皆能硬语盘空，精思独造。李贺在作意奇诡、思路峭刻方面接近韩孟，而旨趣幽深，色彩浓丽等方面与韩孟不同。贾岛吸取前人营养，而又用功于锤字炼句，形成清奇僻苦的诗风。这一诗派以光怪陆离、雄奇怒突为美，以生新瘦硬为美，重视作者的主观能动性，注重发挥作者的想象力，为抒情需要，对客观事物进行甚至面目全非的改造。这派诗歌主要通过个人不幸写出社会黑暗，深险怪僻。语言上，出现散文化倾向，以文为诗，打破诗歌回环往复之美，构成不对称的美。

推荐阅读 >>　《孟郊诗集校注》，华忱之校注，人民文学出版社1984年版。
《贾岛集校注》，齐文榜校注，人民文学出版社2001年版。

衰鬓、破壁等形象，用来表达内心的"寒"、"惊"、"苦"、"愁"、"冷"、"痛"、"悲"等感受。因而，读者所体会到的，也是一种苦如胆汁的情感。以他的《秋怀》其二为例："秋月颜色冰，老客志气单。冷露滴梦破，峭风梳骨寒。席上印病文，肠中转愁盘。疑虑无所凭，虚听多无端。梧桐枯峥嵘，声响如哀弹。"读来有一种彻骨生寒的感觉。

但是他的诗也并不全都这样。有的诗写得朴素而平淡，却自有一种感人肺腑的情感力量，其中以他的《游子吟》为代表：

慈母手中线，游子身上衣。
临行密密缝，意恐迟迟归。
谁言寸草心，报得三春晖？

诗人选取了母亲为即将远行的游子挑灯补衣的生活细节，表现了慈母深深的舐犊之情。这里既没有叮嘱的言语，也没有惜别的泪水，然而爱的纯情却充溢而出，唤起普天下儿女们亲切的联想和深挚的忆念。

贾岛（779～843年），字浪仙，范阳（今北京附近）人。贾岛出身寒微，大约是出于生计的考虑，30岁以前他一直栖身佛门为僧，法名无本。后来他终于忍不住佛门的清静，跑到洛阳拜见韩愈。韩愈十分热情地接待了这位无名的和尚并极力揄扬。贾岛于是便还了俗，参加科举考试，但是直到44岁时依然未中。胸中自然充满了不平的块垒。"十年磨一剑，霜刃未曾试。今日把示君，谁有不平事？"他所作《剑客》一诗就是这种情绪的反映。在他快近60岁的时候，终于被任命为长江县主簿，大概是一个八九品之类的官职。此后在仕途上也并没有什么起色。

正如他自己所感慨，**"二句三年得，一吟双泪流"**，贾岛是一位以苦吟出名的诗人，他主要着意于创造一种未经人道的新的意境。比

孟郊像
　　孟郊一生潦倒，仕途失意，他性格孤直，不肯逐于流俗。他的诗以五言古体见长，不蹈袭陈言，不滥用典故辞藻，擅长白描手法而又不显浅薄平庸。

如"日月如梭"这个意思，到他手里就成了"碌碌复碌碌，百年双转毂"。他把日月的转动比作转毂，已是新创；又用"碌碌"的声音来状写无声的日月，构成了通感；而"碌碌"同时又让人联想起忙忙碌碌、庸庸碌碌等意思来，自然引起读者许多的感触。

和孟郊相比，贾岛的成就并不算高，但是他也有几首看家的诗。比如《忆江上吴处士》一诗，其颔联曰："秋风吹渭水，落叶满长安。"这两句用秋风、渭水、落叶、长安来点明送别的时间、地点和景物，渲染出深秋凄厉萧瑟的景象，增强了离情别恨的感情深度，成为广为传诵的名句。再看《寻隐者不遇》：

> 松下问童子，言师采药去。
> 只在此山中，云深不知处。

从表面上看，这首诗是典型的白描风格，不着一色，朴实无华，但是在平淡之中却见出一种全新的意境。

贾岛像

贾岛行坐寝食，都不忘作诗。一次去访问李凝幽居，于驴背上得"鸟宿池边树，僧敲月下门"之句。其中"敲"字又欲作"推"字，一时未定。神思恍惚，结果撞上韩愈的车马。他一生，为诗艺洒尽心血，锤炼出许多精品。

文起八代之衰
韩愈和柳宗元

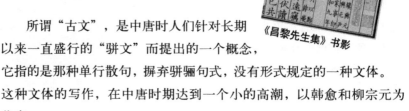

《昌黎先生集》书影

所谓"古文"，是中唐时人们针对长期以来一直盛行的"骈文"而提出的一个概念，它指的是那种单行散句、摒弃骈骊句式、没有形式规定的一种文体。这种文体的写作，在中唐时期达到一个小的高潮，以韩愈和柳宗元为代表。

"文起八代之衰，而道济天下之溺；忠犯人主之怒，而勇夺三军之帅"（苏轼 《潮州韩文公庙碑》），这通常被视为对韩愈其人最为精当的评价。韩愈（768～824年），字退之，祖籍昌黎，因曾经担任过吏部侍郎，死后朝廷又给了"文"的谥号，所以有"韩昌黎"、"韩吏部"、"韩文公"等称谓。他早年随兄嫂游宦避乱，游离转徙。贞元八年（792年）考上进士，然后他又去吏部考试，接连三次的失败使得他不得已去当幕僚。几年后被任命为四门博士，正式步入了仕途，任监察御史时，他因上书论天旱人饥状，请减免赋税，被贬阳山令。元和十二年，升为刑部侍郎。元和十四年，因谏迎佛骨，触怒宪宗，被贬潮州刺史。穆宗时被召回京，为兵部侍郎、吏部侍郎、京兆尹等职。

韩愈一生在政治、哲学、文学各方面都有较高的成就，但主要成就还是在文学方面。他主张继承先秦两汉的散文精神，提倡文章要言之有物，强调文章内容的重要性。在他的努力下，唐代古文运动产生了广泛的影响，后来又得到柳宗元的大力支持，古文逐渐压倒骈文，成为文坛的主要风尚。

韩愈一生致力于散文创作的实践，写出了许多典范性的散文作品，大致可以分为论说文、记叙文、抒情文三大类。其论说文或阐明自己的政治和哲学主张，或议论时政的得失，或针砭世俗发抒内心的牢骚，或发表自己的文学主张。《原道》、《原毁》、《论佛骨表》、《师说》、《马说》、《送孟东野序》、《进学解》等，都是以后文人们写文论道的样板之作。

韩愈的记叙文，写人的文章最多，如《柳子厚墓志铭》详细记载了好朋友柳宗元的生平事迹，记叙生动，人物形象鲜明。也有叙事的，比如《平淮西碑》称颂了唐宪宗力排众议，诸将戮力同心平定叛乱的功绩。

韩愈的抒情散文，多数见于祭文、书信、赠序，其中有表现骨肉之间深厚感情的，也有表现朋友交往患难情谊的。以《祭十二郎文》为例，作者仿佛是与十二郎共话家常，在絮絮叨叨的述说中自然地流露出对于十二郎的怀念与痛悼之情，行文朴素，如泣如诉。

韩愈的诗也有独创的成就，他将散文篇章结构运用于诗歌创作，并且把少量的议论成分引进诗中，创造出"以议论为诗"的风格，代表作有《山石》、《八月十五夜赠张功曹》、《早春呈水部张十八员外》等。

韩愈像

韩愈以文为诗，把新的古文语言、章法、技巧引入诗坛，增强了诗的表达功能，扩大了诗的领域，纠正了大历（766～780年）以来的平庸诗风。后人对他评价颇高，尊他为唐宋八大家之首。唐宋八大家是指韩愈、柳宗元、欧阳修、苏洵、苏轼、苏辙、曾巩、王安石的合称。

在唐代古文运动中，和韩愈并肩的是柳宗元。柳宗元（773～819年），字子厚，河东解（今山西永济）人。早年写文章即娴于辞令，颇有奇名。20岁中进士，25岁正式做官，先后任过集贤殿正字、礼部员外郎、永州司马、远州刺史等职。一生起伏坎坷，饱经忧患。

柳宗元带有明显的唯物主义倾向，在他所写的《天对》中，否定了天地是神创造的说法，可以说是对屈原《天问》的回答。此外，《天说》、《非国语》、《断刑论》等都是重要的唯物主义文献。他还与韩愈一起领导了古文运动，散文与韩愈齐名，世称"韩柳"。

柳宗元一生留下了600多篇作品，大致可以分为论说、寓言小品、传记、山水游记等几类。论说文论证古今，针砭时弊；寓言既有深刻的哲理性，严肃的政治性，又有幽默的讽刺性；传记剪裁得体，叙事记言简洁生动；游记文笔清新优美，富于诗情画意，曲折地表现抑郁不平的感情和对

推荐阅读 〉 〉

《韩愈选集》，吴小林选注，人民文学出版社2001年版。

《柳宗元诗文选注》，胡士明选注，上海古籍出版社1985年版。

丑恶现实的抗议。

其中，山水游记都写于他贬谪永州以后，又以《始得西山宴游记》、《钴鉧潭记》、《钴鉧潭西小丘记》、《至小丘西小石潭记》、《石渠记》、《石涧记》、《小石城记》，即"永州八记"为代表的游记，被视为柳文的最高成就。这8篇游记，是柳宗元在永州，游山玩水的过程中陆续写成的。正如他在《愚溪诗序》中所说，他是以心与笔"漱涤万物，牢笼百态"。这些游记并不是单纯地去描摹景物，而是以全部感情去观照山水之后，借对自然的描述来抒发自己的感受。他写水，写岩石，写游鱼，无论静态、动态，都写得生动细致，文笔简练而又传神。

柳宗元像

柳宗元主张文以明道："道假辞而明"，认为"道"应于国于民有利，切实可行。他注重文学的社会功能，强调文须有益于世，提倡思想内容与艺术形式的完美结合。他的诗文理论，代表着当时文学运动的进步倾向。

"古文运动"指唐韩愈、柳宗元等人在德宗贞元至宪宗元和年间倡导和推动的古文复兴运动。所谓"古文",即先秦两汉的散文,其特征为单句散行,质朴自然,不拘格式。自魏晋始,以两两相对为主要特点,讲求声律、用典、词藻之骈文渐趋流行,南北朝时终成文坛主流,至唐代,骈文仍继续盛行。其间西魏苏绰、隋文帝杨坚曾力图革除其弊;唐王勃、陈子昂、萧颖士、李华、元结、独孤及、柳冕、梁肃等也主张复兴古文,然都未能扭转文风。德宗贞元时期,正是唐帝国由逐步衰落再转向中兴之时,适应政治上复兴的需要,以恢复孔孟儒家正统思想为己任的古文复兴活动遂应运而生。贞元十七年(801),韩愈在《答李翊书》中首次提出古文运动纲领,其后韩柳又提出一系列完整的古文理论,理论强调文道合一,文以载道,并创作了大批古文作品,其门生后学热烈响应,竞相仿效,恢复了古文在文坛上的主导地位。古文运动荡涤凤靡数百年之绮丽文风,开创了以唐宋八大家为代表的古文传统,直接启示了北宋诗文革新运动,对后代散文发展影响深远。

《至小丘西小石潭记》,是八记中写得最为精美的一篇,纯以写景取胜:

"潭中鱼可百许头,皆若空游无所依。日光下澈,影布石上,怡然不动,俶尔远逝,往来翕忽,似与游者相乐。"

作者借日光鱼影,写出游鱼相戏之状,鱼水相得之乐。以鱼写水,则潭清水澈,不言而喻;以鱼写人,则人羡鱼乐之情,含而不露。全文以清冷幽深的景致,寄寓寂寞凄怆的情怀,是一篇诗化的散文。

柳宗元所作的山水游记,既有借美好景物寄寓自己的遭遇和怨愤,也有作者幽静心境的描写。至于直接刻画山水景色,则或峭拔峻洁,或清邃奇丽,以精巧的语言再现了自然美,生动地表达了人对自然美的感受,丰富了古典散文反映生活的新领域,从而确立了山水游记作为独立的文学体裁在文学史上的地位。柳宗元还写了不少寓言故事,有的寓言篇幅虽短,但也同他的山水游记一样,被千古传诵,像《黔之驴》、《永某氏之鼠》等已成为古代寓言名篇。

韩愈、柳宗元的散文创作,一振自汉魏以来散文创作的衰颓之势,带动了当时一大批文人从事散体文的写作。

柳宗元《江雪》诗意图　明　宋旭

《江雪》作于诗人谪居永州期间。柳宗元被贬到永州后,精神上受到很大打击和压抑。这首诗就是他借助歌咏隐居山水的渔翁,来寄托自己清高孤傲的情怀,抒发政治上失意的苦闷和压抑。

抒情时代的叙事插曲

唐代传奇

柳毅传书图镜　元

　　此镜的图饰取自于唐代传奇《柳毅传》，该传奇的作者是唐朝的李朝威。唐仪凤年间，书生柳毅路遇一美女牧羊，同知是洞庭龙君的小女，受公婆虐待，被罚在此牧羊。柳毅为龙女传书信，龙君救出龙女。龙女化为人间女子，与柳毅成婚。

　　"传奇"在中国文学史上是一个多义的概念。明清时期它指的是一种戏剧体裁，而在唐代，它指的是文言短篇小说体裁，内容多传述奇闻异事。唐代传奇源自六朝的志怪小说，同时吸收《史记》以来传记文学的传统经验，在文章体制、情节安排以及人物形象的塑造上，较六朝志怪有了长足的进展，"叙述宛专，文辞华艳"。小说家们基本上摆脱了史传文学真人真事的框架，自觉地追求艺术美，较多地运用想象和虚构等创作手段。唐代传奇注重人物形象的鲜明生动，故事情节的曲折离奇和文辞的优美华艳，这标志着中国小说进入了成熟的阶段。

　　从整个唐代传奇的发展过程来看，初盛唐时期是它的初步发展阶段。王度所作的《古镜记》是现存唐代传奇中最早的一篇，记叙的是一面古镜降妖、伏兽、显灵、治病以及反映阴阳变化的各种灵异现象，和六朝志怪小说相比还没有太明显的进步。无名氏的《补江总白猿记》和张鹭的《游仙窟》则在人物描写和情节安排方面有所着力。

　　中唐时期是传奇小说的黄金时代，其内容以反映现实生活为主，即使谈神说怪，也往往具有社会现实性。沈既济的《枕中记》和李公佐的《南柯太守传》为这一类题材的代表。这两篇小说都曲折地反映了封建士子热衷功名富贵的思想，也揭露了官场的险恶和权贵们互相倾轧的种种丑态。

　　反映爱情的主题，也是这一时期的重要内容，或写神怪，或写人间的爱情故事，都充满了寻常人生的气息。这类作品如《任氏传》、《柳毅传》、《霍小玉传》、《李娃传》、《莺莺传》等，在所有唐代传奇创作中是成就最高的。它们大都歌颂坚贞不渝的爱情，谴责封建礼教和门阀制度对女性的迫害，创造了许多美好的妇女形象。

　　以《霍小玉传》为例，这篇传奇写的是歌妓霍小玉和书生李益的爱情悲剧。李益在长安与霍小玉相恋，后来到外地为官，临行时和霍小玉盟誓白头偕老，但是他归家后就变了心，另娶了一位富家女子。小玉相思成疾。有一位侠士激于义愤，把李益捉拿到小玉家。小玉悲愤交加地痛责李益的负心薄幸，而后气结而死。她的一缕冤魂化作厉鬼，使李益夫妻终生不和。

霍小玉是一位温婉美丽的女性形象，她本是霍王的婢女所生。在霍王死后，她因为庶出的身份，被逐出王府，沦落为娼。这种不幸的经历，给她的人生性格打上了深深的悲剧色彩。即使在李益最迷恋她的时候，她也总是以泪洗面，因为她固执地相信自己被弃的命运是必然的。李益走后，她变卖首饰，托亲访友，到处寻找李益的下落。随着时日的迁延，她对于李益的满腹柔情，化作了一腔强烈的仇恨。不仅在最后会面的时候悲愤地对李益说："我为女子，薄命如斯；君是丈夫，负心若此"，而且发誓："我死之后，必为厉鬼，使君妻妾，终日不安！"这是一位不甘心屈服于悲惨命运的被侮辱与被损害者的最后反抗。

这篇传奇能够联系广阔的社会生活来描写爱情和刻画人物，结构谨严，形象完美，在反映唐代女子悲苦命运的同时，也揭示了豪门贵族与市井细民之间的对立矛盾，是唐代传奇中的佳篇。

到了晚唐时期，出现大批描写剑侠生活的

风尘三侠图　清　任颐

《虬髯客传》是唐代传奇中的名篇，也是中国武侠小说的开山之作。大概讲述这样的故事：隋末，太原李靖往见越国公杨素。当时杨府中的歌伎红拂，见李靖才貌双全，遂随他逃去。途中遇虬髯客张仲坚，三人同往太原。后虬髯客见李世民志广有为，知不能与之争天下，于是将家财赠李靖夫妇，不知所踪。小说突出李靖、红拂、虬髯客三人的侠义之气，后人因称"风尘三侠"。此图表现的正是三人出行的情形，神情间透出侠义之风。

推荐阅读 ＞ ＞ 《唐宋传奇选》，张友鹤选注，人民文学出版社1982年版。

新题材，成为后世武侠小说的源头。作家们歌颂排难解纷的侠义精神，实际上表现了当时社会弱势群体对于那些仗义锄奸的侠客的热切期望，这种强烈期望的背后，反映的是社会的黑暗与不公。这类小说中最著名的有《虬髯客传》、《聂隐娘传》、《昆仑奴》等。

总之，唐传奇在中国小说史上起着重要的承前启后的作用。它所创造的许多生动美丽的人物和故事以及其中所体现的反抗压迫、追求自由的精神，成为后世小说与戏曲中反复描写的对象和歌颂的主题。

"故国不堪 回首月明中"

李煜

南唐后主李煜（937～978年）是一位九五之尊的帝王，也是一位天才的艺术家，诗、书、画、乐无所不精，其中词的成就最高。当他即位称帝的时候，国家形势已岌岌可危，他在对北宋的委曲求全中过了十几年的苟且生活。975年，南唐被北宋所灭，他被俘到汴京，宋朝封他为违命侯。两年以后，在七月七日他生日的那天，他在寓所让旧日宫妓作乐，唱他新作的《虞美人》一词：

> 春花秋月何时了，往事知多少？小楼昨夜又东风，故国不堪回首月明中。
>
> 雕栏玉砌应犹在，只是朱颜改。问君能有几多愁，恰似一江春水向东流。

这是一首饱含亡国之泪的绝望悲歌，凄婉的乐声传到外面，宋太宗听到后大怒，就派人把他毒死了。

"作个才人真绝代，可怜薄命作君王"，的确，

李煜像

李煜字重光，号钟隐，南唐中主李璟第六子，继李璟为君，史称南唐后主。他精于书画，谙于音律，工于诗文，词尤为五代之冠。前期词多写宫廷享乐生活，风格柔靡；后期词反映亡国之痛，感情真挚，语言清新，极富艺术感染力。后人将他与李璟的作品合辑为《南唐二主词》。

李煜不是个"称职"的国君，可是作为一代词人，他给后代留下许多惊天地泣鬼神的血泪文字。词到了李后主这里，走出了花间月下的樊篱，不再单纯地局限于酒席樽前的伶工之词，而是融入了深沉的人生与世事的慨叹。精诚所至则金石为开，通观李煜的词作，可以发现他的词作最大的特点就是"真"，这位饱经沧桑的词人，不是以粉饰雕琢为能，也不以扭捏做作为工。他只是凭依一颗真淳的赤子之心，强烈地撼动着读者的心灵。从南唐国主降为囚徒的巨大变化，明显地影响了他的创作，使他前后期的词作呈现出不同的风貌。前期的词多写对于宫廷生活的迷恋，不外是红香绿玉月下花间那一套。他的第一首真正好词，应该是作于亡国北去、辞别庙堂之际的《破阵子》，全词明白如话，真挚的感情深曲郁结，动人心弦：

南唐文会图　北宋　佚名

这幅图描绘了南唐后主李煜和三位文士在庭院聚会的情形。院前有荷塘，院后有芭蕉，左右有丛竹老树，环境清幽，富有自然的意趣。李煜振笔疾书，其他三人静静围观，奴婢则直立以待。

四十年来家国，三千里地山河。凤阁龙楼连霄汉，玉树琼枝作烟萝，几曾识干戈。

一旦归为臣虏，沈腰潘鬓消磨。最是仓皇辞庙日，教坊犹奏别离歌，垂泪对宫娥。

后期的词作主要抒发对故国的怀恋眷顾，情调感伤，语言明净优美，形象鲜明，为唐、五代其他词人所不及。身为囚徒的岁月，他只有把"日

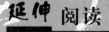

去来帖　李煜（底图）

延伸 阅读

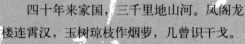

　　花间词派指以唐词人温庭筠、五代前蜀词人韦庄为代表，以写男女相思离别为主要特征的词派。温韦外尚有薛昭蕴、牛峤、张泌、毛文锡、牛希济、欧阳炯、和凝、孙光宪、魏承班、阎选、尹鹗、毛熙震等，后蜀赵崇祚将十八人词编为《花间集》，故名。温词秾艳华美，韦词疏淡明丽，代表该派的两种风格，其他人的词作多踵袭温韦余风。清李调元云："花间最为古艳。"（《雨村词话》）近代蔡桢云："花间以温、韦二派为主，余各家为从。温派秾艳，韦派清丽。"（《柯亭词论》）

推荐阅读 ＞＞ 　《南唐二主词》，詹安泰校注，人民文学出版社 2000 年版。

夕以眼泪洗面"的深哀巨痛，尽情地倾泻在他的词里。除了那首给他带来死亡的《虞美人》之外，他还写有《子夜歌·人生愁恨何能免》、《清平乐·别来春半》、《浪淘沙·往事只堪哀》、《望江南·多少恨》、《浪淘沙令·帘外雨潺潺》等许多名作。在这些作品中，他念念不忘的是往日雕栏玉砌的太平生活，同时沉浸在绵绵长愁里再也无法自拔。

无言独上西楼，月如钩。寂寞梧桐深院锁清秋。

剪不断，理还乱，是离愁。别是一般滋味在心头。（《相见欢》）

一个被幽禁的人有着常人难以体会的孤独与寂寞，这种愁，是回忆？是伤感？是忧虑？唯有自己慢慢地咀嚼。

奉旨填词

柳永

柳永生卒年不祥，原名柳三变，因排行第七，又称柳七，官至屯田员外郎，故也称柳屯田，福建崇安人，出身于书香门第。柳永有兄弟三人：三复、三接、三变，都饱读诗书，以进士第出仕，时称"柳氏三绝"。

柳永从小聪慧好学，幼年时每天晚上点着蜡烛苦读，当地人因此将他读书附近的山称为蜡烛山、笔架山。成年后，柳永从家乡来到了汴京。他文名早成，风流倜傥，不久就在花柳丛中声名远扬，但也就因为沉醉于花间柳下使他在仕途上蹭蹬了十九年。

他前半生的仕途，就毁在一首词上面。在京城逍遥时，柳永曾写了首轰动一时的词《鹤冲天》：

文学 辞典

婉约派

一般指以五代《花间集》开创，宋晏殊、柳永、秦观、周邦彦等人发扬的词作风格。前人多用"婉美"、"软媚"、"绸缪宛转"来形容上述诸人的词风。至明张綖《诗余图谱·凡例》后附识云："词体大略有二：一体婉约；一体豪放。"遂相沿用。此体多表现男女离别相思，构思细密、章法井然，遣词用句均十分讲究，且注重音律谐婉，具有阴柔之美。但题材内容较狭窄。对后世影响深远，并被视为词家正宗，如徐师曾《文体明辨序说·诗余》以为词"要当以婉约为正；否则虽极精工，终乖本色"。

黄金榜上，偶失龙头望。明代暂遗贤，如何向？未遂风云便，争不恣狂荡？何须论得丧！才子词人，自是白衣卿相。

烟花巷陌，依约丹青屏障。幸有意中人，堪寻访。且恁偎红倚翠，风流事，平生畅。青春都一饷，忍把浮名，换了浅斟低唱。

这首词写成不久，立即传遍汴京，甚至连皇帝也知道了。因为柳永不但有花柳之实，而且宣诸文字，犯了统治

西湖游舫图
这幅13～14世纪的绘画作品向我们展示了宋元时期杭州西湖那美丽动人的风光。柳永《望海潮》曰："东南形胜，三吴都会，钱塘自古繁华。烟柳画桥，风帘翠幕，参差十万人家。……市列珠玑，户盈罗绮竞豪奢。"此图可以说是当时杭州的真实写照。

者的大忌。当时柳永已经被录取，主考官将榜文呈送皇帝宋仁宗审定。可是这个平时以风流自命的皇帝却一反常态，看到柳永的名字大怒，说道："且去浅斟低唱，何要浮名？"一笔将柳永的名字勾了。而柳永也毫不示弱，他干脆自称为"奉旨填词柳三变"，从此很长一段时间混迹于青楼勾栏之中，在歌伎名伶那里寻找精神上的慰藉，所以也成为"奉芳旨填词"。

柳永在仕途上类似的遭遇还有几次。景祐元年，经历了多年的磨难后，他改名为柳永参加考试，一举登第。但过了很久朝廷也没有给他安排官职，他就登门去拜访当时的宰相晏殊，却被晏殊婉言回绝。此后柳永更加消极，后来虽然也有了官职，却不再意气风发，正如他在《少年游》中所感叹的那样：

长安古道马迟迟，高柳乱蝉嘶。
夕阳岛外，秋风原上，目断四天垂。
归云一去无踪迹，何处是前期？
狎兴生疏，酒徒萧索，不似少年时。

不幸的打击接二连三地降临到他身上。在他任屯田员外郎时，掌管天

"杨柳岸晓风残月" 词意图　清　任预

柳永《雨霖铃》一调，千古绝唱，催人泪下。置之图画中，少有能尽得其意者，任立凡此作从"杨柳岸晓风残月"着手，将离别之情收于方寸之间，布置虽简，而寓意则繁，以此画尽得柳永词中三昧。

文的太史官奏有老人星出现，宋仁宗认为这是国家祥瑞，大喜，命文人献诗作赋，以志庆贺。柳永也写了一首词进上。仁宗皇帝看到首字即是"渐"，便不高兴。再读到"宸游凤辇何处"时，顿时黯然失色，因为这句话和他为宋真宗写的挽词暗合。最后读到"太液波翻"时，心里更加不快，说道："为何不说'太液波澄'？"便将柳永的词稿扔在地上。

这件事之后，有关柳永的事迹也就不见于记载了。他大约死于公元1053年左右，虽有后人，临终时却孤苦凄凉，身边一个人也没有。由王和甫出资埋葬于润州，也就是今天江苏镇江。一位风华绝代的文学家，身后却如此萧瑟凄凉。

柳永的词，既是他所经历、所理解的社会生活的反映，也是他不假掩饰的真实感情的流露。从内容上看，他的词可分为三类：反映妇女生活、愿望和男女恋情；描摹城市繁华和旅途风光；抒发身世遭遇和感慨功名无成。"有饮水处即能歌柳词"，柳永的词不但内容丰富充实，而且艺术上取得了相当高的成就，加上大部分是通俗易懂的白话词，所以当时流传极为广泛。

在柳永以前，虽然也有创作慢词的，但数量不多，质量也不高。柳永的慢词曲折委婉，长于铺叙；融情入景，善于点染；语言明白，不避俚俗。慢词到了他手里，无论是在内容上还是形式上，都比此前的作者迈出了一大步。

当然，历史上的文人对柳永的词也颇有非议，指摘他多用俗语、俚语。但柳永的词中所用的语言虽然有些浅俗，却明白如话，朴素而又不粗俗，直率而不直露，达到了极高的艺术水平。

推荐阅读 ＞＞　《柳永词赏析集》，谢桃坊主编，巴蜀书社1992年版。

玩味人生的 晏殊

晏殊（991～1055年），字同叔，抚州临川人，死后谥"元献"，世称"晏元献"。晏殊从小就显示了与众不同的文学天赋，7岁即能作诗，而且文采可观。张知白安抚江南，发现了少年晏殊的文学才华，以"神童"把他推荐给朝廷。

宋真宗为了考验晏殊的才学和胆识，让他和1000多进士一起参加殿试。在考试过程中，晏殊洋洋洒洒地写下了一篇文章，让宋真宗和满朝文武刮目相看，顿时晏殊声名鹊起。宋真宗大喜，赐同进士出身。从此，晏殊就走上一帆风顺的仕途。第二年召试中书，升为太常寺奉礼郎，此后几年他频频升迁，30岁的时候，就成了皇帝宠信的大臣。以后虽小有挫折，但总的来说，晏殊一生在仕途上的顺利是中国古代文人中少有的。53岁那年，集多种实权于一身，但从此也就走上了政治上的下坡路。次年罢宰相之职，当了几任地方官。64岁因病回京，第二年正月病故，享年65岁。

晏殊在中国文学史上的重要意义，与其说是因为他本人在文学上的成就，还不如说是他慧眼识才，提拔了一大批后起之秀，如范仲淹、富弼、欧阳修、梅尧臣等，都曾受到他的提拔和器重。

当然，晏殊的文学也有其优点。品茶、饮酒、狎妓、赋诗是他生活的主要内容。有时为了一句好诗，他可以通宵达旦地诗酒歌舞。一次中秋，天气阴晦，厨房照例准备好了酒菜，可是晏殊以天气不佳早早就寝了。他的下属王琪派人来看晏殊，却发现他已睡了。王琪立即写了首诗："只在浮云最深处，试凭弦管一吹开。"晏殊醒后读诗大喜，召集宾客们一起饮酒。半夜时分，月亮出来了，晏殊更加高兴，宾主尽情畅饮，到第二天早晨才散。

晏殊像

晏殊是宋代著名的婉约派词人，其词多表现诗酒生活和悠闲情致，造语工巧浓丽，音韵和谐，风流蕴藉。原有集，已散佚，仅存《珠玉词》及清人所辑《晏元献遗文》。

晏殊平生著作极为丰富，他的诗见于集子的就超过一万首，但真正为晏殊赢得盛誉的不是他的诗，而是他的词。

一曲新词酒一杯，去年天气旧亭台，夕阳西下几时回？

无可奈何花落去，似曾相识燕归来，小园香径独徘徊。（《浣溪沙》）

官居相位的政治生活，在他的笔下显得波澜不惊，暮春归燕，黄昏亭台，在晏殊看来，是那么雅和明净。当然，尤其为后世文人激赏的是词中的绝对："无可奈何花落去，似曾相识燕归来。"据说这一联还是晏殊和他门下共同创作的。一日

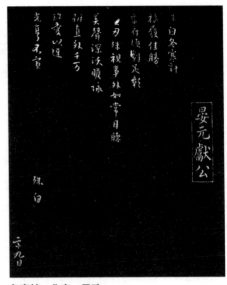

冬寒帖　北宋　晏殊

此帖选自南宋时期曾宏父所刻的《凤墅帖》，笔法敦厚，颇有韵致。

闲暇无事，晏殊偶然得一佳句："无可奈何花落去"，却怎么也接不上下联，于是悬赏征求下联。过了很久，一位才子应征："似曾相识燕归来。"晏殊大喜，酬以重礼，并将其收为门下。

晏殊的词除了写闲适的生活之外，也写男女爱情，音节嘹亮流啭，情感真挚，《采桑子》就是这方面的代表作。而《蝶恋花》则是他写男女相思之情的绝唱：

槛菊愁烟兰泣露，罗幕轻寒，燕子双飞去。明月不谙离恨苦，斜光到晓穿朱户。

昨夜西风凋碧树，独上高楼，望尽天涯路。欲寄彩笺无尺素，山长水阔知何处？

这首词是典型的怀人之作，写得情景交融，浑然一体，情深意切。

晏殊的词大部分感情充实、韵味深醇、精工雅丽，情与景与文都达到了天衣无缝的完美结合。当然，作为位极人臣的晏殊，又处在承平日久的太平时期，他的词在内容上显得略为狭窄，题材有些单调。

《珠玉词》（晏殊著）书影

推荐阅读＞＞　《晏殊词新释辑评》，叶嘉莹主编，中国书店2001年版。

韩、柳的步武者 欧阳修

在北宋文坛上，欧阳修(1007～1072年)是德才学皆服于时人的一代前辈，他4岁丧父，家境贫寒。中进士后，开始和尹洙、梅尧臣等互相以师友相称，并大力提倡古文。他是唐宋八大家之一，主张文章应当切合实际，反映现实生活，为政治服务，反对空谈猎奇，他以其杰出的文学才华成为诗文革新运动的领袖人物。

欧阳修同时也是一位杰出的政治家，他主张轻赋税、除积弊，实行"宽简"的政治，曾担任过朝廷和地方各种要职。他主持考试时，利用主考官身份，毅然进行了关于应考文体的改革，把一些形式平实朴素、内容有利于时政的作品选为上乘，而对那些险怪奇涩、号称"太学体"的时文一律革斥。这一次雷厉风行的改革，扭转了险怪僻冷的文风，提拔了苏轼、苏辙、曾巩、程颢、张载等一批出色人才。

欧阳修的诗、词、散文和政论文都很有名，他强调道对文的决定作用，要写好文章，首先必须培养良好的道德素养，并且能行之于身。在此基础上，他反对那些高谈阔论而没有实际内容的文章，认为那种文章对时政于事无补。正因如此，欧阳修有相当一部分文章是政论文，体现了他的政治伦理观念和文学主张，又因为这些文章针对实际有感而发，写得婉转流畅、丰满生动、说理透彻，让人读来正气凛然，像《朋党论》、《与高司谏书》等都是名篇。

欧阳修的散文，无论写景状物，叙事怀人，都显得摇曳生姿。其中最为著名的是《醉翁亭记》，其文写滁州山间景色以及自己和随从在山间的游乐，层次分明，语言流畅，表达了自己摆脱约束后

欧阳修像

欧阳修的散文创作特点有三：文体多样，议论、叙事和抒情兼备；采"古文"与骈文之长，融成新的风格；富于变化，开阖自如，具有和谐的韵律感。简约有法的叙事、迂疾有致的议论、曲折变化的章法、圆融轻快的语句，构成了欧阳修散文含蓄委婉的总体风格。

醉翁亭图　明　仇英

　　此图根据《醉翁亭记》文意而作，图中醉翁亭临立在泉上，几位文士在亭中饮酒作乐，安然怡然。

从容委婉的情怀。这篇文章开头一段150多字的短文，笔锋婉转游移，如灵蛇走动：

　　环滁皆山也，其西南诸峰，林壑尤美。望之蔚然而深秀者，琅琊也。山行六七里，渐闻水声潺潺，而泻出于峰之间者，酿泉也。峰回路转，有亭翼然临于泉上者，醉翁亭也。作亭者谁？山之僧智仙也。名之者谁？太守自谓也。太守与客来饮于此，饮少辄醉，而年又最高，故自号醉翁也。醉翁之意不在酒，在乎山水之间也。

　　山水之乐，得之心而寓之酒也。写山，写水，写亭，写人，写游乐，而最后点明主旨：太守（作者）之乐，不在山，不在水，亦不在酒，在乎

延伸 阅读

推荐阅读 > >

《唐宋八大家散文精品导读》，刘衍主编，海南国际出版中心 1997 年版。

心而寓于酒，达到一种洒脱自得、宠辱两忘的境界。

　　欧阳修以文为诗，诗中抒发议论，开创了北宋的诗风，很多诗对劳动人民的生活进行了关注，有较强的现实意义，如《晚泊岳阳》、《食糟民》等。

　　欧阳修的词虽然数量不多，大部分是以爱情为主题，非常注重人物心理的刻画，词风清新，洗刷了晚唐五代以来的脂粉气。

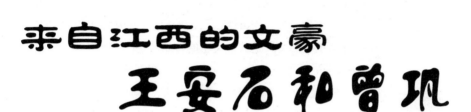

来自江西的文豪 王安石和曾巩

　　王安石（1021～1086 年），北宋政治家、思想家、文学家，字介甫，晚号半山，抚州临川（今属江西）人，出身于中下层官僚地主家庭。早年任地方官期间，即改变弊政，显露出杰出的政治才干。嘉祐三年（1058 年）上万言书，提出变法主张，要求改变"积贫积弱"的局面，巩固地主阶级的统治。神宗熙宁二年（1069 年）任参知政事，次年拜相，依靠神宗实行变法。因保守派阻挠新法，熙宁七年辞相。次年再度为相，九年又辞，此后退居江宁（今江苏南京）。元丰八年，新法尽废，次年遽然病卒。封舒国公，后改封荆国公，世称荆公。

　　王安石不但是 11 世纪中国的改革家，在文学方面也做出了引人瞩目的成就。散文成就很高，列于"唐宋八大家"之中，多政论文，针砭时弊，极有逻辑性和概括性，语言凝练朴

王安石像
　　王安石诗文颇有揭露时弊、反映社会矛盾之作，体现了他的政治主张和抱负。散文雄健峭拔，诗歌遒劲清新，词虽不多而风格高峻。所著《字说》、《钟山目录》等多已散佚，今存《王临川集》、《临川集拾遗》等。

推荐阅读 ＞ ＞

《唐宋八大家散文精品导读》，刘衍主编，海南国际出版中心 1997 年版。

素，其中以《答司马谏议书》、《本朝百年无事劄子》为代表。他又兼善诗词，诗歌多反映现实，表现对社会的忧虑；词虽不多而风格高峻，以《桂枝香·登临送目》为代表。

王安石在文学上强烈反对西昆体。他认为文章本来就应为社会政治服务，他的散文大多针对时弊，根据深刻的分析，提出明确的主张，具有极强的说服力量。他也很喜欢做翻案文章，对历史上已有定论的人物或事件做出一番新的解释，如《读孟尝君传》就是这样。这类文章虽然也是游戏之作，但有理有据，逻辑性强，不满百字，却依据充实，说理显豁。

王安石这类小品文，是其散文中的妙品。它们通常以极简的议论，一语破的的断语，感发出一种独具慧眼的见解。

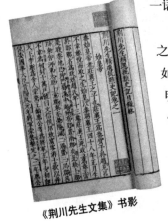

《荆川先生文集》书影

王安石的散文还有游记类的，如《游褒禅山记》阐述了治学之道在于不避险远，有志有力，虽不成而无悔。也有写人记事的，如《伤仲永》，通过一天才少年因为不学而变为庸才的故事，说明即使是天才，也要加强后天教育和学习。王安石的散文比较倾向于理论的论述，而不是叙事抒情。即使是一件小事，他也能从中挖掘出有一定深度的道理来。当然，他的哀祭文也是很有名的，最为有名的是《祭欧阳文忠公文》、《祭王回深甫文》等，都写得情深意挚，哀思绵绵。

唐宋八大家的另一位重要人物曾巩也是江西人。曾巩（1019～1083 年）字子固。幼年聪慧，12 岁即能作文，得到欧阳修的赞赏，名闻四方。嘉祐二年（1057 年）中进士，历任馆阁校勘、集贤校理等职，官至中书舍人。入仕后，颇有政声，在古籍整理和吏治方面都有所贡献。

文学 辞典

西昆体

　　北宋初社会安定繁荣，宋太宗、宋真宗都奖掖文士，君臣时常唱和，蔚成风气。宋真宗景德二年到大中祥符元年（1005～1008 年），杨亿、刘筠、钱惟演等馆阁之臣相互唱和，共得诗 250 首。杨亿取传统中昆仑山之丘，群玉之山，西王母之所居为策府之意，编辑成《西昆酬唱集》，后人遂称之为西昆体。西昆体诗歌内容多为吟咏前代帝王和宫廷故事，作者群标榜学习李商隐，但主要拾取了李诗典雅精丽、委婉深密的艺术技巧，而缺乏充实的生活感受。西昆体诗歌在宋初诗坛影响很大，受到欧阳修、王安石等人的强烈反对。

他接受了欧阳修先道后文的古文创作主张，而且比欧阳修更着重于道。其散文在八大家中是较少情致文采的一家，但曾文长于议论，语言质朴，立论精辟，说理曲折尽意，文风以"古雅、平正、冲和"见称。他的议论性散文，剖析微言，阐明疑义，分析辩难，不露锋芒，《唐论》就是其中的代表作，可与欧阳修的《朋党论》媲美。他的记叙性散文，记事翔实而有情致，论理切题而又生动，代表作如《墨池记》和《越州赵公救灾记》。

曾巩散文中的书序很有特色，都是在他任职馆阁整理典籍时写的。对古籍的存佚、完缺、分合、流传都做了阐明，意见精辟中肯，极具文献价值。其中《墨池记》，体现了他从容平实、委婉严谨的文风特点。文章不长，开头一段简述墨池的位置、形状和得名缘由；接着推出王羲之的书法造诣是靠后天勤学苦练

获得的结论，并在此基础上推出要深造道德需要付出更多的努力；再从这古迹之所以存留而推出如果能德学兼备，对后世的影响就会更大。文章结构严谨，章法细密，条理清楚，层层相生；笔调委婉有致，多用设问句，在自问自答之间，将枯燥无味的道理说得娓娓动听。

曾巩亦能诗，存诗400余首，以七绝成就为高，　其诗或雄浑瑰玮，或委婉超逸，无不含义深刻，妙趣横生。五古《追租》，描绘了"今岁九夏旱，赤日万里灼"，"计虽卖强壮，势不旭弱"的惨状，发出"暴吏体宜除，浮费义可削"的呼声，与王安石的《兼并》一诗，有异曲同工之妙。绝句《西楼》、《城南》，清新隽永，具有王安石晚年诗作的风致。曾巩的诗作，格调超逸，字句清新，但为其文名所掩，所以不大受人重视。

曾巩一生整理古籍、编校史书，《战国策》、《说苑》、《列女传》、《李太白集》和《陈书》等都曾经过他的校勘。他每校一书，必撰序文，借以"辨章学术，镜考源流"。

曾巩的文章对后世的影响也很大。南宋朱熹"爱其词严而理正，居尝诵习"。明代唐宋派散文家、清代的桐城派等人都把他的文章奉为圭臬。

铜板琵琶声中的
苏轼
千古风流

苏轼（1037～1101年），其父苏洵以"夫子登轼而望之"之义而为他取名"轼"，可见父亲对他倾注了全部的希望。苏轼22岁时，和弟弟苏辙高中同榜进士，深得欧阳修赏识。

苏轼25岁时，两兄弟随父上京城，"三苏"之名，震动京师。3年后，苏洵在任上病故，苏轼兄弟扶榇南归，守制3年。这3年中，朝政发生了变化，以王安石为代表的改革派在宋神宗的支持下推行新法，苏轼上书指出新法中的一些弊病，不料触犯了一些人的利益，苏轼只得请求出调为地方官，历任杭州、密州（今山东诸城）、徐州等地知州。苏轼每到一处，都能励精图治，兴利除弊，赢得了人民的爱戴和景仰。可是无论是变法的新党还是守旧的老党，都在他诗集中找一些稍露棱角的句子作为借口，对他吹毛求疵。

经过"乌台诗案"等几次陷害后，苏轼对政治清明的信心已经丧失殆尽。绍圣四年，又一次无中生有的中伤，使得当权者将刚在惠州安顿好的苏轼转谪到海南，这是封建时代对官员最严重的贬谪。这时的苏轼已年近60，"垂老投荒，无复生还之望"，伤心之余，他只得把安顿下

苏轼回翰林院
图 明 张路

此图表现这样的情节：苏轼因与王安石政见不和，被贬外官，不久被皇帝召回任职于翰林院。一日，皇后诏见苏轼，重申对他的信任，论及往事，不觉潸然泪下。之后，皇后派人摘下座椅上的金莲灯为其照明，送其回翰林院。

推荐阅读 〉〉

《苏轼词选》，陈迩冬选注，人民文学出版社 1998 年版。
《苏轼选集》，张志烈等选注，人民文学出版社 2002 年版。
《唐宋八大家散文精品导读》，刘衍主编，海南国际出版中心 1997 年版。

来的家属留在惠州，独自带着幼子苏过漂洋过海。流放到海南 7 年后，苏轼终于得到一纸赦令，踏上了北归旅程。多年的磨难和旅途的劳累，消磨了苏轼全部的生命和精力，1103 年 7 月 28 日，他在友人代为借租的一所房子里溘然长逝。苏轼与世长辞，朝野俱痛，几百太学生自发到佛舍祭奠他。

苏轼像
　苏轼字子瞻，又字和仲，号东坡居士，眉州眉山（今属四川）人，唐宋八大家之一。

　　苏轼具有多方面的文艺才能，是欧阳修之后北宋的文坛领袖，他在散文、诗词方面都有很高的成就，书法、绘画也有很深的造诣。苏诗内容丰富，以个性化的形式，抒情写怀，广泛地反映时代和社会。黄庭坚称苏诗"公如大国楚，吞五湖三江"，可见东坡诗作的涵盖面之广，名作有《饮湖上初晴后雨》、《游金山寺》等。同时，苏轼把韩愈、柳宗元以来所提倡的古文发挥到更高的境地，《留侯论》、《教战守策》、《日喻》、《赤壁赋》、《石钟山记》等，无一不是脍炙人口的佳作。苏轼生性豁达，所以无论是论史还是记事，也无论是感物怀人，都显得条理通达，情义共生。

　　苏轼的词包罗万象，风格多变，豪放旷达有如《念奴娇·赤壁怀古》，婉约凄恻有如《江城子·十年生死两茫茫》，活泼真切有如《浣溪沙》五首。他的词不惹红尘，自有一种出世脱俗的飘逸，如《水调歌头》：

　　明月几时有，把酒问青天。不知天上宫阙，今夕是何年？我欲乘风归去，又恐琼楼玉宇，高处不胜寒。起舞弄清影，何似在人间？

　　转朱阁，低绮户，照无眠。不应有恨，何事长向别时圆？人有悲欢离合，月有阴晴圆缺。此事古难全，但愿人长久，千里共婵娟。

　　这是苏轼在密州任职时所写的，当时他在政治上极不得意，他和弟弟苏辙也已经 7

年没有见面了，这种血肉相连的感情在美酒和月华的催化下，终于凝成了一首千古绝唱。可是苏轼并没有把对弟弟的思念写得沉重凄凉，本来沉重的思亲之情，在他几经转折之后，就从抑郁翻转为超脱。

人们之所以用"豪放词人"来评价苏轼，是因为自从他之后，词开始走出了"花间派"专咏风花雪月的路子，转而写生活中积极向上的事物和感情。从根本上看，苏轼的词真正称得上豪放的，可能只有《江城子·密州出猎》等几首，像前面所说的《念奴娇·赤壁怀古》可能都不是。"故国神游，多情应笑我，早生华发。人生如梦，一尊还酹江月。"这首词虽然也写了壮阔浩大的赤壁全景，但在苏轼眼中，这一切只是古人建功立业的舞台，而自己却只能望洋兴叹罢了。这样的词是不能单纯称之为豪放的。

苏轼对词的贡献是多方面的，他扩大了词的内容，提高了词的境界。"一洗绮罗香泽之态，摆脱绸缪宛转之度，使人登高望远，举首高歌，而逸怀浩气超乎尘埃之外矣"（胡寅《酒边词序》）。从苏轼之后，词不但可以写花前月下，也可以写政治情怀和民生疾苦，甚至连农村的生活生产也被他纳入词中。另外，他的词洗去了风靡词坛的脂粉气和香艳气，以清雄韶秀的语句为词坛带来了一股清新雄健的力量。在韵律上，苏轼不为刻板的格律所束缚，而是以情驭文，将情感写得淋漓尽致。

文学辞典

苏门四学士

苏门四学士是指北宋四位诗人黄庭坚、晁补之、秦观和张耒的并称，得名于《宋史·黄庭坚传》："黄庭坚与张耒、晁补之、秦观等具游苏轼门，天下称为四学士"。四人均出于苏轼门下，宋哲宗元丰年间又都在秘书省供职，称学士，故称之。黄庭坚（1045～1105年），字鲁直，号山谷道人，又号涪翁，北宋著名诗人、书法家，江西诗派的开创者，其诗与苏轼齐名，并称"苏黄"。晁补之（1053～1110年），字无咎，有词集《晁氏琴趣外篇》，以词著名，风格近似苏轼；散文清新流畅，诗歌清峻。秦观（1049～1100年）字少游，一字太虚，高邮（今属江苏）人，秦观是苏门士中最为出色的词人，"愁"是其最常见的主题，风格纤细轻柔、缠绵悱恻，王国维评为"最为凄婉"，名篇有《踏莎行·雾失楼台》、《鹊桥仙·纤云弄巧》、《满庭芳·山抹微云》等。张耒（1054～1114年），字文潜，号柯山，其诗风格朴素平易，时近唐人。

黄州寒食诗帖　北宋　苏轼

此帖为苏轼自己创作的五言古诗两首，诗的内容充满感伤情绪，书法随着诗情的起伏而变化，有极强的节奏感，达到了艺术形式和内容的完美统一。此帖与王羲之的《兰亭序》、颜真卿的《祭侄季明文稿》并称为中国书法史上的三大行书作品。

西园雅集图 明 陈洪绶

《西园雅集记》载宋代苏东坡、秦少游、黄鲁直、蔡天启、李端叔、王晋卿、苏子由、米元章、刘巨济、王仲至等文人作诗论画、谈禅论道的文会故事。此图描绘了这一文会故事的部分内容，图中人物神态悠闲，恬静怡然。

蕴藉雅致 秦观

秦观像

秦观（1049～1100年）字少游、一字太虚，号淮海居士，扬州高邮（今属江苏高邮）人，"苏门四学士"之一，在文学史上以词闻名。

秦观26岁时，听说苏轼移任要经过扬州，便模仿苏轼的风格写了几首诗，预先贴到扬州一座寺院的墙上，苏轼经过时读后大为惊讶。后来，苏轼遇到好友孙觉，孙觉取出秦观的几百首词让他评鉴。苏轼一读，便说："那次在墙上留诗的人，肯定是这位青年人。"这样，苏秦两人虽未谋面，却已成为"神交"。

秦观并不愿主动投身于政治漩涡，只是由于出自苏轼门下而被卷入其中。经苏轼劝说他应试中举，曾任蔡州教授、太学博士、国史院编修官等职。在新旧党争中，因和苏轼关系密切而屡受新党打击，先后被贬到处州、郴州、

秦观是宋词坛上的大家，他吸取了二晏（晏殊与晏几道）、欧阳修、苏轼词的精华，并学习民间乐曲，形成了"柔婉清丽"的风格。其词作语言清新秀丽，明白晓畅。

横州、雷州等边远地区，最后在北归途中死于滕州。

秦观虽然师出苏门，但却能另辟蹊径。他的词大多写得纤细、轻柔，语言优美而巧妙，在委婉细腻之外，自显其清新深挚的特色。秦观的词也受到了柳永、苏轼的影响，在语言技巧方面，他把化用典故和前人诗句的手法运用得相当成功。如"斜阳外，寒鸦数点，流水绕孤村"（《满庭芳》）出于隋炀帝的诗句，但他用得恰到好处而不着痕迹。

秦观性格柔弱，情感细致，内心总是被悲愁哀怨所缠绕。写"愁"是他的词中最常见的主题，如"春去也，飞红万点愁如海"（《千秋岁》），"自在飞花轻似梦，无边丝雨细如愁"（《浣溪沙》），都是名句。正如王国维《人间词话》所说，秦观词的意境"最为凄婉"：

《淮海后集》书影

> 雾失楼台，月迷津渡，桃源望断无寻处。可堪孤馆闭春寒，杜鹃声里斜阳暮。
>
> 驿寄梅花，鱼传尺素，砌成此恨无重数。郴江幸自绕郴山，为谁流下潇湘去？（《踏莎行》）

这首词把所见所闻的景色音声编织成意象，以主体的情绪与视角为脉络串连成流动的意境，虚实相间，身边事与心中情相互回环缠绕，构成浓厚的感伤气氛，极细致地表现了身处逆境文人对于不能自主命运的哀怨。

在伤怀人生命运之外，秦观也写了不少表现男女恋情的词，像著名的《鹊桥仙》：

> **纤云弄巧，飞星传恨，银汉迢迢暗度。金风玉露一相逢，便胜却人间无数。**
>
> **柔情似水，佳期如梦，忍顾鹊桥归路？两情若是久长时，又岂在朝朝暮暮！**

词人借着七夕牛郎织女相会的古老传说，写出人间一种执着深沉的爱情。末处点出两情的久长与否并不在于朝朝暮暮的相依相偎，而在于真正的情深意长，在感情词中可以说是高人一等。联系到他当时艰苦的贬谪生活，这首词中在柔婉深情之外，又有一种不易察觉的深沉和忧伤。

推荐阅读 〉 〉

《秦观词新释辑评》，叶嘉莹主编，中国书店 2001 年版。

帘卷西风，词香满袖
李清照

李清照（1084～1155年）是南、北宋之交的词作大家，自号易安居士她的词作于委婉细腻中一洗以往词作妩媚不实的气氛，给词坛带来清高的意趣、淡远的情怀、空灵的意境。

18岁时李清照和赵明诚结婚，婚后生活十分美满。夫妻对古董、金石、字画都有着浓厚的兴趣，往往为了一张名画或青铜器，不惜典衣而购之。但不久后，党争兴起，为了自己的飞黄腾达，赵挺之置儿女亲家不顾，将李清照父亲列为党人，李清照上书赵挺之无效，遂有"炙手可热心可寒"之讥。不久，赵家失势，家人一度入狱。经历这番变故后，李清照夫妇回到青州，筑"归来堂"，以诗酒度日。后来赵明诚曾到各地为官，生活颇为优裕。

李清照前期的词比较清新淡雅，富于生活情趣。如下面这两首《如梦令》就是写早年生活的一些片段：

常记溪亭日暮，沉醉不知归路。兴尽晚回舟，误入藕花深处。争渡、争渡，惊起一滩鸥鹭。

昨夜雨疏风骤，浓睡不消残酒。试问卷帘人，却道海棠依旧。知否、知否？应是绿肥红瘦。

这两首词都采用白描手法，前一首写自己酒后在荷花中划船归来的情景，真实可信而又自有一种人生境界在其中。而后一首词则通过生活中的一个场景，写出词人对春光难留的淡淡伤感，但又不觉沉重。李清照前期的词，写得简洁流畅，展示了婉约清新的词风。当然，这是和她前期比较稳定的生活分不开的。这段

千秋绝艳图之李清照像　明　佚名

李清照词风婉约，她善于把强烈的感情熔铸在艺术形象里，造成一种情景交融的艺术境界；形式上善用白描手法，自辟途径，语言清丽，富有音乐美。论词强调协律，崇尚典雅、情致，提出词"别是一家"之说。

延伸 阅读

时间里,赵明诚外出为官,他们小别之时,常用词来表达自己的感情。每次赵明诚外出,李清照总有佳词寄赠,其中最为著名的是《醉花阴》一首:

薄雾浓云愁永昼,瑞脑销金兽。佳节又重阳,玉枕纱橱,半夜凉初透。东篱把酒黄昏后,有暗香盈袖。莫道不销魂,帘卷西风,人比黄花瘦。

相传赵明诚看了这首词之后,心中大为佩服,可是又不甘示弱。于是把自己关在屋里三天三夜,写了50首《醉花阴》,并将李清照的那首放在其中给朋友陆德夫评阅。陆德夫反复审读之后,说"只三句绝佳"。再问,正是李清照的"莫道不销魂,帘卷西风,人比黄花瘦"。

靖康之变后,李清照与丈夫为逃避战乱来到江南,不久赵明诚就因病故去,这年李清照才46岁。李清照为了不落入敌人手中,带着大批古董文物跟着赵构等人一路南下,辗转于杭州、越州(今绍兴)、金华一带。一路上或遗失或被抢,多年苦心经营所得基本上散失殆尽。而在这途中,有关李清照的流言甚多。有人说她曾以金银贿赂敌人,又有人说她不顾病危而改嫁等,而这都是当时一些小人的无耻谰言。

南归后,李清照的词风有了明显改变,山河的残破、命运的多舛、人心的险恶,都给词人带来精神上的痛苦。她开始表达对腐朽统治者的不满,在作品中鞭挞那些不思进取的官僚,当然,也有对故土深沉的思念,词风充满凄凉低沉之音。如《菩萨蛮》、《蝶恋花》,流露出她对失陷的北方大地的无限眷恋,而《声声慢》则表达了她在孤独生活中的深深忧愁。"寻寻觅觅,冷冷清清,凄凄惨惨戚戚。乍暖还寒时候,最难将息。三杯两盏淡酒,怎敌他晚来风急!雁过也,正伤心,却是旧时相识!满地黄花堆积,憔悴损,如今有谁堪摘!守着窗儿,独自怎生得黑?梧桐更兼细雨,到黄

推荐阅读 >> 《重辑李清照集》,李清照著,黄墨谷辑并校注,齐鲁书社1981年版。

昏，点点滴滴。这次第，怎一个愁字了得！"

这首词深沉悲怆，在语言运用上，充分利用双声迭字等艺术手法。这种对迭字独具匠心的运用，造成了极具感染力的艺术效果，被后人称为"公孙大娘舞剑手"。

"家祭无忘告乃翁"
陆游

"死去元知万事空，但悲不见九州同。王师北定中原日，家祭无忘告乃翁"。陆游（1125～1210年）以强烈的爱国热情和深厚的文学功力，将自己的所见所闻，所思所感，都一一记录到了自己的诗文之中。

陆游，南宋诗人，字务观，号放翁，浙江山阴（今绍兴）人。他出身于历代仕宦之家，由于局势十分动荡，童年时代一直随着父亲四处流转。29岁时，他赴京（临安）参加科举考试，因名列奸相秦桧孙子之上而受到秦桧的排挤。直到秦桧死后，才被起用。

陆游才思敏捷，功力精深，诗作数量惊人，自称"六十年间万首诗"并非浮夸。他至今流传下来的诗篇就有9000多首，是

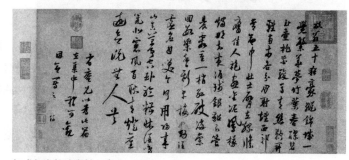

怀成都十韵诗卷帖　南宋　陆游

这是陆游回忆50岁左右在四川做参议官时的诗卷，当时范成大身为四川制置使，和他"以文字交，不拘礼法"，于是"人讥其颓放，因自号放翁"。

中国历史上留下诗篇最多的诗人。他的诗反映了广阔的社会生活，涉及南宋前期社会现实的各个方面，他把对收复失地的决心，对抗敌将士的崇敬，对中原父老的同情和怀念，以及对投降派的蔑视和憎恨，全都写进了他的

推荐阅读 〉 〉

《陆游选集》，王水照选注，人民文学出版社 1997 年版。

诗篇。

南宋时期最大的矛盾是宋金之间的对峙和冲突，对金究竟是战是和，南宋朝野上下形成了不同的政治派系。陆游是坚决的主战派，他"慷慨欲忘身"的战斗精神使他的诗歌充满了鲜明的战斗性和时代性。他对投降派的无情揭露和批判，是他爱国诗歌中最为明丽的色彩。而这种愤激情感表现得最为强烈的是《关山月》：

和戎诏下十五年，将军不战空临边。朱门沉沉按歌舞，厩马肥死弓断弦！戍楼刁斗催落月，三十从军今白发。笛里谁知壮士心，沙头空照征人骨。中原干戈古亦闻，岂有逆胡传子孙？遗民忍死望恢复，几处今宵垂泪痕？

在这首诗里，他几乎是把批判的矛头直接对准了最高统治者："和戎诏下十五年，将军不战空临边"，这是怎样的一种悲哀？诗人痛感收复中原无望，担心南宋朝廷最终会把大好的锦绣河山拱手送人。然而，诗人最不愿意看到的局面却最终成了现实。

收复故土也是陆游诗中十分重要的一个主题，诗人一涉及这个问题就显得分外的沉重和无奈。如他的《题海首座侠客像》：

赵魏沙尘千丈黄，遗民膏血饱豺狼。功名不遗斯人了，无奈和戎白面郎。

作者一腔气血无处洒，只得将复国壮志，寄托在一个遥远的"侠客"身上，体现出"有志不获骋"的悲哀。

陆游诗集中另一首诗《书愤》则表现了诗人杀敌报国的英雄气概和壮志难酬的无限愤慨：

早岁那知世事艰，中原北望气如山。楼船夜雪瓜洲渡，铁马秋风大散关。塞上长城空自许，镜中衰鬓已先斑。出师一表真名世，千载谁堪伯仲间？

陆游祠

陆游一生在四川度过了很长时间，他曾两次出任蜀州通判，在蜀州期间曾多次游览州中山川名胜，写下 100 多首寄怀蜀州的诗词，抒发一腔忧国忧民的赤子情怀。此祠位于现今的四川崇州，是除陆游家乡浙江绍兴外，全国仅有的纪念陆游的专祠。

> 陆游与前妻唐琬的爱情故事非常感人。唐琬原是陆游的表妹，两人结婚后十分相爱，但是唐琬的才华横溢与陆游的亲密感情，引起了陆母的不满（女子无才便是德），俩人被迫离婚。后来唐琬改嫁给赵士程，陆游也另娶了妻子。公元1155年春天，两人于沈园意外邂逅，陆游"怅然久之"，于沈园内壁上题一首《钗头凤》，怆然而别。唐琬读此词后，和其词，不久即郁闷愁怨而死。
>
> 《钗头凤》——陆游
>
> 红酥手，黄滕酒，满城春色宫墙柳。东风恶，欢情薄，一杯愁绪，几年离索。错！错！错！
>
> 春如旧，人空瘦，泪痕红浥鲛绡透。桃花落，闲池阁，山盟虽在，锦书难托。莫，莫，莫！
>
> 《钗头凤》——唐琬
>
> 世情薄，人情恶，雨送黄昏花易落。晓风干，泪痕残，欲笺心事，独语斜阑。难！难！难！
>
> 人成各，今非昨，病魂常似秋千索。角声寒，夜阑珊，怕人寻问，咽泪装欢。瞒，瞒，瞒！

这首诗，反映出陆游爱国诗歌中所特有的悲愤中见豪壮的艺术风格。

即使晚年闲居山阴的一个小村，在梦里他还是记挂着祖国的安危：

僵卧孤村不自哀，尚思为国戍轮台。夜阑卧听风吹雨，铁马兵河入梦来。

在陆游的诗中，像这样写梦言志的诗还有许多。

陆游的诗歌反映面广，除了直接表现爱国主题之外，还有不少反映农村生活的诗。如《游山西村》：

莫笑农家腊酒浑，丰年留客足鸡豚。山重水复疑无路，柳暗花明又一村。箫鼓追随春社近，衣冠简朴古风存。从今若许闲乘月，挂杖无时夜叩门。

全诗勾勒出一幅极富民俗风情的山村生活图画，诗中"山重水复疑无路，柳暗花明又一村"之联，已因为其富含人生哲理而成为广泛流行的成语。

陆游的诗风格多样，既有雄浑奔放的一面，也有清新婉丽的一面，他善于锻炼字句，尤其工于对偶。他反对追求过分的雕琢和险怪，因而他的诗比较接近口语，"清空一气，明白如话"，而又妥帖自然。另外，他有时也比较喜欢用典故来表情达意，这又为他的诗增添了些许书卷气。

陆游像

从少年到中年（46岁）入蜀以前，陆游的诗作主要偏于文字形式。入蜀以后到他罢官东归，是他从军南征，充满战斗气息及爱国激情的时期，也是其诗歌创作的成熟期。后期他长期蛰居山阴，诗歌多表现田园风味，并不时流露出苍凉。在三个时期的诗中，始终贯串着炽热的爱国主义精神，尤其是中年入蜀后。

有大功于词苑的

辛弃疾

辛弃疾（1140～1207年）以"壮岁旌旗拥万夫"的豪语抒写了英雄之词，为后人留下了许多雄浑豪放的辞章，时称稼轩体。

辛弃疾出生于济南历城，家世不显，父亲曾为金国县令，但未忘国耻，使辛弃疾从小受到影响。辛弃疾22岁时，散尽家财，聚众两千余人，参加到反金战争中。他们投靠到义军耿京部下，但却发生了僧人义端弃信北逃的事件，耿京大怒，在辛弃疾的要求下，耿京给他3天期限处理此事，辛弃疾遂率军北上，杀死了义端这个反复小人。不久义军内部又出现了叛徒，张安国伙同邵进杀死耿京，投降金人。辛弃疾得知此事后，亲率50精兵，夜袭济州，将张安国连夜押回建康，斩首示众。这传奇一般的经历在文学史上是绝无仅有的。

后来辛弃疾率众南归，担任了一系列地方官。在任职期间，他潜心分析了抗金以来历年的得失，写成《美芹十论》，进奏朝廷，虽然得到了孝宗的看重，但因为内部的种种掣肘，他的理想并不能顺利实现。辛弃疾一生反对和议，盼望早日恢复中原，但未能为南宋小朝廷所接受，他被一步步地排挤出统治中心，直至被免职。从42岁到68岁的漫长岁月，词人主要在江西上饶一带的农村中度过。他一面笑傲山水，旷达自适，为自己离开官场而庆幸，但另一面，闲居退隐并不能消释他心中的无限愤慨。寄身田园，他并没有忘怀故国的分裂，他在同友人的往来赠答诗歌中，总是以坚持抗金相互激励。

辛弃疾是两宋词人中词作最多的作家，有600多首。"器大者声必闳，志高者意必远"，真正将词从花间樽前拉回现实生活中的是辛弃疾。辛词中有着广泛的社会内容，有山河破碎、南北分裂的现实，奋发昂扬的爱国热情；有壮志难酬的无限愤慨，也有对主降苟安、昏暗朝政的无情批判；由于曾在上饶闲居过一段时间，辛词中还出现了文人笔下少有的农村生活和田园风光。辛弃疾在苏轼的基础上进一步扩大了词的题材范围，他

辛弃疾像

辛弃疾字幼安，号稼轩，历城（今山东济南）人。其词多抒写力图恢复国家统一的爱国热情，倾诉壮志难酬的悲愤，热情洋溢，慷慨悲壮，笔力雄厚，与苏轼并称为"苏辛"。

推荐阅读 > >

《辛弃疾选集》，吴则虞选注，
上海古籍出版社 1993 年版。

几乎达到了无事、无意不可入词的地步。

辛词向来被人称为"英雄之词"，和婉约词的柔婉细腻完全不同，辛词以气魄宏伟、形象飞动见长，它常常将大河、高楼、奔雷、巨浪等奇伟壮观的形象写入词中，从而使词的境界阔大，声势逼人。强烈的爱国主义思想和战斗精神是辛词的基本思想内容，辛词往往熔写景、叙事、抒怀为一炉，采用多种表现手法，增强了词的表现力和感染力。尤其值得一提的是辛词的语言也是个性化的，和它的思想内容相适应，雄深雅健，舒卷自如。在辛词中，写得最为深沉感慨、沉郁苍凉的还是抒发壮志难酬的词，以《破阵子·为陈同甫赋壮词以寄之》、《永遇乐·京口北固亭怀古》、《菩萨蛮·书江西造口壁》等最为著名。其中《永遇乐·京口北固亭怀古》连用 5 个典故，借古人抒写自己的忧愤，表现出对英雄的向往和对战斗的渴望，被后人评为辛词第一。

辛弃疾致力于爱国词的写作，得到了志同道合的词友如陈亮、韩元吉、刘过等人的响应唱和，在南宋词坛上形成了一个爱国词派。

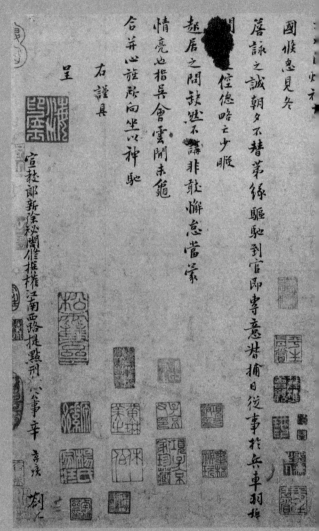

去国帖　南宋　辛弃疾

去国帖是辛弃疾仅见的墨迹珍品，书写时 36 岁，那一年他因为捕茶寇有功而得以高升。

自作新词韵最娇小红低唱我吹箫曲终
过尽松陵路回首烟波十四桥
山阴任颐

野云孤飞，去留无迹 姜夔

姜夔（1155～1221年）和辛弃疾、吴文英在南宋词坛上鼎分三家，各逞风流。姜夔是江西人，父亲以进士入仕，转任多处，他也随之奔走于各任所之间。姜夔壮年后，受知于当时名流杨万里、范成大等，并与他们结下了深厚的友谊。

姜夔去苏州拜访范成大，作《暗香》、《疏影》二词，范成大读后大喜，当即将小红赠给他，姜夔在过吴江垂虹桥作诗道："自作新词韵最娇，小红低唱我吹箫。曲终过尽松陵路，回首烟波十四桥。"由此可见姜夔的风流豪爽。

姜夔对诗文、音乐和书法都有相当深厚的造诣，但真正让他在文坛上名垂千古的是他的词。姜夔用健笔写柔情，情深韵胜。他的词大致有纪游、送别、怀归、伤乱、感遇、咏物六类，在这些作品中，或流露对时事的感慨，或慨叹自己身世的飘零和对意中人的思念。他善于用清丽淡雅的词句构成一种清幽的意境来寄托落寞孤寂的心情，用暗喻、联想等手法赋予所咏对象以种种动人情态，将咏物和抒情完美地结合在一起。如《玲珑四犯》中用"叠鼓夜寒，垂灯春浅"、"酒醒明月下，梦逐潮声去"这样深幽峭寒的景物来烘托自己"天涯羁旅"的凄凉况味。由于深谙音律，姜夔能够自度曲律，创作新调，因此在词作的语言上多用单行散句，特别讲究声律，纠正了婉约派词人平熟软媚的作风，

小红低唱图　清　任颐

姜夔对垂虹桥最是偏爱，有一次，他在那里与挚友范成大告别，与小红坐船远去，留下诗作一首："自作新词韵最娇，小红低唱我吹箫。曲终过尽松陵路，回首烟波十四桥。"此图表现的正是在松荫掩映下，一叶轻舟上，小红低唱，姜夔吹箫的情景。

齐天乐慢帖　南宋　姜夔

给词一种清新挺拔的风格，从而把婉约词推到了一个新的高度。

历来论姜词者多举其《暗香》、《疏影》二词。其实，姜词中胜于此者不少，如这首《扬州慢》：

淮左名都，竹西佳处，解鞍少驻初程。过春风十里，尽荠麦青青。自胡马窥江去后，废池乔木，犹厌言兵。渐黄昏，清角吹寒，都在空城。

杜郎俊赏，算而今重到须惊。纵豆蔻词工，青楼梦好，难赋深情。二十四桥仍在，波心荡，冷月无声。

细品词味，不免觉得有词人自己淡淡的影子徘徊其中。

姜夔的许多词都附有小序，如《扬州慢》：

淳熙丙申至日，予过维扬。夜雪初霁，荠麦弥望。入其城，则四顾萧条，寒水自碧。暮色渐起，戍角悲吟。予怀怆然，感慨今昔，因而自度此曲。千岩老人以为有黍离之悲也。

这段文字短小精致，别有一种隽永的艺术魅力，不但介绍了写作的时间、地点、背景、缘由，概括了全词的旨意，还点出了前辈萧藻德（千岩老人）的评语，既具有珍贵的文学史料价值，同时也是一篇精美的小散文。对姜夔的词来说，许多小序就是词的有机组成部分，它们或交待词的写作背景，或论述词的音韵格律，或描摩当时的景物环境，都显得别出心裁。

姜夔像

姜夔字尧章，号白石道人，饶州鄱阳（江西鄱阳）人。早年孤贫，生活比较艰苦。他具有多方面的文艺才能，但屡试不第。中年后，长住杭州，渐渐厌倦江湖游士的生活，豪门清客色彩渐浓。为诗初学黄庭坚，而自拔于宋人之外。

推荐阅读 ＞ ＞

《姜白石词编年笺校》，
夏承焘笺校，上海古籍出版社 1998 年版。

元杂剧的奠基人
关汉卿

在所有的元杂剧作家中，关汉卿的名字无疑是最响亮的。关于他的生平，只能从钟嗣成的《录鬼簿》中知道他是大都（今北京）人，大约生于金末，卒于元成宗大德年间（1297～1307 年），平生多与歌女伎人为伍，不但擅于写剧本，还能亲自演出，是当时剧坛公认的领袖。元朝统一后，他曾南行至杭州、扬州一带。

关汉卿一生所作剧本多达 60 余种，今存 18 种。他现存的杂剧从内容看，大致可以分为三类：社会公案剧、爱情婚姻剧和历史故事剧。其中社会公案戏歌颂了人民的反抗斗争，揭露了社会的黑暗和统治阶级的残暴，代表作有《窦娥冤》、《蝴蝶梦》、《鲁斋郎》等；爱情婚姻剧主要描写下层妇女争取爱情、婚姻的自由，突出了她们在斗争中的机智和勇敢，代表作有《救风尘》、《望江亭》、《拜月亭》等；历史故事剧主要是歌颂历史英雄，代表作有《单刀会》、《西蜀梦》等。

关汉卿像

贾仲明《录鬼簿》中称关汉卿为"驱梨园领袖，总编修师首，捻杂剧班头"，可见关汉卿在元代剧坛上的地位。他的剧作被译为英、法、德、日文等，在世界各地广泛传播。

关汉卿的作品较多地表现了下层人民的生活状态和悲剧命运，有一种鲜明的执着于现实的人生态度，让人在绝望中仍能看见希望的光芒。当然，由于生活时代的复杂和动荡不定，他的思想常常呈现出起伏不定和危机意识。如对巧合的依赖，对命运的让步，对科举的无法忘怀和对传统道德观念的依存和屈服等等。

《窦娥冤》是关汉卿公案剧中的代表作，真实地记录了窦娥悲惨而短暂的一生，作品中人物刻画精湛细腻，戏剧冲突扣人心弦，反抗精神强烈鲜明。作者以高超的艺术手腕，细致地刻画了窦娥内心矛盾冲突和性格的不同侧面，使她成为一个令人同情和崇敬的、有血有肉的艺术形象。

《窦娥冤》第三折是全戏的高峰，这是一场唱工戏。开始的［正宫端

元杂剧

　　元杂剧是具有完备的文学剧本、严格的表演形式、完整而丰富的内容的成熟戏剧。在体制方面，元杂剧有如下基本特点：结构方面，一般是四折，通常外加一段楔子为一本，表演一种剧目。少数剧目是多本的，楔子可以没有，也可以用到两三个。唱词和演唱方面，元杂剧的核心部分是唱词，每一折用同一宫调的一套曲子组成，并一韵到底，四折可以选用四种不同的宫调。宾白方面，有散白与韵白之分，前者用当时的口语，后者用诗词或顺口溜式的韵文。元杂剧的角色，可分为旦、末、净、外、杂五大类，每大类下又分若干小类，把剧中各种人物分为若干类型，便于程式化的表演。元杂剧通常限定每一本由正旦或正末两类角色中的一类主唱，正旦所唱的本子为"旦本"，正末所唱的本子为"末本"。

正好]、[滚绣球]等几支曲子，把窦娥的满腔怨恨如火山爆发般倾泻出来。窦娥胸中的激愤之情汹涌澎湃，犹如山呼海啸，震撼人心！而此后的[倘秀才]、[叨叨令]、[快活三]、[鲍老儿]等曲情绪陡然转化，从另一侧面表现了窦娥深沉细腻、忠厚善良的性格。剧中窦娥与婆婆生离死别的描写，情绪低回深沉，场面凄楚哀怨，深深地叩动着人们的心扉。最后窦娥发出三桩誓愿，这是作者一种大胆的艺术处理，其精神是浪漫主义的。剧终时窦天章的出现以及窦天章对案情的重新审理，表现了对窦娥的深切同情，也体现了古人善恶有报的良好愿望。

　　《窦娥冤》以"感天动地"的艺术魅力，热情地歌颂了窦娥的反抗与斗争，无情地揭露了封建社会的黑暗，鼓舞人们向丑恶势力进行不屈不挠的斗争。《窦娥冤》在艺术上所取得的成就是相当高的，它是戏剧中本色派的代表作。从窦娥被典卖到被屈杀，无一不真实而集中地反映了当时社会中下层人们的生活现实，而她父亲从穷书生到贵官，也是当时读书人普遍的梦想。

　　关汉卿是一位杰出的语言艺术大师，他汲取大量民间生动的语言，熔铸精美的古典诗词，创造出生动流畅的语言风格。他的人物语言，酷似人物口吻，符合人物身

《窦娥冤》 年画

　　《窦娥冤》是取材于元代社会现实的一部作品，是我国古代一个著名的悲剧，窦娥是封建社会里开始觉醒的被压迫阶级一个成功的悲剧典型。700多年来，这部剧作不仅成为我国戏曲舞台的保留剧目，而且被译成多种文字流传国外。

推荐阅读 > >

《关汉卿戏剧集》，北京大学中文系编校，人民文学出版社 1976 年版

份，如本剧中窦娥的朴素无华，张驴儿的无赖油滑，都惟妙惟肖。《单刀会》是关汉卿历史剧中的代表作，剧作描写了三国时期蜀国关羽和吴国鲁肃之间为了荆州而展开的一系列斗智斗勇的故事，曲文沉浑苍凉，意境阔大豪迈。相比之下，《西蜀梦》则显得更为低沉和伤感，写的是张飞和关羽被杀之后，阴魂不散，去找刘备，在路上相逢的故事。这部剧作比较真实地写出了创业人物事业难成的感慨，想必这也是关汉卿自己积郁多年的遗憾。

古今至文，余香满口

《西厢记》

王实甫像

关于《西厢记》的作者，有王实甫作前四本、关汉卿续作第五本的说法，也有说关作王续的，现在一般的看法是五本均出于王实甫。王实甫，《录鬼簿》列为"前辈已死名公才人"而位于关汉卿之后，据此推断他大约与关汉卿同时或稍后。

《西厢记》全名《崔莺莺待月西厢记》，其作者是元代著名杂剧家王实甫。王实甫是元代杂剧家，名德信，大都（今北京市）人，生平事迹难以实考，约卒于元代中后期。他一生创作了 14 种剧本，《西厢记》大约写于元贞、大德年间（1295 ~ 1307 年）。时人贾仲明给他写的悼词称："新杂剧，旧传奇，《西厢记》，天下夺魁。"

《西厢记》的素材来自于唐代诗人元稹根据自己的亲身经历写成的传奇《莺莺传》：元稹从小家境贫寒，当他成人后，因为文名远扬而过上轻裘肥马的生活。他生性风流，用情不专，早年和表妹崔氏相恋，并已成夫妻之实，后来为了在仕途上更上一层楼，他狠心抛弃表妹，娶了裴尚书的女儿。若干年后，两人都各自成家，但元稹仍要求崔氏以外

兄身份相见，遭到了崔氏的拒绝。《莺莺传》就是元稹这一段情感经历的真实写照，也是《西厢记》的创作源头。

金章宗时期的董解元，在说唱文学作品的基础上，将这个爱情故事改编成了5万字左右的演唱词，名为《弦索西厢记》。在董西厢中，才子佳人大团圆，而不是张生对崔莺莺的始乱终弃。作者理直气壮地宣告："自古佳人，合配才子。"

王实甫就是在这样丰富的艺术积累上加工再创作了《西厢记》，从根本上改变了《莺莺传》的主题思想，把男女主人公塑造成对爱情坚贞不渝，敢于冲破封建礼教束缚的新形象，在父母之命、媒妁之言、门当户对的禁锢下，作者直接喊出了"但愿有情人终成眷属"。

《西厢记》在故事情节上和董西厢基本上差不多，人物都有鲜明的个性。王实甫恰到好处地掌握着分寸，使笔下的人物具体生动，而不仅仅是概念的化身。如张生对爱情热烈痴情，却不轻薄下流；作品一方面写他思念莺莺时的惆怅和忧郁，同时又写他得到莺莺信简时手舞足蹈的喜剧性动作，使得这个形象真实可信；而崔莺莺多情执着，反抗老夫人也十分坚定，但在爱情的道路上她却小心翼翼地试探着。

作为戏剧艺术，《西厢记》巧妙地设置了一系列的"悬念"，高潮迭起，引人入胜。老夫人赖婚，是第一个大的"悬念"，即"赖婚"之后张生和莺莺会采取什么行动？他们采取的行动是"酬简"，进而私订终身，这是对"赖婚"的解答，又是引起下一段故事发生的新悬念。此后的"哭宴"又是一个悬念：老夫人赖婚之后，张生去向何方？这只能在全剧结束时才能得到解答。

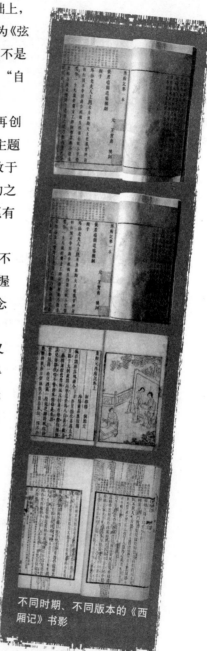

不同时期、不同版本的《西厢记》书影

推荐阅读 〉 〉

《西厢记》，王实甫著，上海古籍出版社1955年版。

弦索西厢记（金董解元著）插图

这些悬念都设置在全剧的主干部位，使得剧本层次分明，结构紧凑。

元杂剧一般以本色语言为主，《西厢记》却在杂剧本色语言之外，又适当地渗入了不少典雅、富丽的书卷气。《西厢记》善于吸取前代名作佳句，再加以深化加工、点染而成妙语，或者描写风景，或者描绘人物，或者抒发感情，都显得恰到好处。在《西厢记》剧本中，没有无缘无故的景物描写，也没有脱离景物的情感抒发，剧中经常运用衬托的手法来写人物的心情。最著名的如"送别"一折：

> 青山隔送行，疏林不做美，淡烟暮霭相遮蔽。夕阳古道无人语，禾黍秋风听马嘶。

青山，疏林，淡烟，夕阳，在这对即将离别的情人眼里，都涂上了浓厚的主观感情色彩，显得凄艳、悲怆。这种景情的结合，又是在借鉴前人诗文的基础之上的，这种大胆的兼收并蓄，使得《西厢记》的语言更为清新典雅，精工富丽。

《西厢记》是我国古典戏剧的现实主义杰作，对后来《牡丹亭》、《红楼梦》等以爱情为题材的小说、戏剧的创作，产生了深远的影响。

延伸 阅读

元杂剧的直接源头主要是两个方面：一是从宋到金的说唱艺术"诸宫调"，一是从宋到金的以调笑为主的短篇元宋杂剧和金院本。

说唱有古老的历史，唐代发展为变文；北宋中叶，艺人孔三传创造了说唱长篇故事的"诸宫调"；金代出现了董解元《西厢记诸宫调》，说唱艺术更为成熟了。它的音乐即是元杂剧音乐的基础；它按不同宫调将多个曲牌分别联套演唱一段段故事情节；体式上曲与说白交错；经常通过故事中人物的自叙来展开情节，这些都给元杂剧非常大的影响。

以诙谐、调笑为特点的艺术表演，始于上古宫廷弄臣"优"，东汉时演化为双人表演的"弄参军"。唐代"参军戏"很兴盛，现代的相声还保留着它的一些基本特征。参军戏与歌舞相结合，并渗入了戏剧的因素，便形成宋杂剧和金院本。宋杂剧和金院本已经是基本成型的戏曲，它们的内容以诙谐调笑为主，有了简单的故事情节；形式上有的偏重于唱，有的偏重于念白，两者逐渐结合；角色有四五个，各有不同的名目；正在向代言体转化。

元杂剧正是直接继承金院本，又糅合了诸宫调的多种特点而发展起来的。

国事家事两不忘
白朴、马致远和郑光祖

关汉卿、白朴、马致远和郑光祖的创作代表了元代不同时期、不同流派的杂剧创作成就。元代周德清的《中原音韵》最早提到这四人的姓名，直到明代何良俊的《四友斋丛说》中才正式出现元曲四大家的说法。

白朴字仁甫，一字太素，号兰谷，生于金哀宗正大三年（1226年），卒年应在1306年以后。祖籍隩州（今山西河曲），后徙居真定（今河北正定），晚年寓居金陵（今江苏南京）。他出身官僚士大夫家庭，幼年时期正遇上金国覆亡，饱经战乱，在金国大诗人元好问的扶持下才幸免于难。白朴青壮年时期开始创作杂剧，一生创作颇丰，但完整流传下来的只有两部：《梧桐雨》和《墙头马上》。

《梧桐雨》取材于白居易的《长恨歌》，描写唐明皇李隆基和杨玉环之间的故事。从白朴在剧本中的反复感喟中可以读出，作者是想通过李隆基和杨玉环之间的爱情来抒发一种对美好事物失去之后无法复得的寂寞和哀伤，一种从极盛到零落的失落，一种人事盛衰无法预料和掌握的幻灭感。

《墙头马上》是元代四大爱情剧之一，它的素材来自于白居易《井底引银瓶》一诗，写的是裴尚书之子裴少俊和洛阳总管李世杰的女儿李千金之间的爱情故事。虽然这也是一个典型的才子佳人式的故事，但故事中的李千金和以前戏剧里的女主人公有所不同。她身为贵族女子，可是对爱情的追求却显得大胆而泼辣，对裴尚书的指责她毫不示弱，不但有力地回击，而且还无情地奚落他，李千金一连串大胆的举止一扫此前大家闺秀端庄、淑雅的形象。

白朴在戏剧方面的功底十分深厚，能熟练而准确地把握不同类型戏剧的表现手法，他写的这两部戏剧其风格有着明

《梧桐雨》插图

荆刘拜杀

指元末明初流行的四部传奇作品：《荆钗记》、《白兔记》、《拜月亭》、《杀狗记》，合称为"四大传奇"。王骥德《曲律》曾云："古戏如'荆、刘、拜、杀'等，传之凡二三百年，至今不衰。"王国维的《宋元戏曲史》也指出："元之南戏，以'荆刘拜杀'并称，得《琵琶》而五。"《荆钗记》，柯丹丘所作，描写了书生王十朋和钱玉莲夫妇历经种种波折终于团圆的故事。《白兔记》，则描述了刘知远发迹，其妻李三娘则身受家庭磨难，最后因其子猎兔而一家团圆的故事，曲词朴素直切，李三娘的曲词尤其凄苦动人。《拜月亭》相传为元人施惠作，根据关汉卿的同名杂剧改编，主要人物有蒋士隆、王瑞兰、王镇、王夫人、蒋瑞莲等，将复杂的历史事变背景和人物遭际结合起来，故事情节复杂跌宕。《杀狗记》，则是一出家庭伦理剧，重申了"亲睦为本"、"孝友为先"、"妻贤夫祸少"等伦理信条，但艺术上较为粗糙。

白朴像

在元代，白朴是最早以文学世家的名士身份投身于戏剧创作的作家。在他的词和散曲中，常表现出故国之思、沧桑之感和身世之悲，情调凄凉低沉。

显的不同，《梧桐雨》以浓厚的抒情韵味见长，而《墙头马上》则以生动活泼的戏剧冲突取胜。

马致远，元朝大都人，生平事迹不详。他的杂剧有15种，代表作有《破幽梦孤雁汉宫秋》、《江洲司马青衫泪》、《陈抟高卧》、《马丹阳三度任风子》（风同疯）等。因为他的作品中有很大一部分是神仙戏，所以当时人称"万花丛里马神仙"。

《汉宫秋》是元杂剧中优秀的历史剧之一，艺术地再现了汉代王昭君的故事，马致远把昭君自愿出塞的史实作了一番较大改动。该剧写的是汉元帝时期国势衰弱，奸臣毛延寿因求贿不成，将王昭君画成丑女，事发后叛逃匈奴，以昭君为由挑起两国之间的战争。面对匈奴的攻势，朝廷上下束手无策，只得将昭君献出。昭君行至两国边境，投江自杀。匈奴主大为后悔，杀了毛延寿，与汉和好如初。

《汉宫秋》对史实的改造，有着深刻的历史原因，如果将这些和当时金、宋两朝灭亡的史实联系起来，就能清楚地看到马致远的良苦用心。

马致远的散曲为元代之冠，明代贾仲明称他为"曲状元"，现存120多首，代表作有套曲［双调夜行船］《秋思》，被誉为"万中无一"，

推荐阅读 > > 《中国戏曲选》，王起主编，人民文学出版社2000年版。

小令〔天净沙〕"枯藤老树昏鸦"也是咏景名篇，周德清赞其为"秋思之祖"，王国维评为"寥寥数语，深得唐人绝句妙境"。

郑光祖字德辉，平阳襄陵（今山西临汾附近）人，生卒年不详。曾任杭州路吏，《录鬼簿》成书(1330)之前即已在杭州病故，火葬于西湖灵芝寺。他"为人方直"，不善与官场人物相交往。郑光祖是元曲四大家之一，所作杂剧在当时"名闻天下，声振闺阁"。据文学戏剧界的学者考证，郑光祖一生写过18种杂剧，现存《倩女离魂》等8种。从保存下来的剧目中，我们可以看出，他的剧目主要两个主题，一个是青年男女的爱情故事，另一个是历史题材故事。他写剧本，大多是满足于艺术的需要，而不是服务于政治。以描写青年男女爱情故事为主题的剧本中，《迷青琐倩女离魂》是他的代表作。

《倩女离魂》根据唐人陈玄祐传奇《离魂记》改编而成，描写了王文举和张倩女的爱情故事，两人指腹为婚，但张家嫌王文举功名未成，不许他们成亲。王文举上京应试后，张倩女相思成疾，以致灵魂离体，追随王文举而去。王文举得官回来后，张倩女灵魂也回到了躯体，两人欢喜成亲。作者运用浪漫主义手法，成功地塑造了一个追求爱情和幸福的女子形象。

在语言上，《倩女离魂》曲词优美婉转，每折都有出色的辞藻，郑光祖特别注意化用诗词名句，并且以经营诗境的手法来营造戏剧的意境，文笔优美而又不空洞。

郑光祖一生从事杂剧的创作，把他的全部天才贡献于这一民间艺术，在当时的艺术界享有很高的声誉。除了杂剧外，他还写过一些曲词，清新流畅，婉转妩媚，在文学艺术研究上有很高的价值。

《倩女离魂》插图　　　　　　　　　《汉宫秋》插图

代表着古代历史小说的最高成就

《三国演义》

《三国演义》书影

《三国演义》是中国文学史上第一部长篇历史演义小说，全称《三国志通俗演义》，作者罗贯中是以晋朝陈寿的《三国志》为史实基础的。

关于罗贯中的生平，见于记载的很少，只能大致推测他的生卒年在1310～1385年之间。传说他很有政治抱负，曾入张士诚幕，朱元璋统一天下后，转而从事小说创作。他具有多方面的创作才能，曾写过乐府隐语和戏曲，但以小说成就为主，现存署名罗贯中的作品有《三国志通俗演义》、《隋唐志传》、《残唐五代史演义传》和《三遂平妖传》等。

《三国演义》的内容十分庞杂，时间和空间的跨度极大，涉及的人物也很多。作者以刘蜀政权为中心，抓住三国斗争的主线，井然有序地展开故事情节，描写了公元184年到280年间近一个世纪的历史故事，始于黄巾起义，止于西晋统一，形成了一个庞大有机的故事整体。全书集中描绘了三国时期各封建统治集团之间的军事、政治、外交等方面的斗争，揭示了当时社会的黑暗和腐朽，谴责了统治阶级的残暴和丑恶，反映了生活在灾难和痛苦中的人民迫切希望和平统一的愿望。

三国时期人才辈出，在政治、军事、经济、外交等方面或明或暗的斗

推荐阅读 〉　〉

《三国演义》，人民文学出版社2002年版。

争中，不同的人物表现了各自非凡的才能。《三国演义》刻画了许多不同特点的英雄人物，而他们都不是孤立的。如董卓、曹操和刘备；孔明、周瑜和司马懿；张飞、关羽和吕布等。这些不同的人物，或为一方霸主，或为沙场猛将，或为大帐谋士。

就董卓、曹操和刘备来说，董卓完全是邪恶和残暴的代名词，他烧杀掳掠，奸淫妇女，所犯罪行，真可谓擢发难数。曹操在书中是一个奸雄，他有智有谋，为官不避豪强，国难当头挺身而出，献计献策。在献刀杀董卓的故事中，充分显示了他的英勇和机智。尤其是当董卓、吕布识破他的意图后，他还能镇定自若，借机脱身而去。但同时曹操又是多疑的，只因一句无头无尾的话，便杀死吕伯奢一家。刘备是作者全力打造的"明主"形象，他宽仁待民，对将士以诚心和义气为重。为了成就大业，他能够做到与民秋毫无犯，甚至在关键时刻，他也能够与民众共进退，如在当阳撤退时，他不肯抛弃百姓先行。他知人善用，对诸葛亮、关羽、张飞、赵子龙的态度，可以说感人肺腑。当然，像他双手抛子、白帝托孤等情节也是他权谋的一种表现。

在《三国演义》中，塑造得最为出色的形象无疑是诸葛亮，他几乎就是超人智慧和绝世才能的化身。他隐居隆中时，对天下局势了如指掌，初见刘备即提出据蜀、联吴、抗魏的战略。在后来大大小小的战役中，他总能够出奇制胜。尤其在火烧赤壁这段故事中，三方的主要首脑都粉墨登场，各自扮演着自己的角色，他的草船借箭、祈禳东风、华容布阵，无一不是出人意料的大手笔。刘备去世后，蜀国国力大减，他安居平五路、七擒孟获、六出祁山，一手撑起艰难的局面。那种排除万难的才能、坚忍不拔的毅力和"鞠躬尽瘁，死而后已"的精神结合在一起，成了封建时代"贤相"的典型。

读《三国演义》需要注意的是它"尊刘贬曹"的思想，从对董、曹、刘三人事迹和结局的描写就能看出这种取向，

罗贯中像

书中的这种思想并不是罗贯中所独创的，它最迟起于宋代，此后不断得到加强。这一方面是历史学方面的原因，一方面是受惯了欺凌和剥削的中下层民众对"明君"盼望的结果。

《三国演义》中还有一个重要问题就是它所宣扬的"义气"。小说第一回就极力写刘、关、张三人的桃园结义，不求同年同月同日生，但求同年同月同日死。这个盟誓决定了他们三人名为君臣、实同骨肉

关羽擒将图　明　商喜

关羽是三国时期蜀汉著名的大将，勇猛善战，在历史上留下了温酒斩华雄、过五关斩六将、刮骨疗毒、水淹七军等脍炙人口的故事，被后世尊为"关公"、"关夫子"、"武圣"。此图描绘的就是关羽"水淹七军，生擒庞德"的故事，图中关羽红脸长髯、威风凛凛，关平、周仓分立左右，阶下被缚者为庞德。

的关系。这种义气是小私有道德观念的反映，表现了他们在遇到困难时互相支援、见义勇为的积极品德。但另一方面，这种义气也有局限性，如关羽遇害后，刘备把个人的义气置于国家利益之上，不顾诸葛亮、赵子龙等的劝告，举兵伐吴誓死为关羽复仇，结果损兵折将，蜀国国力从此日衰。

《三国演义》是中国长篇章回历史小说的开山之作，其艺术结构既宏伟壮阔，又不失严密和精巧，同时在照顾历史事实的基础上，又适应了艺术情节的连贯。

延伸阅读

三国故事很早就流传于民间。据杜宝《大业拾遗录》记载，隋炀帝观赏水上杂戏，便有曹操谯水击蛟、刘备檀溪跃马等节目。李商隐《骄儿》诗说："或谑张飞胡，或笑邓艾吃。"可见到了晚唐，三国故事已经普及到小儿都知的程度。宋代通过艺人的表演说唱，三国故事更为流行。这时的三国故事已有明显的尊刘贬曹倾向。苏轼《东坡志林》记载："王彭尝云：涂巷中小儿薄劣，其家所厌苦，辄与钱，令聚坐听古话。至说三国事，闻刘玄德败，频蹙眉，有出涕者；闻曹操败，即喜唱快。"宋元时代三国故事更是经常被搬上舞台。金元演出的三国剧目至少有《三战吕布》、《赤壁鏖兵》、《隔江斗智》等30多种。现存早期的三国讲史话本，有元至治年间所刊《三国志评话》，其故事已粗具《三国演义》的规模。与此同时，戏剧舞台上也大量搬演三国故事，现存剧目即有40多种，桃园结义、过五关斩六将、三顾茅庐、赤壁之战、单刀会、白帝城托孤等重要情节都已具备。此后罗贯中"据正史，采小说，证文辞，通好尚"，创作出杰出的历史小说《三国志通俗演义》。他充分运用《三国志》和裴松之注等史籍所提供的材料，重要历史事件都与史实相符；又大量采录话本、戏剧、民间传说的内容，在细节处多有虚构，形成"七分实事，三分虚假"的面目。

与天地相始终的 《水浒传》

　　《水浒传》描写了北宋末年以宋江为首的农民起义的英雄故事。关于《水浒传》的作者，历来存在着争议。目前学术界比较倾向于认同是施耐庵编著，后经过罗贯中的加工。施耐庵，名耳，后更名为子安，字耐庵，元末明初人，具体生卒年不详，大约和《三国演义》的作者罗贯中同时代而年纪稍长，据《兴化县续志》记载，他是罗贯中的老师。关于他的祖籍也说法不一：一说是浙江钱塘（今浙江杭州）人，一说是江苏苏州人。他年少时颇有才名，在元至顺辛未年（1331年）中进士，做了两年钱塘县令，后来因为不容于当朝权贵而辞官回乡，

三打祝家庄 清

　　此为清代后期苏州年画，图中人物形象鲜明，把梁山泊好汉与祝家庄地主豪强激战的场面生动地描绘了出来，足见水浒故事在民间流传甚广。

安心著书立说。据说他曾经参加过张士诚的农民起义军，做过幕僚，未为可信。

　　水浒的故事在民间流传甚广，主要作品有龚开的《宋江三十六人赞》，以及元杂剧中的《双献头》、《李逵负荆》等。《水浒传》就是在民间传说、话本和戏曲的基础上写成的，是中国四大古典名著之一。该书通过宋江起义这一历史故事，真实地描绘了当时政治腐败、奸臣当道、民不聊生的社会全貌，反映了"官逼民反"的社会现实，以极大的热情歌颂了梁山英雄的大起义，深刻地揭露了人民与统治阶级间不可调和的矛盾。《水浒传》全书可分前后两大部分。前70回为前半部分，写各路英雄纷纷上梁山大聚义，打官军，聚义堂排座次。《水浒传》里的英雄走上造反的道路，

延伸 阅读

各有不同的原因；但是在逼上梁山这一点上，许多人是共同的。如阮氏三雄的造反是由于他们不满官府的压榨，参加劫"生辰纲"的行动，上了梁山；解珍、解宝是由于受地主的掠夺起而反抗的；鲁智深曾是个军官，他好打不平，结果也被逼上山落草；武松出身贫民，为报杀兄之仇，屡遭陷害，终于造反；林冲原是东京80万禁军教头，是个有地位的人，他奉公守法，安分守己，但最终也被逼上梁山。71回以后为后半部分。后半部分由5个小部分组成，即征辽、平田虎、平王庆、平方腊及结局。其中平田虎、平王庆两部分是后来加的，今天有的百回本征辽之后紧接平方腊，没有这两部分。后半部分中，梁山大军受朝廷招安，成为官军，南北征战，英雄们或死或伤，渐渐离散，很少有人善终。

"忠义"是梁山好汉行事的基本道德准则，甚至梁山义军的武装反抗，攻城略地，也被解释为"忠"的表现。但也就是这种"忠"的力量，最终把梁山大军引到了投降朝廷的灭亡道路。在征讨方腊后，108将只剩下27人回朝，而宋江却仍以所谓的"忠义"自诩。所以他会把最后一杯毒酒留给李逵，将梁山事业断送得干干净净。

《水浒传》的故事内容富有传奇性，情节跌宕起伏，变化莫测，一波未平，一波又起。作品塑造了许多性格鲜明的英雄形象，有人说《水浒传》中的人物不是看出来的，而是"听"出来的。许多人物的语言极有个性，如宋江慷慨背后却又谨小慎微，武松刚毅而略带几分强悍，李逵的粗豪，鲁智深的豪爽等，都是由他们的语言表现出来的。

《水浒传》人物众多而身份、经历又各异，因而表现出各自不同的个性。林冲的刚烈正直，鲁智深的疾恶如仇、暴烈如火，武松的勇武豪爽，李逵的纯朴天真、戆直鲁莽，无不栩栩如生。这些英雄人物的个性虽然比较单纯，却并

施耐庵像

非简单粗糙。比如鲁智深性格是暴烈的，却常在关键时刻显出机智。又如李逵，作者常常从反面着笔，通过似乎是"奸猾"的言行来刻画他的纯朴。作者常常能够把人物的传奇性和富于生活气息的细节结合得很好，使他们的形象显得有血有肉。

小说中许多不重要的人物以及反面人物，虽然着墨不多，却写得相当精彩。像高俅发迹的一段，他未得志时对权势人物十足的温顺乖巧、善于逢迎；一旦得志，公报私仇、欺凌下属，又是逞足了威风，凶蛮无比。这种略带漫画味的描绘有着很强的真实感。

施耐庵故居

施氏宗祠最早为施公后裔施文灿等将施公故居改建而成，前后穿堂三进。1938年被日本侵略军烧毁，1981年修复，1992年扩建，现已具一定规模，内部陈列着《水浒》研究和《施耐庵家谱》等重要资料。

《水浒传》十分重视情节的生动曲折，总是在情节的展开中通过人物的行动来刻画人物的性格。这些情节又通常包含着激烈的矛盾冲突，包含着惊险紧张的场面，包含着跌宕起伏的变化，富于传奇色彩。这种非凡人物与非凡故事的结合，使得整部小说充满了紧张感。

《水浒传》的语言也独具风格。施耐庵创造性地继承和发展了"说话"的语言艺术，以北方口语、山东一带口语为基础，形成了明快、洗练、表现力非常强的《水浒传》语言。状人叙事时，多用白描，不用长段抒写，寥寥几笔就神情毕肖。同时，《水浒传》的语言开始从《三国演义》的类型化写法摆脱出来，走向初步个性化写法，这标志着传统的写实方法在古代小说创作上的重大发展。

《水浒传》是中国小说史上第一部成熟的白话长篇小说，标志着我国白话长篇章回小说进入成熟的大发展时期。由它所开创的英雄传奇小说，不但启发了《水浒后传》、《三侠五义》等小说，而且时至今日，依然是艺术家取法的宝库，并对中华民族的精神气质产生着深远的影响。

推荐阅读 > > 《水浒传》，施耐庵、罗贯中著，人民文学出版社2002年版。

中国小说史上的独特创造

《西游记》

吴承恩雕像

吴家世代书香，到吴承恩父亲时败落为小商人。吴承恩自幼聪敏好学，博读群书，闻名乡里。他喜欢奇闻逸事，爱读稗官野史和唐人传奇，这对他创作《西游记》有着很重要的影响。

《西游记》源于唐朝高僧玄奘赴印度取经的史实，作者吴承恩（约1500～约1582年）字汝忠，号射阳山人，淮安山阳（今江苏淮安）人，出生在一个由书香门第破落的小商人家庭。他在科场上极不得意，直到45岁才补为岁贡生，当了一个小官，不久辞官归隐，以卖文为生。

《西游记》全书100回，大致可分为3个部分：第一部分是前7回，写孙悟空"大闹天宫"。孙悟空原是破石而生的美猴王，占领花果山水帘洞后，海外拜师，学得72般变化。他不愿受冥府、天界管束，大闹"三界"，自封"齐天大圣"，与玉皇大帝分庭抗礼，搅得天昏地暗。第二部分为8～13回，交代取经的缘由，写魏征斩龙、唐太宗入冥、观音访求高僧和唐僧出世，为取经做了铺垫。第三部分为14～100回，由41个小故事组成，写了孙悟空在猪八戒、沙僧的协助下保护唐僧前往西天取经，一路克服了81难，斩妖除怪，历尽艰险，终于取回真经，师徒5人也都修成正果。

通过孙悟空这一艺术形象，作者寄托了人们的生活理想。他天生地长，闯龙宫夺得金箍棒，闹冥司勾掉生死簿上的姓名，在花果山上自在称王，无拘无束。在取经的过程中，孙悟空并未改变其基本的性格特征，他照旧桀骜不驯，对玉皇大帝、太上老君等尊神放肆无礼，对如来佛和观音菩萨也常显出一副玩世不恭的样子；当唐僧冤屈他，要将他赶出取经队伍时，他首先想到的是取下"紧箍咒"，恢复自由自在的生活。这是人性摆脱一切束缚、彻底自由的状态，是神话中才能表现出来的人对于自由的幻想。

《西游记》虽然是神话小说，但是正如鲁迅在《中国小说史略》中说的，《西游记》"讽刺揶揄则取当时世态，加以铺张描写"。《西游记》

推荐阅读 >> 《西游记》，吴承恩著，人民文学出版社2000年版。

神话实际上表现了丰富的社会内容，曲折地反映出明代社会的黑暗，有很明显的现实批判意义。唐僧师徒取经路上遇到的妖魔鬼怪很多都是菩萨或天神的坐骑，当孙悟空打败妖魔，准备灭杀的时候，它们的主人往往就出来说情，将它们救走。从这里，我们可以看出明代社会有势力的宦官庇护他们的干儿子干孙子们贪赃枉法的影子。那些庄严尊贵的神佛，在作者笔下也时常显出滑稽可笑的面貌。玉皇大帝的懦弱无能、太白金星的迂腐和故作聪明，像观音菩萨在欲借净瓶给孙悟空时，还怕他骗去不还，要他拔脑后的救命毫毛做抵押。就是在西天佛地，阿傩、伽叶二尊者也不肯"白手传经"，而如来居然堂而皇之地为这种敲诈勒索行径作辩护。这些游离于全书基本宗旨和主要情节的"闲文"，不仅令人发噱，而且表现出世俗欲念无所不在、人皆难免的意识。

　　《西游记》中的艺术形象，既以现实的人性为基础，又加上作为其原型的各种动物的特征，再加上浪漫的想象，写得生动活泼，令人喜爱。如孙悟空的热爱自由、不受拘束、勇于反抗等特点，体现着人性的欲求。而他的神通广大、变化无穷，则是人们自由幻想的产物；他的机灵好动、淘气捣蛋，又是猴类特征和人性的混合。猪八戒的形象也颇值得注意。他行动莽撞、贪吃好睡、懒惰笨拙，这些特点既与他错投猪胎有关，又是人性的表现。自然，猪八戒也有些长处，如能吃苦，在妖魔面前从不屈服，总记得自己原是"天蓬元帅"下凡等等。但他的毛病特别多，他贪恋女色，好占小便宜，对孙悟空心怀嫉妒，遇到困难常常动摇，

《西游记》图册　清
　　《西游记》问世后，各种表现唐僧师徒取经故事的艺术题材相继涌现，该图册的文字说明由清代康熙时期的四大书法家之一——陈奕禧书写，图文并茂，使故事情节得到更好的体现和延伸。右图描绘了孙悟空脱困五行山，拜唐僧为师的情景。

老想着回高老庄当女婿，在取经的路上，还攒着一笔小小的私房钱。他在勇敢中带着怯懦，憨厚中带着奸滑。猪八戒的形象，体现了人类普遍存在的欲望和弱点。但在作者笔下，这一形象不仅不可恶，而且很有几分可爱之处。

《西游记》的语言生动流利，尤其是人物对话，富有鲜明的个性和浓烈的生活气息，富有幽默诙谐的艺术情趣。吴承恩提炼民众生活中的口语，吸收其中的新鲜词汇，利用它富有变化的句法，熔铸成优美的文学语言。敌我交锋时，经常用韵文表明各自的身份；交手后，又用韵文渲染炽烈紧张的气氛。它汲取了民间说唱和方言口语的精华，在人物对话中，官话和淮安方言相互融汇，如"不当人子"、"活达"、"了帐"、"断根"、"囫囵吞"、"一骨辣"这些词语，既不难理解，又别有风趣。往往只用寥寥几笔，就能将人物写得神采焕发，写出微妙的心理活动。

《西游记》是明代神魔小说的杰出代表，以讽刺、幽默的笔调，运用浪漫主义手法，使小说充满了奇特的幻想，表现了罕见的艺术想象力，为以后神魔小说的创作提供了成功的范例。

延伸 阅读

　　《西游记》的故事经历了一个漫长的演变过程。《西游记》所写的唐僧取经故事是由玄奘的经历演绎成的。唐太宗贞观元年，和尚玄奘不顾禁令，只身一人偷越国境，费时十七载，经历百余国，前往天竺(今印度)取回佛经六百五十七部。玄奘口述西行见闻，由弟子辩机写成《大唐西域记》。他的弟子慧立、彦琮又写成《大唐大慈恩寺三藏法师传》，记述玄奘西行取经事迹。为了宣传佛教并颂扬师父的业绩，他们不免夸张其词，并插入一些带有神话色彩的故事，如狮子王劫女为子、西女国生男不举、迦湿罗国"灭坏佛法"等。此后取经故事即在社会上广泛流传，愈传愈离奇。在《独异志》、《大唐新语》等唐人笔记中，取经故事已带有浓厚的神异色彩。南宋的说经话本《大唐三藏取经诗话》，开始把各种神话与取经故事串联起来，书中出现了猴行者。他原是"花果山紫云洞八万四千铜头铁额猕猴王"，化身为白衣秀士，来护送三藏。他神通广大、足智多谋，一路杀白虎精、伏九馗龙、降深沙神，使取经事业得以"功德圆满"。这是取经故事的中心人物由玄奘逐渐变为猴王的开端。猴行者的形象源于我国古代的志怪小说。《吴越春秋》、《搜神记》、《补江总白猿传》等书中都有白猿成精作怪的故事，而李公佐的《古岳渎经》中的淮涡水怪无支祁的"神变奋迅"和叛逆性格同取经传说中的猴王尤为接近。书中的深沙神则是《西游记》中沙僧的前身，但还没有出现猪八戒。到元代，又出现了更加完整生动的《西游记平话》，其主要情节与《西游记》已非常接近。

家喻户晓的神魔小说
《封神演义》

　　《封神演义》的作者是许仲琳。许仲琳，号钟山逸叟，明应天府（今江苏南京）人，生平不详。本书有原刊本藏于日本内阁文库，卷二题有"钟山逸叟许仲琳编辑"，这就是认定本书最初作者为许仲琳的根据。成书的年代，大概在明天启年间。

　　我国古典长篇小说都是章回小说形式，它是宋元讲史话本渐渐发展而成的。讲史说的是历代兴亡的故事，比如《五代史平话》、《宣和遗事》等。因为历史事实头绪复杂，讲史不能把一段历史有头有尾地在一两次说完，必须分若干次连续讲，每讲一次，就相当于后来的一回。在每次说书之前，都要用题目向听众揭示本次说书的主要内容，这就慢慢演变成章回小说的回目。章回小说中经常出现的"话说"、"看官"等字样，显示出它和话本之间有继承关系。元末明初出现了一些章回小说，如《三国志通俗演义》、《残唐五代史演义》、《水浒传》等。这些小说都是长期在民间流传，经说书艺人加工补充，最后由作家改写而成。它们已经包括了作家的大量创作。它们的篇幅比讲史更长，分为若干卷若干节，每节前面有一个简洁的题目。很显然，这种小说已经主要是供读者阅览的了。明中叶以后，章回小说更加成熟，出现了《西游记》、《金瓶梅》等作品。这些章回小说的故事情节更为复杂，描写也更为细腻，它们体式上保持了"讲史"的痕迹，但是内容上已经与"讲史"没有什么联系了。这时章回小说已经不再分节了，而是明确地分成多少回，回目也采用工整的对偶句。本书也是一部章回小说。

　　姜子牙辅佐武王伐纣的故事，很早就成为民间说书的材料，元代的《新刊全相平话武王伐纣书》，已包含不少神怪故事。明代后期，许仲琳将它改编成《封神演义》。

《洪锦伐岐》年画

《伯邑考操琴》年画

《封神演义》全书一百回，写武王灭商的故事。大致可以分为两部分：前三十回重点写商纣王的荒淫暴虐；后七十回写武王伐纣。演义叙述纣王进香，题诗亵渎神明，于是女娲命令三个妖怪迷惑纣王，帮助周国兴起。纣王、妲己荒淫暴虐，作恶多端。姜子牙晚年遇文王，帮助文王武王谋划伐纣。武王起兵反商，商周之战过程曲折，其间神怪迭出，各有匡助。神仙们也分成两派，阐教支持武王，有道、释两家；截教支持纣王。双方各逞法术，互有死伤，截教最终失败。诸侯孟津会盟，牧野大战，纣王自焚，商朝覆灭，周武王分封列国，姜子牙将双方战死的重要人物一一封神。其中著名的情节有"哪吒闹海"、"姜子牙七死三难"、"十绝阵"、"诛仙阵"等。

《封神演义》的作者信仰的是神道。不论人事还是国家兴衰成败都是劫数。劫数在天，即使是神魔鬼怪亦不能逃脱劫数的安排。"成汤气数已尽，周室当兴"，每个参加商周之争的人不过是"完天地之劫数，成气运之迁移"而已。作者是个正统思想很重的人，从书中的一些描写看，他认为商是正统，反商就是叛乱。比如两军对阵，交手之前都有一番辩论，这时纣王的将官都是理直气壮，而周的将官往往有理亏之嫌。作者通过设炮烙、剖孕妇、敲骨髓等情节，描写纣王的残暴不仁，从而为武王反商寻找道义上的借口。作者把武王伐纣写成"以臣伐君"、"以下伐上"，是"灭独夫"之举，姜子牙则以"天下者，非一人之天下，乃天下人之天下也"的主张，号召诸侯"吊民伐罪"，突出了双方的正义与非正义的道义对立。哪吒剔骨还父、黄飞虎反商归周等情节也强调了"父

相关 链接

逼子反"、"君逼臣反"不得不反的寓意。这些内容显然一方面是维护君主的神圣地位的忠君思想，一方面也说出了民众希望君主施仁政的愿望。作者还宣扬"青竹蛇儿口，黄蜂尾上针，两般由自可，最毒妇人心"的"女祸"思想，这是很消极的。

这部小说最能吸引人的地方，是它奇特的想象。它发挥神话传说善于想象夸张的特长，赋予各类人物以奇特的形貌，其中的人物，如杨任手掌内生出眼睛，雷震子胁下长有肉翅，哪吒有三头六臂；仙术道法也神奇莫测，如土行孙等的土遁、水遁之法，陆压的躬身杀人之术，还有的或者有千里眼，或者有顺风耳，或者有七十二变，又各有各的法宝相助，显得光怪陆离，幻奇无比，从中可以感受到浪漫色彩。小说在人物描绘上有一定成就，如妲己的阴险残忍，杨戬的机谋果敢，闻仲的耿直愚忠，申公豹的恶意挑拨等等，都写出了一定的性格。其中写得最好的是哪吒的故事。《封神演义》写他大闹龙宫，剔骨还父，后以莲花为化身。这一神话人物以儿童的形象出现，别具可爱之处。但总观全书，人物大都是概念化的，他们在天数的绝对支配之下，大部分缺乏鲜明的性格特征。此外，在故事情节上，许多场面显得呆板，后七十回中每次破阵斗法的描写，显得千篇一律。这是本书的一些不足之处。

挑灯闲看《杜丹亭》

汤显祖（1550～1616年）字义仍，号若士，别署清远道人，江西临川人。21岁中举，因不肯阿附权贵，会试屡次不第。至内阁首辅张居正去世才考中进士，后升至南京礼部祠祭司主事。万历年间，江南水旱相继，汤显祖目睹民间的惨状，上《论辅臣科臣疏》，揭露赈灾官员的贪贿之行，辞意严峻，震动朝野，被贬为广东徐闻县典史。后来虽然又任知县之职，但他渐渐失去了从政的热情，49岁辞官还乡，晚年主要从事戏剧创作。

汤显祖创作最早的戏剧是《紫箫记》，后来改编为《紫钗记》。

杜丽娘戏画瓷瓶　清

推荐阅读 〉〉 《牡丹亭》，徐朔方校注，人民文学出版社 2002 年版。

其他剧作《牡丹亭》、《邯郸记》、《南柯记》等，都是晚年辞官以后创作的，这四部剧作就是文学史上著名的"玉茗堂四梦"，也称"临川四梦"。

"临川四梦，得意处唯在'牡丹'"，在这四部剧作中，《牡丹亭》全名《牡丹亭还魂记》，是汤显祖最满意的一部作品。故事取材于话本小说《杜丽娘暮色还魂记》，南宋时太守杜宝的女儿杜丽娘私自游园，在梦中与素不相识的书生柳梦梅幽会，醒来后幽怀难遣，抑郁而死，埋葬在官衙的后花园。柳梦梅上京赴试时路过此地，在花园内拾得杜丽娘临终前的自画像。他观画思人，终于和杜丽娘的阴魂相会。在杜丽娘的指点下，柳梦梅挖墓开棺，杜丽娘起死回生，两人结为夫妇。后来柳梦梅考中状元，杜宝却拒不承认两人的婚事，最终由皇帝出面解决，才大团圆结局。

《牡丹亭》代表着明代传奇创造的最高成就，在当时引起了相当大的反响，据说娄江女子俞二娘读《牡丹亭》后，哀叹自己的不幸身世，竟含恨而死；杭州女艺人商小玲演此剧时想到自己的遭遇，悲恸难禁，死在了舞台上。

《牡丹亭》在艺术上的最大特色是它的浪漫主义色彩，主要表现是在"梦而死"、"死而生"的幻想情节。杜丽娘所追求的爱情在当时的现实环境里几乎是不可能实现的；可是在梦想、魂游的境界里，她终于摆脱了礼教的种种束缚，改变了一个大家闺秀的软弱性格，实现了梦寐以求的美好愿望。例如在《惊梦》里，杜丽娘在梦里和柳梦梅相见，"真个是千般爱惜，万种温存"。又如在《冥判》里，杜丽娘还敢于向阎王殿上的判官诉说她感梦而亡的全部经过，得到判官的允许去寻找梦里的情人。作者用这些富有奇情异彩的艺术创造突出了现实和理想的矛盾，也表现了青年妇女对自由幸福生活的强烈追求。剧作还多采用抒情诗的手法来抒写人物内心的情感，《惊梦》、《寻梦》、《闹殇》、《冥誓》等出更多地像抒情诗，而不太像剧本。

《牡丹亭》塑造了封建社会中为了真情而冲破封建

汤显祖像

汤显祖是世界文化伟人之一，日本学者青木正儿在《中国近世戏曲史》中，将他和莎士比亚并称为东西方交相辉映的两颗明星。

礼教的束缚，大胆地走向人性解放的青年女子杜丽娘的形象，并以此折射出了吃人的封建礼教对人性的摧残和压抑。杜丽娘从小得到父母的疼爱，而疼爱的方式却是竭力把她塑造成一个绝对符合于礼教规范的淑女。杜宝夫妇以自己的"爱"给予女儿以最大的压迫。杜丽娘的老师陈最良"自幼习儒"，穷酸潦倒，更可怜的是除了几句经书，他根本就不知道人生是什么；但他也不是"坏人"，他只是拿社会教导他的东西教导杜丽娘，这同样给杜丽娘以深重的压迫。作品深刻地揭示了杜丽娘所面

《牡丹亭》插图

《牡丹亭》自其问世之日起就轰动了文坛，时人评价说："汤义仍《牡丹亭梦》一出，家传户诵，几令《西厢》减价。"

临的对手不是某些单个人物，而是由这些人物所代表着的整个正统意识和正统社会势力。 她所做的只是徒然的抗争，她在现实中的结局只能是含恨而死。显然，如果作品只是到此结束，也有相当的艺术魅力和现实意义，但作者的目的并不止于此。他通过积极的浪漫主义手法，让杜丽娘复活。这种复活，不是简单生命的复原，而是爱情意识的觉醒和胜利，也是新思想对旧思想的觉醒和胜利。作者所追求的并非情节的离奇，而是要通过离奇的情节来表现人们追求自由与幸福的意志无论如何也不能被彻底抹杀，它终究要得到一种实现。

《牡丹亭》所热情肯定和歌颂的，就是杜丽娘那种为之生、为之死、出生入死、起死回生的天下之"至情"。将爱情强调渲染到这样的程度，也就是"爱情至上"。在明代，这是《牡丹亭》提供的具有时代色彩的新的思想，也是剧本的进步意义所在。要知道，那是一个虚伪残酷的理学统治的时代，是人的合理的生活、正常的欲望和感情遭到限制、压抑和扼杀的时代。汤显祖肯定和歌颂"情"，是为了否定和批判"理"。《牡丹亭》反封建的进步意义，主要并不是表现在要求婚姻自主上，而是表现在对于青年男女间正常的合理的爱情的肯定和对于摧残扼杀这种美好事物的封建礼教的否定上。正由于此，《牡丹亭》写的虽然是一个富家小姐生死离合的爱情故事，但它表达了广大被压迫妇女的强烈愿望，符合人民的要求，因而一出现就受到热烈的欢迎，得到强烈的反响。

回归市井的宣言
"三言二拍"

　　"三言二拍"是明代拟话本小说的代表，其中，三言指的是冯梦龙辑撰的三个短篇小说集《喻世明言》、《警世通言》和《醒世恒言》的合称，二拍指的是凌濛初的两个短篇小说集《初刻拍案惊奇》、《二刻拍案惊奇》的合称。

　　冯梦龙(1574～1646年)，字犹龙，长洲人。出身书香门第，和兄弟冯梦桂、冯梦熊被称为"吴下三冯"。然科举不得志，57岁时才选为贡生，做过几年知县。清兵渡江后，曾参与抗清活动，南明政权覆亡不久就忧愤而死。

　　冯梦龙一生主要从事通俗文学的研究、整理与创作，最重要的成就是辑撰"三言"。《喻世明言》、《警世通言》、《醒世恒言》各40篇，共计120篇，因书名都有一个"言"字，所以统称为"三言"。

　　《喻世明言》原名《古今小说》，书中所收话本多数为宋、元旧作，少数为明人拟作。如《史弘肇龙虎君臣会》、《宋四公大闹禁魂张》等是宋、元旧作，《蒋兴哥重会珍珠衫》、《沈小霞相会出师表》等是明人拟作。还有一些作品可能是明人改编宋、元旧作而成的，如《新桥市韩五卖春情》、《闹阴司司马貌断狱》等。这些小说中，以描写市井民众的作品最引人注目，比如《宋四公大闹禁魂张》写的是东京开当铺的张富爱财如命，欺凌一个乞讨为生的穷苦人，引起宋四公的不平，夜间宋四公即去偷取张富的财宝，终致张富破产自杀。

文学 辞典

拟话本

话本即"说话艺人"的底本。宋元以来的说话艺术深受世人的喜爱，话本的大量刊行，逐渐引起文人注意，他们由对话本的编辑、加工，转而变为模拟话本进行创作，这就是拟话本。与传统的话本娱乐说唱的功能不同，拟话本主要是由文人创作，供世人案头阅读的作品，因此在语言、情节以及思想等各个方面，都与传统的话本小说有很大的不同。明代拟话本的主要代表就是"三言二拍"，即冯梦龙的《喻世明言》、《警世通言》、《醒世恒言》与凌濛初的《初刻拍案惊奇》、《二刻拍案惊奇》等，"三言二拍"代表了明代白话短篇小说创作的最高成就。

《警世通言》收作品40篇，其中宋、元旧作占了将近一半，如《陈可常端阳仙化》、《崔待诏生死冤家》等，但它们多少都经过冯梦龙的整理、加工。其中《老门生三世报恩》、《宋小官团圆破毡笠》、《玉堂春落难逢夫》、《唐解元一笑姻缘》、《赵春儿重旺曹家庄》、《杜十娘怒沉百宝箱》、《王娇鸾百年长恨》等篇，大概是冯梦龙作的。爱情描写在《警世通言》中占有相当大的比例，比如，《小夫人金钱赠年少》与《白娘子永镇雷峰塔》都是通过爱情悲剧表现妇女不顾礼教，对于自由幸福的大胆追求。

《醒世恒言》的纂辑时间晚于《喻世明言》与《警世通言》，其中所收的宋、元旧作也比前"二言"少一些，只占六分之一左右。可以确定为宋、元旧作的有《小水湾天狐贻书》、《勘皮靴单证二郎神》、《闹樊楼

《金玉奴棒打薄情郎》年画

这个故事出自冯梦龙的《喻世明言》，主要内容是：团头金老大将女儿玉奴嫁与穷秀才莫稽，后莫稽中举得官，嫌弃玉奴门第贱卑，在上任途中将金玉奴推坠江中，玉奴幸逢淮西转运使许德厚相救，并被许公认为义女，后许公以嫁女之名，将玉奴配于莫稽，莫稽欢喜异常，洞房之夜，玉奴棒打薄情郎，在许公调解下，最终夫妻和好。年画所表现的就是莫稽推妻坠江一节。

多情周胜仙》、《金海陵纵欲亡身》、《郑节使立功神臂弓》、《十五贯戏言成巧祸》等篇，冯梦龙纂辑宋、元旧作时做了一些整理加工。《大树坡义虎送亲》、《陈多寿生死夫妻》、《佛印师四调琴娘》、《赫大卿遗恨鸳鸯绦》、《白玉娘忍苦成夫》、《张廷秀逃生救父》、《隋炀帝逸游召谴》、《吴衙内邻舟赴约》、《卢太学诗酒傲王侯》、《李汧公穷邸遇

侠客》、《黄秀才徼灵玉马坠》等篇，可能就是出自冯梦龙的手笔。在《醒世恒言》的明人拟作中，关于爱情、婚姻、家庭的描写占有突出的位置，比如《钱秀才错占凤凰俦》、《乔太守乱点鸳鸯谱》等篇，借闹剧方式，嘲弄了扼杀青年男女幸福爱情的封建婚姻制度。

在艺术方面，"三言"中的优秀作品，故事完整，情节曲折，细节丰富，调动了多种表现手段刻画人物性格，富有世俗生活气息。

和冯梦龙一样为中国通俗小说事业做出了巨大贡献的还有一位，他就是凌濛初（1580～1644年），字玄房，号初成，浙江乌程（今湖州）人。18岁补廪膳生，但此后科场不利，只得转向著述，55岁任上海县丞，后因功擢徐州判官。作品主要有《初刻拍案惊奇》和《二刻拍案惊奇》，"二拍"即是取两部书中的"拍"字而得名。

《初刻拍案惊奇》共40卷40篇。《二刻拍案惊奇》是因前书印行后受到普遍欢迎，应书商之请续作，只有39卷。"二拍"完全是作者据野史笔记、文言小说和当时社会传闻创作的，它对传统观念的冲击与反抗及表现的市民社会意识，要比"三言"更为强烈。诸如"官与贼人不争多"（《二刻》卷二十）、"何必儒林胜绿林"（《初刻》卷八），这样的评语，都表现了作者对社会统治力量的认识。

明本《喻世明言》插图

推荐阅读 ＞ ＞

《警世通言》、《醒世恒言》、
《喻世明言》，冯梦龙编撰，
人民文学出版社1999年版。
《初刻拍案惊奇》、《二刻拍案惊奇》，凌濛初编撰，人民文学出版社2000年版。

明本《警世通言》插图

《初刻拍案惊奇》插图

爱情与婚姻也是"二拍"中最重要的主题，对传统道德观的冲击更为直接，它肯定"情"对于人生的至高价值，更多地把"情"与"欲"即性爱联系在一起，并且对女性的情欲多作肯定的描述。如《闻人生野战翠浮庵》写女尼静观爱上闻人生，便假扮和尚出走，在夜航船上主动招惹闻人生，最后得成美满婚姻。《通闺闼坚心灯火》一篇更具代表性。罗惜惜与张幼谦自幼相爱，私订终身之盟，后惜惜被父母许嫁他人，她誓死反抗，每日与幼谦私会。青年女子为追求幸福而对封建礼教所做的大胆抗争，在这里被描述得极具悲壮意味。

"二拍"在描写爱情与婚姻故事时，常常对妇女的权利做出肯定。《满少卿饥附饱飏》中作者明白地指出，男子续弦再娶、宿娼养妓，世人不以为意，而女子再嫁，或稍有外情，便万口訾议，这是不公平的。作者在两性关系上的平等意识表现得相当明确。"二拍"格外值得注意的是其中反映出的凌濛初的小说观，他反对小说的传奇性，他的理想是写一种"无奇之奇"，如《韩秀才趁乱聘娇妻》、《恶船家计赚假尸银》、《懵教官爱女不受报》等篇，都没有神奇鬼怪或大奸大恶之类，也没有过于巧合的事件。这就是凌濛初"无奇"观念的初衷。小说摆脱传奇性，这是艺术上的重要进步，因为这样小说就更贴近人们的日常生活，更有利于深入开掘人性内涵。后世《儒林外史》、《红楼梦》等优秀作品，就沿袭了这一发展方向，而且获得更大的成功。

焦文姬生仇死报
《二刻拍案惊奇》
插图

花妖狐魅的诗情

《聊斋志异》

《铸雪斋抄本聊斋志异》书影

　　《聊斋志异》是一部积极浪漫主义作品。它的浪漫主义精神，主要表现在对理想人物的塑造上，特别是表现在由花妖狐魅变来的女性形象上。另外，也表现在对浪漫主义手法的运用上。蒲松龄善于运用大量虚构情节，冲破现实的束缚，表现自己的理想。

　　《聊斋志异》是中国最著名的文言短篇小说集，是清代著名小说家蒲松龄的代表作品。蒲松龄（1640～1715年），字留仙，生于书香门第，他的父亲20岁时没能考中秀才，便放弃了举业而去经商。虽然经商曾使家道一度富裕，但到蒲松龄出生时，家道已经衰落。在他降生前，他父亲曾梦见一个清瘦的老者，把一帖膏药贴在自己胸膛上。于是父亲给他起名蒲松龄，希望他能够和南山的不老松一样长寿。蒲松龄在19岁时以府、县、道三个第一考中了秀才，他满以为功名已经唾手可得，但命运之神却和他开了一辈子的玩笑：三年一次的乡试，成了他一生都迈不过去的坎。直到72岁的时候，他才得到一个岁贡的功名。

蒲松龄故居

蒲松龄故居位于山东省淄川县蒲家庄，图为故居北院的正房内景，是蒲松龄诞生之地，也是他后来的书房"聊斋"。

　　《聊斋志异》是一本凝聚了蒲松龄一生辛酸与痛苦的"孤愤之书"，全书共有近500个故事，大部分是故事完整、人物形象鲜明的短篇小说，小部分是篇幅短小、具有素描和特写性质的笔记。内容多是幽冥幻域之境，鬼狐花妖之事，曲折地反映了明末清初广阔的社会生活，提出了许多重要的社会问题。

　　书中蒲松龄以饱含激情的巨笔，为封建社会的读书人谱写了一曲壮志难伸的悲歌。《王子安》中的王子安，由

　　推荐阅读 >>　《聊斋志异》，朱其铠等注，人民文学出版社1998年版。
　　　　　　　　　　《聊斋志异选》，张友鹤选注，人民文学出版社2000年版。

于盼望中举而神经错乱，受到狐狸的戏弄；《杨大洪》中的读书人，在吃饭时知道自己榜上无名，于是"嗒然自丧，嗌食入鬲，遂成病块，噎阻甚苦"；《素秋》中的俞士忱"一击不中，冥然遂死"。这一个个科举考试制度下的悲剧形象，凝聚着作者自己一生怀才不遇的苦闷情怀。

在一些作品中，蒲松龄激烈地批判了科举考试中"陋劣幸进，英雄失志"的不公正现象，揭露了官场的恶劣和考官的庸愦无能。这部分作品具有鲜明的时代气息和丰富的现实意义，在全书占有特殊的地位。《贾奉雉》中的贾奉雉"才名冠一时"，但总也考不取，一次他遇到一个仙人告诉他，如果想考取的话，就必须学习那些狗屁不通的文章。起初他不屑于这样做，于是再次落榜。当下一次考试到来时，他想起了仙人的话，于是把自己最拙劣的句子连缀成文，结果居然高中。借此故事蒲松龄强烈地批判了考官昏庸给读书人带来的科场悲剧。

现实世界中的郁郁不得志，使得蒲松龄把自己的理想都寄托在了看似荒诞不经的鬼狐花妖身上，他建造了一个瑰丽奇特、异彩纷呈的精神家园。在他笔下，天地万物都获得了生命，花妖鬼魅都像人一样有着丰富的情感。而且与尘世的人相比，他们能置封建社会的传统礼法于不顾，大胆地追求自己的爱情和幸福，丝毫没有世俗婚姻中门当户对的观念和嫌贫爱富的庸俗想法。他们对于恋爱对象的选择，或是出于对男子才能胆识的崇敬，或是由于志趣相投、爱好相近，决不会因为对方是落魄潦倒的书生或揭不开锅的小市民而嫌弃对方。《香玉》中的白牡丹爱上胶州的黄生，当她被迁往别的地方，立即就枯萎而死。而在黄生日夜凭吊的真挚感召下，她又起死回生。后来黄生魂魄所寄的牡丹花被道士砍死后，她也憔悴而死。这种可以为情而生、为情而死的伟大爱情，已经超越了时空的限制。

《聊斋志异》能获得如此高的成就，主要源于作者高超的艺术创造力，把真实的人情和幻想的场景、奇异的情节巧妙地结合起来，从中折射出人间的理想光彩。《聊斋志异》既结合了志怪和传奇两类文言小说的传统，又吸收了白话小说的某些长处，形成了独特的叙事风格。作者能以丰富的想象力建构离奇的情节，同时又善于在这种离奇的情节中进行细致的、

蒲松龄像

此像为其临终前两年所绘，自题云："尔貌则寝，尔躯则修；行年七十有四，此两万五千余日，所成何事，而忽白头？奕世对尔孙子，亦孔之羞。"颇见其性格。

富有生活真实感的描绘，塑造生动活泼、人情味浓厚的艺术形象，使人沉浸于小说所虚构的恍惚迷离的场景与气氛中。小说的叙事语言是一种简洁而优雅的文言，而小说中人物的对话虽亦以文言为主，但较为浅显，有时还巧妙地融入白话成分，既不破坏总体的语言风格，又在一定程度上克服了通常文言小说的对话难以摹写人物神情的毛病，创造性地继承了六朝志怪小说和唐传奇的优秀传统。全书构思奇特，刻画细腻，语言简洁，把文言小说推向了不可企及的高度，既深刻而广泛地反映社会现实，又塑造出鲜活的人物，留给世人一个瑰奇绚丽的艺术世界。

《聊斋志异·购菊盈门》插图

　　这幅插图描绘的是《黄英》一篇，故事的主要内容是：顺天马子才生性爱菊，后在购菊途中偶遇陶氏兄妹，遂邀至家，分屋以居。陶氏二人拣马生所弃残枝艺菊，菊开之日，购菊者盈门，马生不解其故。后马生妻辛，遂聘陶氏之妹黄英，经种种变故，方知陶氏兄妹为菊花之灵。

不朽至情

《长生殿》

　　洪昇（1645～1704年），清代戏曲家、诗人，字昉思，浙江钱塘（今杭州）人，出身仕宦之家。洪昇少年时期受过正统的儒家教育，很早就显露才华。24岁时，洪昇到北京的国子监学习，想求取功名。27岁左右回到杭州，与父母关系恶化，为父母所不容，被迫离家别居，贫困到断炊的地步。他只好再度前往北京谋生，两年以后，他的诗集《啸月楼集》编成，受到王士禛等名流的赏识，诗名大起，开始卖文过活。康熙二十七年，他把旧作《舞霓裳》传奇戏曲改写为《长生殿》，一时广为传诵。次年八月间，正值孝懿皇后佟氏死后一个月，洪昇在家中排演《长生殿》，被以大不敬的罪名弹劾。洪昇因此下狱，同时被国子监除名。不得已，于康熙三十年返回故乡杭州。此后往来于吴越山水之间，过着放浪潦倒的生活。59岁那年，在浙江吴兴夜醉落水而死。

洪昇的主要创作成就是在戏曲方面，有传奇9种，但只有《长生殿》传世；另存有杂剧《四婵娟》一种，由4个单折的短剧合成，分别写了谢道韫、卫夫人、李清照、管夫人4位才女的故事。

《长生殿》是洪昇戏曲创作的代表作，取白居易《长恨歌》中的"七月七日长生殿"诗句作为剧本题目，以安史之乱为背景，写了唐明皇与杨贵妃的爱情故事。他曾三易其稿，费了十余年的时间：最初所作名《沉香亭》，后更名《舞霓裳》，最后才定名为《长生殿》。

《长生殿》的思想内容相当复杂，它既是一部浪漫的爱情剧，又具有历史剧的特色，场面宏大、人物众多、情节曲折，在写唐明皇与杨贵妃生死不渝的爱情的同时，又用了相当大的篇幅写安史之乱及有关的社会政治情况。这一双线互相映衬的结构，把杨、李的爱情故事结合重大的历史事件和广阔的社会背景来描写，除了通过对唐明皇失政的批评，寄寓乐极生悲的教训意义外，还通过描写爱情在历史变乱中的丧失和由此引起的痛苦，渲染了个人命运为巨大的历史力量所摆布的哀伤。剧本带有浓厚的抒情色彩，作者善于用优美流畅、富于诗意的唱词，来描绘人物不同景况下情绪心理的变化。总之，《长生殿》是一部以写"情"为主，兼寓政治教训与历史伤感的作品。

《长生殿》全剧长达50出，以杨、李的爱情为主线，同时又以一组道具——一对金钗、一只钿盒贯穿始终。剧本一开始

《长生殿传奇》书影
《长生殿》的刊本，最早的是康熙稗畦草堂原刊本、暖红室本、光绪庚寅文瑞楼刻本等。1958年人民文学出版社出版了徐朔方校注本。

延伸 阅读

《长生殿》的故事来自于唐朝开元天宝年间的史实。唐明皇、杨贵妃的故事在安史之乱以后便开始在民间流传，并经常为文人的创作所采用。晚唐的诗人白居易就写过长诗《长恨歌》，同时期的陈鸿写过传奇《长恨歌传》，这些都是有高度艺术成就的作品。《长恨歌》首先把有关唐明皇、杨贵妃爱情的传说和安史之乱联系起来描写，对他们的爱情悲剧给以同情，宋乐史的《杨太真外传》描述更为详细。元明以来，无论诸宫调、院本、杂剧、南戏、传奇、弹词、鼓词中，都有关这个故事的创作，其中著名的有元人白朴的杂剧《梧桐雨》。《梧桐雨》在写爱情的同时，有意通过他们的宫廷生活写出国家兴亡的历史教训。另外，明人吴世美有传奇《惊鸿记》。在这些作品中，有的着重描写他们荒淫的宫廷生活，有的侧重描写他们的爱情，具有浓厚的悲剧意味。元杂剧在清代已无法直接演出，而《惊鸿记》中"涉秽"的情节让人不满，所以，为这样一个人所熟知的历史故事编写一种较为完美的演出剧本，是《长生殿》创作的主要动因。

推荐阅读 〉〉

《长生殿》，徐朔方校注，人民文学出版社 1998 年版。

就直接写二人以金钗钿盒为定情信物，而后经过一番波折，至七夕长生殿盟誓，形成一个高潮；紧接着安史乱起，马嵬坡兵变，杨贵妃惨死，杨、李的爱情转化为悲剧，而作为信物的金钗钿盒成为随葬品；其后再描写已成蓬莱仙子的杨贵妃拆金钗一股、钿盒一扇托道士转交唐明皇，坚守前盟；最终二人在天宫团圆，金钗再成双、钿盒又重合。对"钗盒情缘"的刻意描写，具有很强的戏剧性。同时，剧中又巧妙地把宫廷内外的政治与社会生活情景与杨、李爱情的线索组合成一体，穿插着安禄山、杨国忠、高力士、李龟年、雷海青等各式人物乃至村妇小民的活动，使剧情显得更丰富。

另外，《长生殿》的曲词优美，清丽流畅、刻画细致、抒情色彩浓郁。例如《弹词》一出中，〔转调货郎儿〕9 支曲子，低回深郁，曲折动人。随着人物身份的不同，《长生殿》曲词的风格也多有变化，如前面抄录李龟年流落江南时所唱的一支曲子，别有一种苍凉的感觉，而剧中几支民间百姓的唱词，则大多偏向于通俗风趣。

《长生殿》隐晦地表达了作者的历史思考，在艺术表现上达到清代戏曲创作的最高成就，它与当时另一部历史剧，孔尚任写的《桃花扇》堪称双璧。

明皇游月宫图　明　周臣

　　唐明皇李隆基游月宫的故事在唐代已广为流传，后代的众多文学家、书画家更是将这一故事作为常用的表现题材，唐代白居易的《长恨歌》、元代白朴的《梧桐雨》就是其中的代表作。在清代，洪昇对前代有关的文学作品润色加工并加以创造，衍生成戏剧《长生殿》。

借离合之情，写兴亡之感

《桃花扇》

与洪昇的《长生殿》并称为清代戏曲"双璧"的《桃花扇》，直接以南明政权的覆灭为背景，具有鲜明的时代感。作者孔尚任（1648～1718年）清代诗人，戏曲家，字聘之，山东曲阜人，孔子64代孙。康熙二十二年，康熙亲自到曲阜祭孔，孔尚任被选为御前讲经人员，撰写典籍讲义，在康熙面前讲《大学》，康熙破格将他由监生提升为国子监博士。康熙二十四年初，孔尚任进京，正式走上仕途，后迁至户部员外郎，因故罢官。

关于《桃花扇》的创作，据孔尚任自己说，隐居石门时就已开始创作，经十余年苦心经营，三易其稿始成。剧本的宗旨，作者说是"借离合之情，写兴亡之感"（《桃花扇·先声》），同时要通过说明"三百年之基业，隳于何人，败于何事，消于何年，歇于何地"，为后人提供历史借鉴，"惩创人心，为末世之一救"（《桃花扇小引》）。剧中

孔尚任像

孔尚任是孔子后裔，继承了儒家的思想传统与学术，自幼研习礼、乐、兵、农学问，还考证过乐律，为戏曲创作准备了音乐知识基础。

以明末复社名士侯方域与秦淮名妓李香君的爱情故事为主线，利用真人真事和大量文献资料，形象而深刻地揭示了明末腐朽、动乱的社会现实，谴责了南明王朝昏王当政，官吏争权夺利，置国家危亡于不顾的腐朽政治，总结了历史教训，抒发了兴亡之感。

在《凡例》中，孔尚任曾提出剧情要有"起伏转折"，又要"独辟境界"，出人意料而不落陈套，还要做到"脉络连贯"，紧凑而不可"东拽西牵"。这些重要的戏剧理论观点，在《桃花扇》中得到较好地实现。全剧40出，以桃花扇这一具有象征意义的道具串联侯、李悲欢离合的爱情线索，又以这一线索串联南明政权各派各系以及社会中各色人物的活动与矛盾斗争，纷繁错综、起伏转折而有条不紊、不枝不蔓。明末复社名士侯方域与秦淮

彩绘本《桃花扇》插图　清
　　《桃花扇》自问世以后盛极一时，各种刊本、彩绘本多种多样，改编成的地方戏更是层出不绝，产生了广泛的社会影响。这本带有插图的《桃花扇》是清代同治年间的彩绘精品，文字由三色笔录成，由书中的绘画可以一窥同治年间中国士人的生活状态。

名妓李香君相恋，侯方域题诗宫扇赠予香君。阉党阮大铖趁机请人代送妆奁及酒席之资以拉拢侯方域，但被香君严词拒绝。阮大铖怀恨在心，设法迫害，侯方域被逼投奔扬州督师史可法。阮大铖为巴结淮阳督抚田仰，向马士英献计买香君赠予田仰为妾。香君不从，以头撞桌，昏厥于地，血溅桃花扇。杨文骢信手提笔就斑斑血痕勾勒出几枝桃花，此即"桃花扇"。香君乃托人携桃花扇致方域，以明心迹。后来清军南下，陷南京，方域与香君同避难于霞山，二人在白云庵相遇，取出桃花扇叙旧，最后双双入道。

　　在《桃花扇》里，作者有意避免对"情"作单独的描写，男女主人公

文学辞典

　　昆曲
　　《桃花扇》与《长生殿》都是昆曲的剧本。昆曲是兴起于江苏昆山一带的一种戏曲形式，起初叫昆山腔，后来昆山腔流行，并吸收了别的戏曲形式的一些优点，渐渐演变成昆曲。在戏曲表演方面，清代乾隆以前，昆曲占有绝对优势，虽有其他地方戏曲存在，但不太流行。昆曲从晚明开始就经常在贵族家庭与宫廷中演出，日益脱离民众与现实，到清代中叶便转入衰落期。

的悲欢离合，始终卷入在南明政治的漩涡和南明政权从初建到覆亡的过程中。在戏剧结构上，孔尚任以巨大的艺术才能和独创性，通过象征男女主人公爱情命运的一把扇子，把一部包含了南明兴亡史的戏剧情节贯串在一起。从赠扇定情始，侯方域与李香君的爱情就被置于明末的政治漩涡之中。侯、李被迫分离后，结构上展开了由他们联系着的两条线索：侯方域四处奔波这条线索，写南明草创及四镇内讧等重大事件和矛盾；李香君备受欺凌这条线索，写弘光帝和马、阮之流倒行逆施、宴游偷安。这两条线索交互映衬，"争斗则朝宗分其忧，宴游则香君罹其苦。一生一旦，为全本纲领，而南朝之治乱系焉"。最后，作者摆脱了传统戏曲大团圆的俗套，以侯、李入道的爱情悲剧来衬托国破家亡的严酷现实。

《桃花扇》在许多方面均富有艺术创造性，从人物形象的塑造来说，女主角李香君给人的印象颇为深刻。作品中把李香君放在政治斗争的漩涡中来刻画，反映了一定的时代特点，她的聪慧、勇毅的个性，显得颇有光彩。《寄扇》一出，香君坚不下楼，在对政治派别的选择和对情人的忠贞中，包含了对美满人生的憧憬。

在《桃花扇》中，作者较多地注意到人物类型的多样化和人物性格的多面性。如阮大铖本是著名戏曲家，剧中既写了他的阴险奸猾，也写了他富于才情的一面。再如杨文骢，他能诗善画，风流自赏，政治上没有原则，却颇有人情味，在侯、李遭到马、阮严重迫害时，出力帮助他们。象征李香君高洁品格的扇上桃花，就是他在香君洒下的血痕上点染而成的。由于他的存在，剧情显得分外活跃灵动。

《桃花扇》的悲剧性的结局，有力地打破了古代戏剧习见的大团圆程式，给读者或观众留下了更大的思考余地。总之，《桃花扇》是古典历史剧的典范，它和《长生殿》一起，标志了我国戏剧文学的最高水平。

李香君像 清 陈清远

推荐阅读 >> 《桃花扇》，王季思校注，人民文学出版社1998年版。

解剖世相的
《儒林外史》

《儒林外史》的出现，标志着中国古典小说艺术的日趋成熟和完善。它既没有人情小说那种缠绵悱恻的曲折情节，也没有历史演义、神魔小说惊天动地的传奇色彩，它把笔触伸向世俗生活和人的精神世界，开创了一个以小说直接评价现实的先例，晚清的长篇谴责小说大都受到它的影响。

《儒林外史》的作者吴敬梓（1701～1754年）清代小说家，字敏轩，出生在安徽全椒一个书香门第，13岁时母亲去世，他在14岁时便跟随父亲寄寓榆赣，过着动荡不安的生活。康熙六十一年（1722年），吴敬梓考中秀才，他本以为可以借此慰藉一下丢掉官职的父亲，没想到就在他中试的那一天，父亲却撒手西去。当时，族人依仗人多势众，提出了分家的要求，看着族人一个个拿走财产而自己两手空空，妻子因为不甘忍受族人的欺凌含恨而逝，吴敬梓清楚地洞彻了封建家族中尔虞我诈的人际关系，从此沉迷声色，过着放荡不羁的浪子生活。后来吴敬梓带着继室叶氏移居南京。在他35岁时，获得了一次参加"博学宏词"科考的机会，但是他最终还是没有去考，并从此下定决心写作《儒林外史》。1754年，他带着妻儿寄寓扬州，继续过着淡泊名利的生活。同年12月11日，入夜时突然痰涌，便匆匆离开了人世。

吴敬梓像　当代　程十发

吴敬梓在经、史、诗、词、文各方面都有著述，可惜没有全部流传下来。原有《文木山房诗文集》12卷，现仅存4卷。他的经学研究《诗说》7卷，在乾隆、嘉庆年代还有人读过，今已失传。在史学方面，他有《史汉存疑》，但没有成书。吴敬梓的佚文诗词，现均收录在《文木山房集》中。

《儒林外史》共55回，约40万字，以明朝成化（1487年）到嘉靖末年（1566年）80年间的四代儒林士人对待功名富贵的态度为衡准，揭示了在八股考试的影响下，文人在文（文章、学业）、行（行为、品德）、出（出仕、做官）、处（在野、退隐）诸方面的丑态，以十多个既独立又有联系的故事，细腻地刻画了一群追求功名富贵的

科举考试图　宋
　　科举考试自隋唐以来，就成为文人通往仕途的必经之路。随着社会的发展，到明清两代，科举逐渐成为戕害知识分子的利器。

封建儒生和贪官污吏的丑恶面目。中国有一句传统俗语叫"万般皆下品，唯有读书高"，这句话表现了过去的读书人在社会上的崇高地位。读书人也就是高居士农工商之首的儒士，而这也正是《儒林外史》一书中的主角。在中国传统观念里，一个读书人最高的理想应该是救国救民，为天下苍生尽一己之力，所以政治舞台才是他们发挥才能的地方。然而在明清两代，想要登上仕途只有一个途径，那就是要通过科举考试。但是当科举制度过于僵化，不仅命题范围狭小，而且讲究所谓八股格律，使得科举成为文字的游戏，就已难选拔社会所需要的人才，而考生专就应试的科目用功，也难培养真正的能力。虽然八股取士的弊病如此大，但是当时的读书人几乎统统陷入科举的泥淖里。作者主要是通过对以下几类人物的塑造来实现对明清科举选士制度的批判的：

　　第一类是陷在科举和功名泥潭中不能自拔的迂儒形象，最典型的就是范进。他从20岁开始童生应试，一直考了20多场也没中个秀才。在落拓中，他遭受着乡人的鄙视，亲人的白眼。实际上，醉心功名的他浅陋无知、虚伪贪鄙，他连

《儒林外史》书影
　　《儒林外史》表面上写明代生活，实际上展示了一幅18世纪中国社会的风俗画。它以封建士大夫的生活和精神面貌为描写对象，以揭露科举制度以及在这个制度下士大夫的丑恶灵魂作为切入路径，深刻揭露和讽刺了整个封建礼教制度的腐朽。

苏轼的名字都茫然无知。而一旦50多岁意外中举之后，他周围的人全都对他恭敬起来。他也开始广受钱财，这样一个人，竟然还被委以主管一省教育选士的学政，八股取士造就迂滥无用之才的现实于此得以昭示。

第二类是以严贡生为代表的见利忘义、装腔作势的无耻文人，他们身上体现着整个儒林风气的败坏。他家的猪误跑到邻居家，邻居马上送回，但他却以失而复得的猪不吉利为借口，逼小二出银子买走。后来猪长到100多斤重，错走严家，他又把猪关起来，硬逼小二拿银子来赎回，甚至把小二兄长的腿也打断了。就算是对自己的亲人，他也不放过。他一直觊觎弟弟严监生的十万家产，弟弟一死，他就想把弟弟从本族中剔除出去。就是这样一个面目可憎的衣冠禽兽，却成天混迹于士人中间，装腔作势，满口道德文章。

第三类是贪生怕死、以权谋私的国家蠹虫，以王惠为代表。他被任命为南昌太守，还没上任，就向人打听"地方人情，可还有甚么出产？词讼里可也略有些什么通融？"他在任期间拼命地盘剥百姓，搜刮钱财。而到宁王叛乱的紧急关头，又带领数郡投降，接受"江西按察司"的伪职。叛乱平定后，他乔装潜逃，沦落为钦犯。通过对这类贪官污吏的描写，作者辛辣地讽刺了八股取士所选拔出来的，要么是一些贪赃枉法、扰民害国的庸臣俗吏，要么是贪生怕死、出卖灵魂的叛臣降将。

与以上三种反面人物相对的，作者还塑造出一些德才兼备的真儒名士虞育德、庄绍光和潇洒不羁的反叛者杜少卿等。他们为人慷慨正直，对科举功名丝毫不热心，而是立足于自身的道德修养和学问才华。其中，杜少卿是作者自身的写照。他出身科举世家，却对功名富贵弃之如敝屣，平生乐善好施，视金钱如粪土，以致把家私施舍精光，最后变卖家产，带着还债所余寄身南京。到南京后依然我行我素，以致贫穷到以卖文为生。

总之，《儒林外史》成功地运用了讽刺艺术来表达主题，语言准确精练，常能用三言两语使人物"穷形尽相"、"真伪毕露"。全书以"秉持公心，指摘时弊"的批判精神，"烛幽索隐，物无遁形"的描写功力和"戚而能谐，婉而多讽"的美学风格，奠定了讽刺小说在中国小说史上的地位。

推荐阅读 〉〉

《儒林外史》，张慧剑注，人民文学出版社1998年版。

字字看来皆是血
曹雪芹与《红楼梦》

曹雪芹（1715～1763年），清代小说家，名霑，字梦阮，号"雪芹"，又号芹圃、芹溪。曹家祖上本是汉人，后入旗籍。清朝初年，曹雪芹高祖曹振彦随多尔衮入关，立有军功，家族开始发达起来。曹雪芹的曾祖母当过康熙的保姆，而他祖父曾为康熙伴读。因此，康熙登基后，曹家得到格外的恩宠。但雍正即位后，大力清除其父康熙的内外亲信。曹家便成了这次斗争的牺牲品，一连串的罪名接二连三地向曹家扣来。乾隆初年，曹家又发生一次变故，遂彻底败落，子弟们沦落到社会最底层。

据说曹家衰落后，曹雪芹曾在一所宗族学堂里当过差，境遇潦倒，常常要靠卖画才能维持生活。他晚年流落到北京西郊的一个小山村，生活更加困顿。乾隆二十六年（1762年）秋，他唯一的爱子夭亡，不久，他也伤感谢世，只留下一部未完成的书稿。

"生于繁华，终于沦落"。曹雪芹的家世从鲜花着锦之盛，一下落入凋零衰败之境，使他深切地体验着人生的悲哀和世道的无情、黑暗与罪恶，也摆脱了原属阶级的庸俗和褊狭，看到了封建家庭不可挽回的颓败之势，同时也带来了幻灭感伤的情绪。生活的困顿并没有消磨曹雪芹的志气，相反地更加促使了他嗜酒狂狷、对现实生活傲岸不屈的态度。他的悲剧体验，他的诗话情感，他的探索精神，他的创新意识，全部熔铸到了这部呕心沥血的旷世奇书——《红楼梦》里。但天不假年，他去世时，全书仅完成前80回和一些残稿，而且那些残稿后

曹雪芹像

曹雪芹自幼得到良好的教育，但曹家后期败落，深刻影响了曹雪芹的思想和心理，形成了他愤世傲世的叛逆性格。他多才多艺，工诗善画，时人评价其"诗笔有奇气"。

文学 辞典

世情小说

　　所谓世情小说，就是以"极摹人情世态之歧，备写悲欢离合之致"（笑花主人《今古奇观序》）为主要特点的一类小说。从晚明批评界开始流行的"世情书"的概念来看，主要是指宋元以后内容世俗化、语言通俗化的一类小说。从鲁迅的《中国小说史略》起，学术界一般用世情小说或人情小说专指世俗人情的长篇小说。世情小说主要有两大流派，一派是以才子佳人的故事和家庭生活为题材来描摹世态的，另一派是以社会生活为题材、用讥讽笔法来暴露社会黑暗的。《红楼梦》就是前者的典型代表，成为世情小说中最伟大的作品。

来也佚失了。

　　《红楼梦》是一部具有历史深度和社会批判意义的爱情小说，它颠倒了封建时代的价值观念，把人情感生活的满足放到了最高位置。全书以贾、林、薛、史四人的情感纠葛为中心线索，以他们生活的大观园为主要舞台，以贾、王、史、薛四大家族的兴衰为社会背景，组成一个庞大的叙事结构。而这个结构又放在一个神话叙事结构之中，贾、林、薛、史等人从情天幻海而来，终将回归仙境。小说一开始的十几回，写刘姥姥初入荣国府的见闻，写宁国府为秦可卿出殡时的声势，写元春选妃、省亲，层层推进地表现出贾府特殊的社会地位和令人目眩的富贵豪奢。但就在这繁华景象中，透出了它不可挽救的衰败气息：钱财方面坐吃山空，内囊渐尽，而人才方面的凋零则是贾府衰败的真正原因。贾府的男性或炼丹求仙，或好色淫乱，或安享尊荣，或迂腐僵硬。最后，享尽富贵的贾宝玉沦为乞儿，巧姐成为妓女，凤姐郁郁而亡，曾经显赫一时的贾府在两度被抄家后一蹶不振。

　　《红楼梦》在艺术上取得了巨大的成就，它塑造出成群的有血有肉的个性化人物形象。例如贾宝玉、林黛玉、薛宝钗、王熙凤就成为千古不朽的典型形象。贾宝玉是荣国府嫡派子孙，他出身不凡，又聪明灵秀。他因自己生为男子而感到遗憾，他觉得只有和纯洁美丽的少女们在一起才惬意。他憎恶和蔑视男性，亲近和尊重女性。他企求过随心所欲、听其自然的生活，即在大观园女儿国中斗草簪花、低吟悄唱、自由自在地生活。贾宝玉对个性自由的

追求集中表现在爱情婚姻方面。他爱林黛玉，因为林黛玉的身世处境和品格集中了所有能使他感动的美好特质。他对待身边的女孩子们的态度也是同情和亲爱，他爱林黛玉，但遇着温柔丰韵的薛宝钗和飘逸洒脱的史湘云，却又不能不眩目动情。

林黛玉是一个情感化的、"诗化"的人物，出身在一个已衰微的家庭。她父亲是科甲出身，官做到巡盐御史。林黛玉没有兄弟姐妹，母亲的早逝使她从小失去母爱。她保持着纯真的天性，爱自己之所爱，憎自己之所憎，我行我素，很少顾及后果得失。因父母相继去世，她不得不依傍外祖母家生活。她的现实性格表现为聪慧伶俐，由于寄人篱下而又极度敏感，甚至有时显得尖刻。另一方面，正因为她是"诗化"的，她的聪慧和才能突出地表现在文艺方面。在诗意的生涯中，和宝玉彼此以纯净的"情"来浇灌对方的生命，便是她的人生理想了。作为小说中人生之美的最高寄托，黛玉是那样一个弱不禁风的"病美人"，也恰好象征了美在现实环境中的病态和脆弱。

薛宝钗出身在一个富商家庭。薛家是商人与贵族的结合，既有注重实利的商人市侩习气，又有崇奉礼教的倾向。薛宝钗幼年丧父，兄长薛蟠是个没有出息的酒色流氓。出身于这样一个家庭，薛宝钗有着与林黛玉截然不同的性格。她们同样都博览诗书，才思敏捷，但林黛玉一心追求美好丰富的精神生活，薛宝钗却有很现实的处世原则，能够处处考虑自己的利益。

大观园图　清
　　大观园是《红楼梦》中主要人物的活动场所。此图纵137厘米，横362厘米，展现了在凹晶馆、牡丹亭、蘅芜院、蓼风轩和凸碧山庄5个地方活动的人物173个，是研究《红楼梦》的珍贵资料。

曹雪芹用手中的笔塑造了《红楼梦》这个华衣美食的大观园，书中人物性格的刻画更是入木三分，有血有肉。特别是对金陵十二钗的描写，更是音容笑貌犹在眼前。

金陵十二钗仕女图之林黛玉像（上）　清　费丹旭
金陵十二钗仕女图之史湘云像（中）　清　费丹旭
金陵十二钗仕女图之薛宝钗像（下）　清　费丹旭

但她同样有少女的情怀，有对于宝玉的真实感情，不过她和宝玉的婚姻最终却成了一种有名无实的结合，并没有获得幸福。

在《红楼梦》中，王熙凤无疑是写得最复杂、最有生气的人物。作为荣国府的管家奶奶，她是《红楼梦》女性人物群中与男性世界关联最多的人物。她"体格风骚"，机智权变，心狠手辣。在支撑贾府勉强运转的背后，她挖空心思地为个人攫取利益，放纵而又不露声色地享受人生：迟发月银用来放高利贷；私了官司以谋取暴利；而借机敲诈更是她的拿手好戏，连情人贾蔷、丈夫贾琏都不放过。因此作者将加速贾府沦亡的过错，有意无意地集中到了她身上，机关算尽，却淹没了自己美丽而富有才干的生命。

《红楼梦》中不仅写出了林黛玉、薛宝钗、史湘云、贾探春以及女尼妙玉这样一群上层的女性，还以深刻的同情精心刻画了晴雯、紫鹃、香菱、鸳鸯等婢女的美好形象，写出了她们在低贱的地位中为维护自己作为人的自由与尊严的艰难努力。晴雯的勇补孔雀呢、笑撕纸扇、愤寄指甲；鸳鸯以死怒拒贾赦的淫威；紫鹃的善解人意等等，都给人以美好和光明的希望。

《红楼梦》是一部百科全书式的长篇小说，它在描写宝黛爱情的同时，也描写了广阔的社会生活，上至皇妃国公，下至贩夫走卒，都有生动的描画。它对贵族家庭的饮食起居各方面的生活细节都进行了真切细致的描写，比如园林建筑、家具器皿、服饰摆设、车轿排场等等；它还表现了作者对烹调、医药、诗词、小说、绘画、建筑、戏曲等等各种文化艺术的丰富知识和精到见解。《红楼梦》的博大精深在世界文学史上是罕见的。

推荐阅读 ＞ ＞

《红楼梦》，曹雪芹著，高鹗续，人民文学出版社2002年版。

崩城染竹之哭刘鹗与《老残游记》

刘鹗（1857～1909年），近代小说家，原名孟鹏，字铁云，别号洪都百炼生，江苏丹徒（今江苏镇江）人。刘鹗出身官僚家庭，自小聪敏，4岁开始识字。刘鹗不喜欢科举文字，却爱结交三教九流的朋友，他广泛涉猎了治河、卜算、乐律、辞章、医学、儒经、佛典、诸子百家、基督教等各方面的知识。光绪十三年（1887年）黄河决口，次年刘鹗前往河南为治理黄河积极奔走，并亲自参与了河工操作。刘鹗积极主张开矿修路，兴办实业。他还提出借外国的资金开采矿山，过几年再收回的大胆设想，结果被人视为"汉奸"。1900年，八国联军侵占北京。当时粮运断绝，北京发生粮荒。刘鹗主动捐凑银两，参加了由李鸿章出面组成的救济会，办理救济事务。后来救济会中止了向百姓粜粮，刘鹗便向亲友挪借款项，独立承担这一事务。1906年，他被清政府革职，并遭到通缉，不得已出国避祸。两年后，被袁世凯等挟私诬陷，在南京加以逮捕，流放新疆。第二年，他便因脑溢血死于乌鲁木齐。

《老残游记》是刘鹗晚年撰写的长篇小说。从1903年开始，先在上海商务印书馆的半月刊《绣像小说》上连载，后来在《天津日日新闻报》上继续连载。此书是刘鹗为了抒发自己的身世之感、家国之痛、社会之悲、种教之恨而写的，正如他在自序中说的那样："棋局已残，吾人将老，欲不哭泣也得乎？"作品的主人公老残——一个摇串铃走四方的走方郎中，实际上是作者的自况。老残给自己取号"补残"，是希望自己能像传说中唐代的神僧懒残一样，能够推演社会的治乱，

刘鹗像

刘鹗生在乱世，目睹国事的糜烂不堪，再加上自己一生事业上的失败，《老残游记》事实上也是他个人情感的寄托。

预测国家的兴亡。围绕"补残"这一深刻的寓意，小说以老残的行踪为线索，展示了他在中国北方的所见、所闻、所思、所感。

作者一方面立足于现实，以老残为主线，描写了玉贤、刚弼、庄宫保等所谓"清官"的本质。曹州知府玉贤号称"路不拾遗"，然而在不到一年时间内，他就制造了无数冤案，光站笼就站死了 2000 多人；另一"清官"刚弼，在审理贾家 13 条命案时，竟将清白无辜的魏家父女定为杀人凶犯；他们的顶头上司庄宫保，表面上是个所谓宽仁温厚的"好官"，但他重用、提拔玉贤、刚弼这样的贪官酷吏，本身就说明了整个封建官僚制度已经腐烂透顶。作者从社会批判的角度，深刻剖析了晚清官场中清官的种种暴政，以及他们的所作所为给人民造成的深重灾难。当老残大骂玉贤是"死有余辜的人"，并发出"我若有权，此人在必杀之列"誓言的时候，当老残直闯会审公堂，当众斥责刚弼的虐民罪行的时候，他

《老残游记》书影

本书中所写的人物和事件有些是影射真人真事的。如姚云松影射姚松云，玉贤影射毓贤，庄宫保影射张曜，史钧甫影射施少卿，王子谨影射王子展，刚弼影射刚毅，申东造影射杜秉国，柳小惠影射杨少和等，都能一一指实。

实际上是替作者、替天下受苦受难的百姓出了一口胸中的恶气。当然，与这些"清官"相对照，小说还刻画了"化盗为民"的申东造和救民于水火的白子寿两个理想的官员形象。

除以上主线外，小说在 8 至 11 回中，还插入了申子平夜访桃花山的故事。作者把桃花山描绘成一个桃花源式的理想境界——风景如画，环境幽美，人们过着无拘无束、安逸闲适的生活。这样的理想境界和玉贤、刚弼残暴统治下的苦难现实，自然形成强烈的反差。

《老残游记》是晚清小说中艺术成就比较高的，其叙事模式已经由传统的说书人的叙事，转变为作家的叙事。小说中充满着浓郁的主观感情色彩，作家的创作个性和主体意识在其中得到了充分的弘扬。而小说中散文和诗的艺术笔法的掺入，使得小说读来文笔清丽潇洒，意境深邃高远，大大地开拓了小说审美空间。

推荐阅读 > >

《老残游记》，人民文学出版社 1999 年版。

清末社会诸相写真
吴沃尧与
《二十年目睹之怪现状》

　　吴沃尧（1866～1910年），近代小说家，字小允，号趼人，广东南海区佛山人，出身传统的书香门第，仕宦之家。但他小时候，家道便已衰落。在18岁的时候，他便离开了家乡，到上海谋生。初到上海，他在江南军械制造局担任抄写工作，在空闲时间他便为报纸写短文，由此开始了他的创作生涯。1903年，他开始为梁启超创办的《新小说》刊物写小说，并在第二年发表了他创作生涯中最为辉煌的作品——《二十年目睹之怪现状》。由于他后期的生活非常艰难，为了获得生活的保证，他不得不辛勤地耕耘，他经常通宵写作到天明。到他近世的七八年之间，他先后发表了十几部长篇小说和12种短篇小说，还有五六种笔记和数部笑话集。由于劳累过度，他在45岁便英年早逝，临死时口袋里只剩下4角大洋。

　　《二十年目睹之怪现状》是一部带有自传性质的作品，它就像晚清社会的一面镜子，反映了清王朝在覆灭前的概况。全书108回，通过200多个小故事，形象地反映了中法战争后20年间中国社会现状。作者采用第一人称的形式，通过主人公"九死一生"在20年中耳闻目见的种种怪现状，揭示了整个封建统治阶级的腐败、堕落，以及封建社会的黑暗、丑恶和必然灭亡的命运。

　　作者的批判，首先从对封建官僚机构开始，力图从政治的角度来展示末代封建王朝的崩溃前兆。知县做贼，按察使盗银，学政大人贩卖人口……整个上流社会，充斥着流氓、骗子、烟鬼、赌棍、泼皮、婊子、狎客……为了升官发财，他们不惜出卖故交，严参僚属，窜改供词，甚至把自己的女儿、媳妇、老婆"孝敬"给

吴沃尧像

上司。总之，上自慈禧太后、王爷、尚书、巡抚，下至未入流的佐杂小官，宫里的大小太监，官僚的幕客、差役、小姐，全都赤裸裸地干着强盗、骗子、小偷、娼妇的勾当。

同时，作者还从赖以维系一个社会存在的文化机制的角度来揭示封建大厦的必然坍塌。吏部主事符弥轩满口"孝悌忠信"，却成天花天酒地，而让祖父到处行乞。九死一生的伯父平时道貌岸然，可是竟乘料理丧事之机吞没了亡弟家产。至于儿子谋杀父亲、侄子陷害叔父、婊子建立牌坊等怪现状，更是层出不穷。作品将封建制度腐败不堪的丑恶面貌彻底暴露在世人面前。

在辛辣地批判丑恶现实的同时，作者也塑造了蔡侣笙、吴继之、九死一生等正直、贤良而又恪守封建道德的正面人物，以寄托自己的理想和追求。吴继之是我国小说中最早出现的新型资产阶级形象，他与九死一生所经营的大宗出口贸易曾经兴旺一时，与昏庸腐败的官场群丑形成了鲜明的对比。然而，在帝国主义和封建主义的双重挤压下，他们最后还是不可避免地走向了破产的命运。书中的正面人物无一例外地被人欲横流的尘嚣浊浪所吞没，这既真实地折射了时代的悲剧，也反映出作者改良主义理想的幻灭。

《二十年目睹之怪现状》一书结构精巧，虽然转述故事较多，题材庞杂，但是却并不显得零散，虽然是单篇故事的串联，但始终以"九死一生"的见闻为线索，很有连贯性。同时，本书用第一人称叙述，这在过去的长篇小说中是从来没有过的，这标志着中国小说叙事角度开始向多元化转变。

推荐阅读 > >

《二十年目睹之怪现状》，人民文学出版社1997年版。

迎官图

清末官场，是最为黑暗与腐败的，外崇洋人，内侮百姓，视上官如爷娘，视百姓如草芥，官做贼，贼做官，真可谓一塌糊涂。吴沃尧是深知官场三昧的，所以在他的小说中，大小官员的一举一动，皆被刻画得入木三分。

末世文人的叹息
李宝嘉与
《官场现形记》

李宝嘉（1867～1906年），晚清小说家，字伯元，别号南亭亭长，江苏武进人，出生于旧式的官僚家庭。27岁时，他以第一名的成绩考中了秀才，但此后只参加了一次院试，便决意不再踏入科场一步。堂伯为他捐纳功名，他坚决不赴任；显贵者推荐他应试清政府的经济特科，他也拒不应征，还差点因此而被捕。1896年，他到上海，投身于报刊事业，希望借媒体的力量唤起中华民族的觉醒。他从1901开始创作，其作品有《官场现形记》、《文明小史》、《中国现在记》、《活地狱》、《海天鸿雪记》、《南亭笔记》、《庚子国变弹词》、《爱国歌》以及《芋香宝印谱》等。

《官场现形记》是我国第一部在报刊上连载的长篇章回小说，共60回，由许多独立成篇的短篇故事连缀而成。作者以犀利的笔锋刻画了官场的丑态，全书从西北写到东南，写到北京；从一个尚未当官的士子（赵温）和一个州县佐杂小官（钱典史）写起，写到州府长吏（黄知府、郭道台）、藩台（"荷包"）、督抚（山东巡抚、浙江巡抚刘中丞、傅理堂，湖广总督湍多欢、贾世文等）、钦差（童子良）、太监（黑大叔）、军机（徐大军机）、大学士（华中堂、沈中堂）等。在作者笔下，上至尚书、军机大臣，下至州县吏役佐杂，无不在为升官发财而奔走。整个官场上全都是见钱眼开、蝇营狗苟、谄媚逢迎之徒，他们或钻营诈骗，或狂嫖滥赌，或妄断刑狱，或明码买缺。这些国家的蛀虫、社会的败类，一方面掌握着国家的命脉，极尽欺压剥削之能事；另一方面，却又在帝国主义面前奴颜婢膝。如第五十三回，两江制台一听到洋人来拜，"顿时气焰矮了半截"；而一听到百姓反对洋人，便马上派兵去"弹压"。

李宝嘉在小说中大胆地影射了当时很多权要人士，如书中的黑大叔影

李宝嘉像

李宝嘉是清末小报刊的创始人之一，他先后办过《游戏报》、《指南报》、《绣像小说》、《世界繁华报》等报纸杂志。他也是清末谴责小说的代表作家，他创作的大部分作品揭露了清朝官吏的腐败，反映了当时社会的重要矛盾与黑暗现实。

推荐阅读 >> 《官场现形记》，人民文学出版社 1997 年版。

射了李莲英，华中堂影射了荣禄，周中堂影射了翁同龢，他所揭示的正是穷途末路的清王朝无官不贪、无吏不污的现状。李宝嘉一层层地把末代封建王朝官僚群的丑恶灵魂剖开来，展现在世人的面前。何藩台买缺得贿，因为与胞弟分赃不均，竟大打出手；武将张国柱为了谋取他人的遗产，竟然冒认毫无瓜葛的死者为亲爹；口头上总挂着道德文章的巡抚傅理堂，与妓女生了私生子后又不认账……封建道德观念在铜臭的熏蒸下变得苍白无力，人与人之间的关系也变成了交易买卖的肮脏关系。李宝嘉形象地刻画出末代封建王朝官僚污浊的心灵世界，揭示了统治阶级集团道德情操的极端堕落。

官员打牌图　法国
　　在中国游历的欧洲传教士将晚清腐朽的官僚机构用略带幽默和嘲笑的笔触赤裸裸地表现在画面上。

本书笔锋犀利刚劲，深刻中有含蓄，嘲讽中有诙谐，书中许多章节，写得有声有色。如第二回、第三回写钱典史如何巴结新贵赵温，"暗里赚他钱用，然而面子上总是做得十分要好。"又想通过赵温巴结吴赞善。后来见吴赞善冷淡赵温，"就把赵温不放在眼里"。可是，"忽然看见他有了银子捐官，便重新亲热起来；想替他经经手，可以于中取利"，"后见赵温果然托他，他喜的了不得，今天请听戏，明天请吃饭。"把这官场上小人物的曲折心理刻画得精细入微。《官场现形记》虽然只是一部小说，但是它揭示出官场的黑暗，可以带给我们关于社会的思索。

石破天惊的共和呼声
曾朴与
《孽海花》

曾朴（1872～1935年），近代小说家，字孟朴，笔名东亚病夫，江苏常熟人，从小生长在一个富裕的书香之家。他19岁的时候考中秀才，20岁时考中举人。然而，就在他踌躇满志的时候，妻子却在产后母女双亡，这个打击使得他意志消沉。再加上在科场中所感受到的各种弊端，使他开始无心于仕进。在进士考试中，他把墨汁打翻在试卷上，题了一首诗之后扬长而去。后来父亲给他捐了个小京官，而他做京官的时候，正赶上甲午战争之期。清政府的腐败和民族的苦难，使他最终舍弃仕途。1904年，他同徐念慈等创立小说林书社，翻译、出版小说，并开始写小说《孽海花》，希望通过微言大义的小说来启迪民族的觉醒。

辛亥革命后，曾朴一度重新沉浮于宦海。1927年，他退居上海，与儿子共同开办了真善美书店，并刊行了《真善美》杂志。《孽海花》的很大一部分就发表在这个杂志上。1931年，由于经济告竭，杂志被迫停刊，他回到了家乡，直至病逝。他创作的小说有《孽海花》、《鲁男子》等，还翻译有法国名著《九十三年》、《笑面人》、《吕克兰斯鲍夏》、《欧那尼》、《南丹与奈侬夫人》、《夫人学堂》等。

《孽海花》共30回，附录5回，以末世状元金雯青与妓女傅彩云的婚姻故事为线索，描写了清末同治初年到甲午战争30年间的诸多真人真事，展示了当时内忧外患的中国在政治、军事、外交、文化和社会生活各方面的广阔画卷。全书把许多短

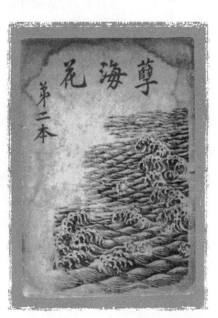

《孽海花》封面

《孽海花》一书原载于杂志，1931年后方合为一册出版，1962年中华书局出版了增订本。

曾朴像

篇故事联缀成长篇，作品中人物大多是在真人真事的基础上稍作加工点染而成的，作者由于熟悉这些人的生活，因此写得都很有生气，讽刺的味道表现得淋漓尽致。

《孽海花》描绘了一幅封建末世官场的百丑图，小说一开头就以象征手法指出，几千年封建礼教统治下的中华古国，外表看起来"自由极乐"，实质上却是个实行"专制政体"的"野蛮奴隶"国度。作者批判的笔锋直指最高统治者慈禧太后，揭示了她的凶顽贪暴，荒淫无耻。尤其是她置民族的危难于不顾，拿一国命脉之所系的海军经费来修造供她逍遥的颐和园。

而那些身居国家要职的尚书中堂、封疆大臣，在民族内忧外患时，或养尊处优，不知所措；或闲情逸致，赏玩古董；或买笑追欢，醉生梦死。还有一批封建科举制度特有的产物——貌似高雅斯文，实则恶浊卑劣的作态名士，书中主人公金雯青，就是这类官僚名士的代表。这位登上了中国封建社会科举功名最高峰的状元，表面上看起来道貌岸然，俨然是国家的栋梁，实际上是个科举制度下培植出来的昏庸无能的废物。无论是在官场上还是在情场上，他都成了栖栖惶惶的败北者。这位末代状元的凋零，正意味着一个时代的沉沦。

在暴露清王朝的腐朽、谴责封建社会罪恶的同时，《孽海花》苦苦地探索着整个民族的出路。作者甚至借书中人物之口，阐述了石破天惊的革命主张"从前的革命，扑了专制政府，又添一个专制政府；现在的革命，要组织我炎黄子孙民主共和的政府"，闪耀着资产阶级革命的光辉。

文学辞典

谴责小说

晚清小说流派。繁盛于1900年以后的谴责小说，其题材和内容涉及当时社会生活的各个领域，其中包括官场、商界、华工、女界、战争等各个领域，以写官场最为突出，是近代社会的一面镜子。清末四大谴责小说包括：李宝嘉《官场现形记》、吴趼人《二十年目睹之怪现状》、刘鹗《老残游记》、曾朴《孽海花》。

谴责小说关心国家前途和命运，却不曾触及封建制度本身，最多是一副探寻治世的药方。谴责小说尽管在思想上有很大的局限性，但由于其基本内容是揭露和抨击清末的腐败与黑暗，且无论从内容到形式，都突破了传统封建文艺的樊篱，所以在当时产生了很大的影响。

中国现代的民族魂

鲁迅

鲁迅（1881～1936年），中国现代伟大的文学家、思想家和革命家，新文学运动的奠基人。原名周树人，字豫才，浙江绍兴人，出身于破落的封建家庭。

1902年，鲁迅去日本留学，原学医，后从事文艺等工作，企图用以改变国民精神。1909年回国，先后在杭州、绍兴任教。辛亥革命后，曾任南京临时政府和北京政府教育部部员等职，兼在北京大学、女子师范大学等校授课。1918年5月，首次以"鲁迅"为笔名，发表中国现代文学史上第一篇白话小说《狂人日记》，对人吃人的制度进行猛烈地揭露和抨击，奠定了新文学运动的基石。五四运动前后，参加《新青年》杂志的工作，站在反帝反封建的新文化运动的最前列，成为"五四"新文化运动的伟大旗手。1918～1936年间，陆续创作出版了《呐喊》、《坟》、《热风》、《彷徨》、《野草》、《朝花夕拾》、《华盖集》、《华盖集续编》等杂文、散文、诗歌专集，表现出爱国主义和民主主义的思想特色。其中，1921年12月发表的中篇小说《阿Q正传》，是中国现代文学史上杰出的作品之一。1927年～1936年间，他创作了《故事新编》中的大部分作品和大量的杂文，这些杂文作品收录在《而已集》、《三闲集》、《二心集》、《南腔北调集》、《伪自由书》、《准风月谈》、《花边文学》、《且介亭杂文》等杂文集中。鲁迅的一生，对中国的文化事业做出了巨大的贡献；他领导和支持了"未名社"、"朝花社"等进步的文学团体；主编了《国民新报副刊》、《莽原》、《奔流》、《萌芽》、

鲁迅像

浙江绍兴城内的咸亨酒店就是因《孔乙己》而名声远扬，如今但凡来此旅游的人均不免到这儿一品醇香的老酒和茴香豆的味道。

《译文》等文艺期刊；热忱关怀、积极培养青年作者；大力翻译外国进步的文学作品和介绍国内外著名的绘画、木刻；搜集、研究、整理了大量古典文学，批判地继承了中国古代文化遗产，编著《中国小说史略》、《汉文学史纲要》、《唐宋传奇集》、《小说旧闻钞》等等。1936 年 10 月 19 日病逝于上海。

鲁迅的小说集《呐喊》和《彷徨》通过具体的人物和事件，写出了一个时代。在当时，封建势力虽然日趋崩溃但暂时还很强大，人民群众灾难深重而尚未普遍觉醒，知识分子在追求中充满着怀疑与希望。其中，《呐喊》集中收录了《狂人日记》、《阿 Q 正传》、《孔乙己》等 15 篇

鲁迅先生的卧室（左图）和书房（右图）

短篇小说。《狂人日记》是中国现代文学史上划时代的小说。作品通过"精神病人"的眼睛来看周围的世界，用迷狂、错乱的语言和敏感而尖锐的思想来点破旧礼教的实质，所谓的"仁义道德"，不过是"吃人"哲学的幌子而已。《狂人日记》既是一篇彻底的反封建宣言，也是鲁迅后来创作的纲领。在艺术上，《狂人日记》为中国现代小说创造了一种新形态，白话文的熟练运用深入地传达着作品的主题，体现了鲁迅在小说创作方面的高度成就。

《阿 Q 正传》无疑是鲁迅最负盛名的作品，这部小说为他赢得了国际性的声誉。作品通过阿 Q 的形象深刻挖掘了中国国民愚昧落后的因素，

> 新文化运动是20世纪初资产阶级启蒙主义文化新潮和改良主义文化文学运动的产物。1915年9月，陈独秀在上海创办《青年杂志》（第二卷起，改名为《新青年》），集合起一大批进步知识分子，在思想文化领域掀起了彻底反封建斗争，由此拉开了"五四"新文化运动的序幕，很快扩展到文学领域，进而激起文学革命的浪潮。它本质上是要求中国实现现代化的思想启蒙运动。《新青年》大力倡导民主和科学精神，集中代表了新文化运动的思想特色。他们抨击文化专制主义，反对封建纲常伦理，倡导思想自由，对孔子进行了重新评判。另外，注重引进和吸收运用西方的文化。文学方面，反对文言，提倡白话，反对旧文学，提倡新文学，是新文化运动中最有实绩的一部分。新文化运动使外国文学思潮泛引入中国，中国历史上出现了前所未有的思想大解放局面，白话文由此得到了全面的推广，文学理论建设取得了初步的成果。

作者以"哀其不幸，怒其不争"的人道主义精神，将这一人物身上所体现的国民劣根性毫不留情地暴露在读者面前，并予以重重的鞭挞。阿Q是一个复杂矛盾的综合体：他一心想占小尼姑的便宜，却又满脑子"男女授受不亲"的封建思想；在他看来，造反本来是杀头的大罪，但在看到造反能使假洋鬼子和赵老太爷之流的人都胆战心惊时，又奋而投身于革命；他想革命却被拒之门外，但他最后的罪名竟然是"造反"。这是阿Q的悲剧，也是中国的悲剧，这种随心所欲的"实用"原则和懦弱愚昧的"精神胜利法"成了阿Q乃至所有中国人悲剧的根源。

《呐喊》中也有一些描写农村生活的回忆性作品，如《社戏》就着重描写了农民的善良、豪爽、淳朴和正直的优秀品质，充满了亮色和环境美感。

1924年后，"五四"运动进入了低潮，新文化运动的队伍也开始分化。鲁迅这一时期的作品大都带有一种灰色和阴郁的调子，较为明显地反映了这段时期他思想上的苦闷。在小说成集后，他题诗于扉页："寂寞新方苑，平安旧战场。两间余

《坟》初版封面
（陶元庆设计，1927年）
《朝花夕拾》初版封面
（陶元庆设计，1927年）

《呐喊》初版封面
（鲁迅设计，1922年）
《华盖集》初版封面
（鲁迅设计，1927年）
《野草》初版封面
（孙福熙设计，1927年）

推荐阅读 〉〉

《呐喊》，鲁迅著，人民文学出版社 2001 年版。

《彷徨》，鲁迅著，人民文学出版社 2001 年版。

一卒，荷戟独彷徨。"这就是这部小说集命名为"彷徨"的原因。《彷徨》小说集所收的作品主要有《祝福》、《在酒楼上》、《肥皂》、《孤独者》、《伤逝》等 11 篇。

《祝福》是《彷徨》的第一篇，反映了当时农村妇女生活的悲惨遭遇。祥林嫂从为人妻到为人仆，被婆婆明嫁暗卖后，又为人妻。但命运连最后一点温情也不施予她。让她失去第二个丈夫后再失去最后的依靠——年幼的儿子，无奈之下她只得回到鲁四老爷家为仆。但是，鲁四太太和柳寡妇都认为她"不干不净"，她碰过的东西鬼神都不屑于享用。甚至连她为自己赎了身之后，仍然得不到社会的认可。最后只有从奴仆再变成乞丐，成为大年三十的孤魂野鬼。

和《呐喊》相比，《彷徨》里反映知识分子的作品要多些，如《在酒楼上》、《肥皂》、《孤独者》、《伤逝》等，其中以鲁迅唯一一部关于爱情的小说——《伤逝》最为引人注目。

《伤逝》的主人公涓生和子君两人从相恋到相爱，感情真挚热烈。但生活是沉重残酷的，他们结合后不久就遇到失业的问题，"人必须活着，爱才会有所附丽"，生活失去了来源，爱情的浪漫与幻想一点一点地被生活磨灭干净。涓生终于说出了不爱子君的话来，将他们婚前种种美好的梦

1936 年鲁迅去世，上海各界 5000 人自发来送葬。

想都炸得粉碎。子君被家里人接走，几个月后就离开了这个世界，而涓生也终于无法摆脱对子君的歉疚而抑郁不安。这篇小说故事情节简单，但语言细腻真切，抒情性极强。

《故事新编》是鲁迅根据历史上记载和流传的故事所改编的小说作品，每个故事到了鲁迅笔下，都有了全新的意义和内涵。鲁迅的文学创作包罗万象，诗歌、散文，还有精美的政论文和杂文，构成了他庞大的文学殿堂。

再生的凤凰 郭沫若

郭沫若（1892～1978年），现代诗人、剧作家、历史学家，原名郭开贞，又名郭鼎堂，笔名郭沫若，四川乐山人，作家、诗人、剧作家、历史学家、考古学家、古文字学家、社会活动家。郭沫若出生在一个中等地主兼商人的家庭，早年留学日本，先学医，后从文。

郭沫若像

1919年国内爆发的"五四"爱国运动，对还在日本留学的郭沫若产生了巨大的影响，他深受鼓舞，开始借用诗歌来表达长期沉积在心中的热情，创作了诸如《立在地球边上放号》、《凤凰涅槃》、《天狗》等壮丽诗篇，这些诗篇结集成《女神》于1921年出版。这部诗集洋溢着强烈的爱国热忱，充满了反帝反封建的思想，确立了郭沫若在中国现代文学史上的卓越地位。1923年，郭沫若从九州帝国大学医科毕业回国，积极投身于创造社的文艺活动。

郭沫若《女神》初版封面

《女神》出版于1921年8月，是郭沫若的第一部新诗集，尽管在《女神》出版以前已经有新诗集出现，但真正以崭新的内容和形式为中国现代诗歌开拓一个新天地的，除《女神》外，在当时却没有第二部。

1926年郭沫若南下广州，同年七月参加北伐战争。两年后他离开中国去了日本，与他的日本妻子带着孩子们避居在千叶县，一住就是10年，这一时期他主要从事中国古代历史与古文字学的研究。抗战爆发以后，他只身归国，投入到抗日战争的大潮中，同时

文学辞典

进行历史剧的创作，创作了《屈原》等历史剧。新中国成立以后，他由一位出色的文学家，转变为一位重要的社会活动家。

从文艺思想上看，郭沫若以浪漫主义为主，同时吸收了西方现代主义的某些因素。其文学创作，最大成就是他的第一部诗集《女神》。除一小部分为1921年归国后所作外，其余均写于诗人留学日本期间，绝大部分完成在1919和1920两年里。在诗集中，诗人将五四时代的精神与自身的创作个性高度地融合在一起。诗集共分为3辑，第一、二辑是主体，鲜明地体现了五四狂飙突进的时代精神，格调雄壮豪放；第三辑主要是一些清新恬淡的抒情小诗，表现的是诗人渴望爱情、热爱自然而又烦闷寂寞的灵魂。

《女神》的抒情主人公是一位"开辟鸿荒的大我"，或谓之为五四时期初步觉醒的中华民族的自我形象，是一位具有彻底破坏和大胆创造精神的新人。如在《凤凰涅槃》中，以有关凤凰的传说作素材，借凤凰"集香木自焚，复从死灰中更生"的故事，象征着旧中国以及诗人旧我的毁灭和新中国以及诗人新我的诞生。

在《女神》里，诗人显示出了一种极度自由的精神状态，人的自我价值得到肯定，人的创造能力得到承认，人的一切情感都被引发出来。彻底破坏的意志，大胆创新的精神，加上丰富的想象、神奇的夸张——激越的音调，成就了现代诗歌的奠基之作——《女神》。

郭沫若与安娜及孩子的合影

佐藤富子（即安娜）是日本贵族的后裔，她不顾家庭的阻挠，毅然与郭沫若结合。在郭沫若投笔从戎的革命岁月中，安娜身背着日本军国分子强加的"叛国"罪名，为郭沫若支撑着整个家庭，她为之付出了一生的情与爱，但最终未能与郭沫若厮守终生。

推荐阅读 〉〉

《女神》，郭沫若著，人民文学出版社2000年版。
《郭沫若选集》（四卷本），人民文学出版社1998年版。

随时代"沉沦"

郁达夫

郁达夫（1896～1945年），现代小说家、散文家，原名郁文，字达夫，浙江富阳人，1911年起开始创作旧体诗，并向报刊投稿。1912年考入之江大学预科，因参加学潮被校方开除。1914年7月入东京第一高等学校预科后开始尝试小说创作。1919年入东京帝国大学经济学部。1921年6月，与郭沫若、成仿吾、张资平等人酝酿成立了新文学团体——创造社。7月，第一部短篇小说集《沉沦》问世，在当时产生很大影响。1922年3月，自东京帝国大学毕业后归国。5月，主编的《创造季刊》创刊号出版。1923年至1926年间先

郁达夫和王映霞曾被喻为"富春江上神仙侣"，他为了她，抛妻离子不顾家；她为了他，相识短短半年后就私订终身。

后在北京大学、武昌师大、广东大学任教。1926年底返沪后主持创造社出版部工作，主编《创造月刊》、《洪水》半月刊，发表了《小说论》、《戏剧论》等大量文艺论著。1928年加入太阳社，并在鲁迅支持下，主编《大众文艺》。1930年3月，中国左翼作家联盟成立，他为发起人之一。1933年4月移居杭州后，写了大量山水游记和诗词。1938年，赴武汉参加军委会政治部第三厅的抗日宣传工作，并在中华全国文艺界抗敌协会成立大会上当选为常务理事。1938年12月至新加坡，主编《星洲日报》等报刊副刊，写了大量政论、短评和诗词。1945年日本投降后被日军宪兵杀害。

郁达夫特别突出强调小说的主观性和抒情性，其作品大都有一个抒情主人公的自我形象。他的许多作品中，如《银灰色之死》、《沉沦》、《南迁》、《茫茫夜》等，塑造了一个个害着忧郁病的青年知识分子的形象——

"零余者"，他们渴望爱情却又得不到，傲视世态炎凉却又没有真正的朋友，憎恨不合理的社会却又无力反抗，他们内心充满了苦闷、忧郁。郁达夫通过对零余者的描写，曲折地反映出当时的社会现状，抒发了自己对社会现实和封建道德的不满。

留学日本期间写作的《银灰色之死》是他的处女作，那一期间他还创作了《沉沦》、《南迁》。这三篇小说在1921年结集为《沉沦》出版，这是中国现代文学史上第一部短篇小说集。其中《沉沦》一篇写的是一位留日学生因为追求自由和个性解放，反抗专制弊风而被学校开除。他对爱情的渴望得不到满足，又不堪忍受异族的欺凌，最后投海自尽。郁达夫大胆地描写了这位"心思太活"的五四青年"性的要求与灵肉的冲突"，以及由此而产生的变态的性心理。

郁达夫结束留学回国，初期创作的《春风沉醉的晚上》、《血泪》、《薄奠》等作品，或写知识分子和劳动者谋生过程中的同病相怜，或写自己回国后生计的贫困和失业的痛苦。20世纪30年代初，郁达夫移家杭州，他在这一时期写有《迟桂花》、《东梓关》等作品。

郁达夫的小说突出地表现了五四青年对人性解放的追求和被生活挤出轨道的"零余者"的哀怨，同时也鲜明地表达了爱国主义和人道主义的情怀，小说呈现出一种独特的感伤美和病态美。大致可以说，有三类作品各自代表郁达夫的不同特色。第一类是以《沉沦》为代表。小说出版后犹如烈性炸弹，震惊了中国文坛，立刻攫住了广大青年的心。可以说，《沉沦》奠定了郁达夫在现代小说史上的地位，从这里开始，他的创作风格和特色已

郁达夫手稿（底图）

文学 辞典

左翼作家联盟

现代无产阶级革命文学团体，简称"左联"。于1930年3月在上海成立。主要加盟作家有鲁迅、冯雪峰、沈端先、冯乃超、华汉、钱杏邨、田汉、蒋光慈、郭沫若、郁达夫、柔石等。左联的理论纲领和行动纲领是"我们的艺术是反封建阶级的，反资产阶级的，又反失掉了社会地位的小资产阶级"，"援助而且从事无产阶级艺术"。在组织上，左联接受中共中央宣传部文化工作委员会的领导。先后创办的机关刊物有《萌芽》月刊、《拓荒者》、《文学导报》、《北斗》、《十字街头》、《文学月报》等。左联以马克思主义文艺理论指导自己的实践，加强对马克思主义文艺理论的翻译、介绍和研究工作，自觉加强与世界无产阶级文学运动的联系，积极推动文艺大众化运动。创作方法上积极推行富有革命意味的新的现实主义。在创作方面取得巨大成就，产生了广泛的影响，是20世纪30年代文坛上最活跃的力量。1936年春，为了适应抗日救亡运动的新形势，左联自行解散。左联在国民党政府残酷压迫下顽强战斗了6个年头，粉碎了国民党当局的文化"围剿"，有力地配合了中央苏区军事上的反"围剿"斗争，培养了一支坚强的革命文艺大军，为抗日战争时期、解放战争时期、甚至新中国成立以后的文艺事业准备了一批骨干人才。

经基本确立，即以立足现实的浪漫主义手法为主，用"自述状"的表述方式，自剖自谴自我发泄，暴露大胆，惊世骇俗。以后创作的进展和不足也由此奠基。第二类是有更广阔的社会意义和一定思想深度的作品，以1923年的《薄奠》和1924年的《春风沉醉的晚上》为代表。由个人生活扩展为写工人生活，题材上有了新的开拓，作品感情力量和道德力量往往结合着一定的认识深度，作者自己说："多少也带一点社会主义的色彩。"这一类作品是作者创作的精华。第三类是作者中年以后的创作，艺术上炉火纯青，意境更趋深远，包括《迟桂花》、《迟暮》、《瓢儿和尚》等作品。这类作品艺术上的成熟是伴和着思想上的平和与生活上的渐趋安逸而生的。

沈淪

(小 說 集)

郁達夫著

1921

《沉沦》初版封面

　　1921 年《沉沦》出版，这是新文学最早的白话短篇小说集，以其"惊人的取材、大胆的描写"而震动了文坛。郁达夫的小说多以失意落魄的青年知识分子作为描写对象，往往大胆地进行自我暴露，笔调洒脱自然，语言清新优美，具有强烈的主观抒情色彩。

　　由于郁达夫受西方人道主义，特别是卢梭的"返归自然"思想的影响，主张人的一切合理欲求的自然发展，认为人的情欲不过是自然的天性。因此作家力图在文学作品中探讨人的自然本性，探讨灵与肉、爱与欲冲突的深层奥秘。但是对于传统道德观念浓厚的人们来说，《沉沦》中的自渎与窥浴，《秋柳》和《寒宵》中的宿妓嫖娼，《茫茫夜》和《她是一个弱女子》中的畸恋与同性恋，这种种离经叛道的描写，无异于对雅文学的冒犯与亵渎，因而受到不少非议。其实在很多时候，主人公所感受到的那种"性的苦闷"与"生的苦闷"紧紧地联系在一起，作家意在用一种新的眼光去剖析人的生命和性格中包孕的情欲问题。郁达夫小说对于青年性苦闷、性心理的描写，从思想意义上来说，体现了强烈地反封建的个性解放的要求，从现代小说的创作来说，作家开辟了创作的新的题材和领域。

　　小说之外，郁达夫的散文创作也达到了很高的成就。他的散文大都叙述自己的生活遭遇，直接抒发感伤的情绪。读他的散文，就像走进了他的生活。

推荐阅读 ＞ ＞　《郁达夫小说选》，人民文学出版社 1998 年版。

《我与郁达夫》，王映霞著，广西教育出版社 1992 年版。

"新月"的诗情
徐志摩与闻一多

郭沫若的《女神》以绝对的形式自由和狂放不羁的旋律，冲破了传统诗词严整的形式，是对于"旧"的一个大破坏。破坏之后必定要求再造新的形式，新的规范，以促使新诗的发展走上"规范化"的道路。以闻一多（1899～1946年）、徐志摩（1897～1931年）为代表的前期新月派，正承担着这样的历史使命。

新月派诗人提出"理性节制情感"的原则与诗的形式格律化的主张。他们认为："如果只是在感情的漩涡里沉浮着，旋转着，而没有一个具体的境遇以作知觉依傍的凭借，结果不是无病呻吟，便是言之无物了。"这种理论，实质上与传统的"乐而不淫，哀而不伤"的抒情模式相暗合，也受西方唯美主义影响。

徐志摩初字槱森，留学美国时改字志摩，现代诗人、散文家。他是一位才高命薄的天才诗人。他早年拜梁启超为师，1918年起赴美留学，两年后，为追随思想家罗素而到了英国，随后进入康桥大学（即剑桥大学）学习。1922年徐志摩学成归国，先后在北京、上海等大学任教。1931年因飞机失事身亡。

徐志摩是新月派的灵魂人物。他热烈地追求"爱"、"自由"与"美"，追求人与自然的和谐，形成了徐志摩诗特有的飘逸风格。在他所有的诗作里，爱情诗是最有特色的。比如《雪花的快乐》一诗，诗人在开头写道："假如我是一朵雪花，／翩翩在半空里潇洒，／我一定认清我的方向——飞飏，飞飏，飞飏，／这地面上有我的方向。／不去那冷寞的幽谷。"那么它会飞向哪里呢？可以想象，诗人创作这首诗的时候，或许正漫步于雪花飞扬的天

徐志摩像

1921年，徐志摩开始创作新诗。同年诗人和才女林徽因相识，坠入情网。1922年3月，诗人与前妻张幼仪离婚。1924年，泰戈尔访华，诗人作为陪同及翻译与泰游历各地。不久结识京城社交界名流陆小曼，两人很快坠入爱河。1926年，二人举行了婚礼。1931年11月，徐志摩因飞机失事英年早逝。

徐志摩的诗集《再别康桥》封面

剑桥位于英国剑桥大学之内，附近水清树碧，风景灵秀，徐志摩的《再别康桥》一诗更是使其蜚声世界。

地间，他的灵魂正随着雪花一起飞扬。胸中有爱的人，一定热爱美丽的大自然。徐志摩把大自然称为"最伟大的一部书"。《再别康桥》则是以他的母校康桥大学的校园景色为对象，抒发了对于自然的深厚感情。诗人在第一节里，抒写了故地重游的学子作别母校时的万千离愁：

轻轻的我走了，正如我轻轻的来；
我轻轻的招手，作别西天的云彩。

连用三个"轻轻的"，仿佛是一缕清风一样来了，又悄然无声地离去；那对于康桥的至深情意，竟在招手之间幻化成了西天的一抹残红。第二节至第六节，诗人在康河里泛舟寻梦，披着夕照的金柳，软泥上的青荇，绿阴下的水潭，一一映入眼帘，诗人进入了物我两忘的境界，幻想自己化成康河里随着柔波招摇的水草。诗人要寻梦，要放歌，但是终归于沉默：

但我不能放歌，悄悄是别离的笙箫；
夏虫也为我沉默，沉默是今晚的康桥。

此际的沉默无言，胜过多少别离的情语！诗的最后一节，以三个"悄悄的"与开头回环对应，潇洒地来，又潇洒地离开。

作为新月派格律诗的代表诗人，徐志摩在创作方面取得了极大的成功，而新格律诗理论的奠基工作，主要是由闻一多来完成的。

闻一多名亦多，字友三，后改名一多，现代史人，文史学者。他的新诗理论的核心内容是讲究诗的"三美"：音乐美，绘画美，建筑美。徐志摩对此十分推崇。闻一多的创作主要集中在 20 世纪 20 年代中期，1931 年发表长诗《奇迹》以后，便基本上搁下诗笔。他的诗作结集为《红烛》和《死水》两部诗集，贯穿其中的诗魂，就是闻一多浓烈、真挚的爱国主义情思。在这些诗篇中，诗人一面为满目疮痍的祖国、为陷于苦难的人民唱出悲哀的歌声，表现自己希望破灭时的泣血的呼号；另一方面又对心爱的祖国怀着"铁树开花"的坚定信念。

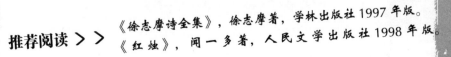

推荐阅读 >> 　《徐志摩诗全集》，徐志摩著，学林出版社 1997 年版。
《红烛》，闻一多著，人民文学出版社 1998 年版。

茅盾

茅盾像

茅盾（1896～1981年），现代作家，社会活动家，原名沈德鸿，字雁冰，"茅盾"是他1927年发表第一篇小说《幻灭》时开始使用的笔名。

茅盾是最早从事中国共产主义运动的革命知识分子之一，中国共产党成立时，他就成为第一批党员。1927年的四·一二反革命政变，使他在血与火的斗争中经历了痛苦的精神炼狱，继而转入文学创作活动，并很快完成了《蚀》三部曲。

茅盾1920年开始文学活动，曾与郑振铎、叶圣陶等人一起组织文学研究会。1921年接编《小说月报》，倡导现实主义，翻译介绍外国文艺。对中国新文学运动产生了巨大的影响。1927年发表第一部中篇小说《幻灭》，与相继问世的《动摇》(1928)、《追求》(1928)合为总名《蚀》的三部曲，引起强烈的反响。

《蚀》三部曲是茅盾的处女作，原稿笔名为"矛盾"，后来叶圣陶改为"茅盾"。整个作品由3个系列的中篇组成：《幻灭》、《动摇》、《追求》，以大革命前后一群小资产阶级知识青年的生活经历和心灵历程为题材，意在表现当时青年在革命大潮中必经的3个时期——革命前夕的亢奋和革命既到面前时的幻灭；革命斗争剧烈时的动摇；幻灭、动摇后的追求。

文学 辞典

文学研究会

文学研究会1921年1月成立于北京，它是最早成立的新文学社团之一。发起人有郑振铎、沈雁冰、叶圣陶、许地山等，后来陆续发展的会员有冰心、朱自清、老舍、徐志摩等，主要刊物是《小说月报》，此外还陆续出版了《文学旬刊》。该会"以研究介绍世界文学、整理中国旧文学、创造新文学为宗旨"，积极提倡"为人生"的文学和现实主义文学的创作，对新文学产生了巨大影响。在创作方法上，文学研究会继《新青年》之后，进一步高举现实主义的旗帜，强调"新文学上的写实主义，于材料上最注重精密严肃，描写一定要忠实"。成员的创作大都以现实人生问题为题材，产生了一批所谓"问题小说"。文学研究会在介绍外国进步的现实主义文学方面做出了很大努力，他们的目的一方面是为了介绍外国的文艺以促进中国新文学的发展，一方面是为了介绍世界的现代思想(茅盾《新文学研究者的责任与努力》)。由于主客观方面的原因，1932年初《小说月报》停刊后，该会活动即基本停顿。

推荐阅读〉〉

《子夜》，茅盾著，人民文学出版社2000年版。

《我走过的道路》，茅盾著，人民文学出版社1997年版。

作品创造了许多具有独特性格的人物，深刻而逼真地表现出小资产阶级知识分子"时代病"的根源，从苦闷到热情，从热情到动摇，从动摇到幻灭。

1928年茅盾东渡扶桑，在日期间他完成了短篇小说集《野蔷薇》和长篇小说《虹》的创作。1930年归国后，他积极地投身于左联的活动。此后直到抗战爆发，是他创作的高峰期，这一时期的主要作品有《子夜》、农村三部曲（《春蚕》、《秋收》、《残冬》）和《林家铺子》等。

茅盾继承了"文学研究会"主张"为人生而艺术"的现实主义精神，并加以发展，建立起一种全新的革命现实主义的文学模式——社会剖析小说。他习惯于大规模地、全景式地反映刚刚逝去不久的甚至是正在发生着的社会现实，表现各种矛盾斗争中的阶级和人的特性，这种小说创作模式最成功的实践，就是《子夜》。

《子夜》原名《夕阳》，1931年10月开始动笔，次年底完稿。在这部宏大的著作中反映出当时中国社会的3个方面：一是民族工业在帝国主义经济侵略的压迫下，为要自保，使用更加残酷的手段加紧对工人阶级的剥削；二是因此引起了工人阶级经济的、政治的斗争；三是当时的南北大战，农村经济破产以及农民暴动又加深了民族工业的恐慌。作品展示了20世纪30年代初中国社会生活的广阔画卷，表现了民族和社会的矛盾以及各阶级各阶层之间错综复杂的社会关系，突出描写了中国民族资产阶级在帝国主义、买办资产阶级和统治阶级多重压迫下的悲剧命运。

《子夜》创造了一系列经典性的人物，小说中的主人公民族资本家吴荪甫，是半封建半殖民地这一特定的历史环境中中国民族资产阶级中一个战败了的英雄形象。他的沉着干

根据茅盾同名小说改编成的电影《春蚕》剧照（著名作家夏衍改编，程步高导演，1933年明星影业公司出品。

练和刚愎自用的特点，似乎为民族资产阶级带来了振兴的希望。但尽管他有铁的手腕和管理才能，却无法摆脱世界性资本主义经济危机的影响，也无法对抗帝国主义、买办阶级、国民党政府的联合压迫。在连遭惨败后，他表现出虚弱、颓废，甚至企图自杀。

作为吴荪甫的对立面而出现的赵伯韬，是一个买办资产阶级的形象。他是帝国主义垄断资产阶级的走狗，他不遗余力地要把民族工业置之死地而后快。从他种种兽性的表演中，可以看出这个带着流氓习气的洋奴卑鄙肮脏的精神世界。此外《子夜》还描写了诸如屠维岳、冯云卿等人物，这些人物都是中国现代文学史上人物画廊中不可多得的典型形象。

抗战爆发以后，茅盾辗转到达新疆学院任教。回到重庆后，他以饱满的热情写了一组歌颂延安精神的著名散文《风景谈》、《白杨礼赞》等。1944年，他还创作了长篇小说《腐蚀》、《霜叶红似二月花》，散文集《见闻杂记》等。新中国成立后，曾担任文化部长、中国文联名誉主席、中国作家协会主席等职。

把心交给读者

巴金

巴金画像
巴金的作品大都充满热烈的感情激流和扣人心弦的力量，从而形成独特的直抒胸臆的艺术风格，被鲁迅称为"一个有热情的有进步思想的作家，在屈指可数的好作家之列的作家"。

（1904年～2005年），现代小说家，散文家，原名李尧棠，字芾甘，笔名佩竿、余一、王文慧等，四川成都人。1920年考入成都外国语专门学校。1923年从封建家庭出走，就读于上海和南京的中学。1927年初赴法国留学，完成处女作长篇小说《灭亡》，发表时始用巴金的笔名。

1928年底，巴金从法国回到上海，从那时起一直到新中国成立，他一共创作了18部中篇小说，12本短篇小说集，16部散文随笔集，还有大量的翻译作品，其中代表作有《激流三部曲》、《爱情三部曲》、《憩园》、《寒夜》等。

巴金和冰心两家人合影

冰心眼里的巴金是一位最可爱可敬佩的作家，她曾说："我爱他就像爱我自己的亲弟弟们一样。""他的可佩……就是他为人的'真诚'。"而巴金则认为冰心"是'五四'文学运动最后一位元老"，自己年轻时就从她的作品中汲取过思想和感情的营养。

　　《激流三部曲》由《家》、《春》、《秋》3部小说组成，写的是一个溃烂的封建大家庭悲欢离合的故事。这部小说的创作，曾受到左拉的长篇小说《卢贡家族的命运》及曹雪芹的《红楼梦》的影响；然而，当巴金的《家》以"激流"的篇名在《时报》出现时，却显示出自己的特点。作品以爱情故事为情节发展的主干，写了觉慧与鸣凤，觉新与钱梅芬、李瑞珏，觉民与琴等几对青年在爱情上的不同遭遇以及他们选择的不同生活道路，将矛头指向作为封建统治核心的专制主义，号召青年反抗封建专制，投入革命的激流。作者所要反映的是：一方面随着封建宗法制度的崩溃，垂死的封建力量疯狂地吞噬着年轻的生命；另一方面，在革命潮流的吸引之下，青年一代开始了觉醒与斗争。三部小说中《家》的成就最高，影响也最大。

　　小说中写到的人物有六七十个，最主要的是高老太爷、觉慧和觉新这3个形象。高老太爷掌握着全家人的命运，作品中直接写他的地方并不多，但高公馆发生的一切悲剧事件，直接间接都与他有关。小说用许多血淋淋的事实，控诉了家长制和旧礼教对于人的青春、爱情、生命的摧残。

　　觉慧是一个充满朝气的典型。他追求科学民主，不信鬼神，

巴金《家》封面

推荐阅读 〉〉 《巴金选集》（十卷本），四川人民出版社 1997 年版
《巴金自述》，巴金著，大象出版社 2002 年版。

反对专制。他不愿意做高老太爷所期望的"绅士"，也不愿像大哥觉新那样忍受下去，他爱上了婢女鸣凤，他要做"自己的主人"，"自己把幸福拿过来"。他蔑视封建等级制度和旧的礼教，支持和帮助觉民逃婚，公开揭穿封建家长们捉鬼行孝的丑剧，最后毅然从这个罪恶的家庭出走。但是

电影《家》剧照
电影《家》由巴金同名小说改编，上海电影制片厂 1956 年出品。导演为陈西和、叶郎，主要演员有孙道临（饰觉新）、张瑞芳（饰瑞珏）等。

觉慧毕竟只是个大胆而又幼稚的"叛徒"，他既有五四青年的热情、叛逆和追求，也有那一代青年身上难免的历史局限。他从封建家庭蜕化出来，自然会带有封建思想的残余。小说并没有回避他的缺点，作家在许多地方很细致地刻画出了他思想的复杂性。

觉新是一位在专制主义重压下的病态灵魂，是一个能够清醒认识到自己悲剧命运却又怯于行动的"零余人"。清醒而又懦弱的他，是《家》这部小说里悲剧性最浓的人物。他原先思想进步、心地善良、正直忠厚，但是他的聪明才智却被用来做各种封建家族庆典的主持或帮手，他依着长辈的意识躬行他本来要反对的那一切。他的每一次向封建家长势力的妥协退让都以牺牲别人为代价，而他自己也在罪恶的泥沼中难于自拔，本性善良的他始终陷于一种思想与行动的极度矛盾之中。

在《家》、《春》、《秋》这一相互关联的三部曲中，巴金不停地解剖着在中国现代社会史上新旧历史转变时期封建大家族的种种矛盾，作者毫不可惜它的溃败，并且以热切的感情展现出生活中的"激流"在破败的家庭中成长起来，充满了自信和勇气，充满了爱和恨的力量，在腐败崩溃的事物中，看到了希望，看到了充满朝气的叛逆人物。

巴金一生共写了 20 多部中长篇小说、70 多部短篇小说，以及大量的散文随笔，但影响最大的还是以《家》为代表的中长篇小说。巴金、茅盾和老舍构成了 20 世纪 30 年代长篇小说的艺术高峰。如果说茅盾的《子夜》等作品主要以社会剖析见长，老舍的《骆驼祥子》等小说主要刻画了市民社会的图景，那么巴金的小说则主要创造了一个"青年世界"。

朱自清 的 "背影"

　　朱自清（1898～1948年），现代散文家、诗人，原名自华，后改名自清字佩弦，江苏扬州人，原籍浙江绍兴。1920年毕业于北京大学哲学系。在大学读书后期，受五四运动的影响，开始写新诗，一直持续到毕业后在江浙一带当中学教师时期。1926年他在任清华大学教授时，转而从事散文创作，成为名噪一时的散文大家。1931年留学英国，漫游欧洲，次年回国，仍至清华大学任教授。抗战期间，在昆明西南联大任教。1946年7月，著名的民主战士李公朴、闻一多被国民党特务暗杀，血的教训促使他积极参加中国共产党领导的爱国民主运动，成为一个坚强的革命民主主义战士。1948年，他贫病交加，但坚决不向反动派屈服。同年8月在北平逝世。朱自清是文学研究会早期主要成员，一生勤奋，共有诗歌、散文、评论、学术研究著作26种。主要有诗文集《踪迹》，散文集《背影》、《欧游杂记》、《你我》、《伦敦杂记》，文艺论集《诗言志辨》、《论雅俗共赏》等。

　　《背影》是朱自清散文的代表作，1928年10月由上海开明书店出版。该书收集作家早期优秀散文18篇，分甲辑和乙辑两辑。

朱自清和其前妻的合影
1916年，朱自清考入北京大学预科，同年底与武钟谦女士完婚。

　　甲辑收入的文章有《女人》、《白种人——上帝的骄子》、《背影》、《阿河》、《哀韦杰三君》、《飘零》、《白采》、《荷塘月色》、《一封信》、《〈梅花〉后记》、《怀魏握青君》和《儿女》。乙辑收入有《旅行杂记》、《殷勤的招待》、《躬逢其盛》、《第三人称》、《说梦》和《海行杂记》。

推荐阅读 ＞ ＞

《中华散文珍藏本——朱自清卷》，人民文学出版社2000年版。

在内忧外患、兵连祸结严重困扰下的旧中国，作者凭着自己敏锐的洞察力，看透了时代和社会的沉疴，将哀伤和愤懑凝聚于笔端，淋漓尽致地描绘出一光景惨淡的社会图画。在这幅图画中展示了小资产阶级和知识分子在中外反动派的残酷压榨下朝不保夕的苦况，深刻地反映了这一时期处在社会下层的小私有者日趋破产的生活真实。经典名篇《背影》写的是家庭遭遇变故的情况下父亲送别远行的儿子时的一番情景。作者通过朴实真切的记叙，抒写了怀念老父的至情，表现了当时社会中小有产者虽然屡经挣扎仍不免破产的可悲境遇，以及由此而生的感伤情绪。闪耀在泪光中的父亲的身影，曾经引起经济上同样处于风雨飘零状况中的许多小资产阶级读者的感叹。从这类散文可以看出，作者善于把自己的真情实感，通过平易的叙述表达出来；笔致简约、朴素、亲切，文字多用口语而加以锤炼，读来有一种娓娓动人的风采。

朱自清很擅长写漂亮精致的写景抒情的散文，他对自然景物观察精确，对色彩、声音有着敏锐的感觉，再通过鲜明的形象和巧妙的比喻联想，化出一种细密、幽远、浑圆的意境。他的游记散文脍炙人口，如《桨声灯影里的秦淮河》、《春》与《绿》等，都寄予着他热爱生活、蓬勃向上的情怀。作家一笔不苟，将常见的景物细细描出，为读者勾勒出一幅赏心悦目的图景，营造出一种情、理、趣、景相融为一的艺术境界。

朱自清的创作或热切地追求光明的未来，或有力地批判黑暗的世界，揭露悲惨的人生，洋溢着反帝反封建的革命精神，记录了大时代在一代知识分子心灵上的投影。

《背影》初版封面

朱自清的散文有着深沉的艺术造诣。《背影》集中既有以至情传世的叙事抒情散文，又有充满诗意、以宁静幽远的意境取胜的写景抒情散文。

延伸 阅读

朱自清是现代著名散文家、诗人，《踪迹》是其诗和散文合集，于1924年12月由上海亚东图书馆出版。第一辑收诗，第二辑收散文。诗篇有《光明》、《新年》、《煤》、《送韩伯画往俄国》、《羊群》、《小舱中的现代》等。他的诗或热切地追求光明的未来，或有力地批判黑暗的世界，揭露悲惨的人生，洋溢着反帝反封建的革命精神，记录了大时代在一代知识分子心灵上的投影。集中的散文有《匆匆》、《桨声灯影里的秦淮河》、《温州的踪迹》、《航船中的文明》等。有的写景抒情，有的记叙写实，创造了一种风景画和抒情诗相结合的艺术境界。

"人民艺术家" 老舍

老舍（1899～1966年），现代小说家，原名舒庆春，字舍予。原籍北京，满族正红旗人。1924年他赴英国担任伦敦大学东方学院中文讲师，1929年回国，这期间他完成了3部长篇小说——《老张的哲学》、《赵子曰》、《二马》。其中《二马》是他前期小说创作的代表作，作品以马则仁、马威父子从北京到伦敦的生活轨迹为经，以中英两国国民性的比较为纬，展开了广阔的社会画面。作家鞭挞了旧势力对新事物的扼杀，并且触及了东西方不同民族之间要求心灵沟通的愿望与这种愿望和现实之间的矛盾。

回国后到抗战爆发以前，老舍一共创作了6部长篇小说、1部中篇和3个短篇小说集。其中《大明湖》毁于战火，后来他根据其书的主要情节改写成短篇小说《月牙儿》。而为他带来盛誉的则是现代小说名篇《骆驼祥子》。

《骆驼祥子》最初连载于《宇宙风》杂志，1939年发行单行本。小说的主人公祥子的经历与中国因农村破产而成批涌入城市的赤贫农民相似，他的不幸命运真实地展现了一个本性善良的人在乱世灭亡的全过程。初到北平的祥子，年轻力壮，善良正直，乐于帮助与他命运相同的人。但是他想拥有一辆自己的车的梦想总是那么遥远，他被虎妞牢牢地控制着。尽管如此，他依然不改自己作为一个独立的劳动者的初衷，不愿意在老婆手里讨饭吃。但是不多久，虎妞因为难产而死，祥子只得卖掉车子来料理丧事。此生不再有买车的希望，但是他还有意中人小福子。而当他得知小福子也已经不在人世的时候，终于不堪这最后的一击，长久以来潜藏内心的劣性全都发作，吃喝嫖赌，打架占便宜，甚至连原来作为立身之本的拉车，他也讨厌了。残酷的现实把从前那个"体面的，要强的，好梦想的，利己的，个人的，健壮的，伟大的"的祥子，变成了"堕落的，自私的，不幸的社会病胎里的产儿，个人主义的末路鬼"。祥子的悲剧是强者沉沦的悲剧，

老舍像

老舍的作品大都取材于市民生活，为中国现代文学开拓了重要的题材领域，他曾因话剧《龙须沟》的创作而被授予"人民艺术家"的称号。

《说不尽的老舍》，舒乙著，北京师范大学出版社2003年。

《骆驼祥子》，老舍著，人民文学出版社2000年版。

《茶馆》话剧剧照（1973年北京人民艺术剧院演出）

《茶馆》描写了三个时代旧北平形形色色的人物，构成了一个人像展览式的"浮世绘"。老舍选取"茶馆"作为剧本的场景颇具匠心，他避开了对重大历史事件的直接描绘，只是描述这些历史事件在民间的反响，将之化入日常生活之中。

《骆驼祥子》剧照（1957年北京人民艺术剧院演出）

《骆驼祥子》出版后，影响很大，被誉为"抗战前夕中国最佳的长篇小说"。1945年该书英译本在纽约出版。

也是性格和命运的悲剧。

《骆驼祥子》全书充满了北京地区的生活风光，不少描写点染出一幅幅色彩鲜明的北京风俗画和世态画。但作品关于时代背景的描写比较薄弱，与那个时代的社会重大变化缺少联系。故事的结局低沉，弥漫着一种阴郁绝望的气氛。一方面表现了那个时代的悲惨气氛，加强了对于当时社会的批判力量；另一方面也反映出老舍在认识了旧社会黑暗势力的强大和个人奋斗的无能为力以后，还未找到劳动人民自我解放的正确道路所产生的彷徨苦闷的心情。老舍十分熟悉作品所描写的各种人物，他用一种朴素的叙述笔调，生动的北京口语，简洁有力地写出了富有地方色彩的生活画面和具有性格特征的人物形象。

从抗战爆发到1949年，老舍的代表作是《四世同堂》。小说选取北平西城一条普普通通的小羊圈胡同，作为故都这座亡城的缩影，以旧式商人祁天佑一家四代的境遇为中心，展开了广阔的历史画面与错综的故事情节，真实地反映了北平人在外族侵略者的统治下灵魂遭受凌迟的痛史，是20世纪40年代沦陷区人民心态的一面镜子。

新中国成立以后，老舍的激情转到了话剧的创作上。《龙须沟》、《茶馆》等作品的成功，为他赢得了"人民艺术家"的光荣称号，尤其是《茶馆》，更为他赢得了世界性的声誉。

冰心（1900～1999年），现代散文家、小说家、诗人，原名谢婉莹。1900年生于福建省福州市，原籍福建长乐县。1911年进女子师范学校学习，1914年入北京教会学校贝满女子中学学习，1918年入北京协和女子大学预科。"五四"运动爆发后，她积极参加反帝反封建的宣传活动。她发表的第一篇作品是《两个家庭》，开始了以社会、家庭、妇女为主题的"问题小说"的创作。随后发表了《斯人独憔悴》、《庄鸿的姊姊》等。1921年后，出版了小说集《超人》，诗集《繁星》、《春水》等，作品多以"母爱"或"人类之爱"为解决社会人生问题的理想。1923

冰心旧照

郁达夫曾评价冰心：意在言外，文必已出，哀而不伤，是女士的生平，亦即是女士的文章之极致。

年，她从燕京大学毕业后赴美国留学，专攻英国文学，同时把旅途和异邦的见闻写成散文寄回国内发表，结集为《寄小读者》。1926年回国后，她先后在燕京大学、清华大学女子文理学院任教。1931年创作了小说《分》，标志着她对社会现实有了进一步的认识。1932年，北新书局开始分集出版《冰心全集》。抗战期间，她曾以"男士"的笔名写了散文《关于女人》。1946年抗战胜利后，她在日本东京大学教授"中国新文学"课程。1951年秋回国，写了散文《归来以后》等作品，创作上揭开了新的一页。1956年出版了《陶奇的暑期日记》。1958年3月《人民日报》开始刊登她的《再寄小读者》，内容多是介绍国外见闻、歌颂友谊以及勉励儿童努力上进。此外，还出版了《我们把春天吵醒了》、《樱花赞》、《拾穗小札》、《小

"爱的哲学"冰心

文学 辞典

问题小说

为提出某种社会问题而创作的小说，是"五四"时期开始出现的文学现象。当时形成的文学必须接触现实人生问题的启蒙主义主张，影响并促成了中国问题小说的兴盛。主要作家有冰心、王统照、庐隐、许地山等。周作人说："问题小说，是近代平民文学的产物。这种著作，照名目所表示，就是论及人生诸问题的小说。"胡适的小说《一个问题》，罗家伦的《是爱情还是苦痛》，叶绍钧的《这也是一个人？》，冰心的《两个家庭》、《斯人独憔悴》、《去国》等，都是较早出现的问题小说。初期问题小说中有一部分作品专以"美"和"爱"作为解决问题的钥匙，大部分则并不提供答案，是所谓"只问病源，不开药方"，这也正是问题小说的特点之一。问题小说在"五四"时期的流行，主要反映了大批知识青年的觉醒。它是当时思想启蒙运动的一种需要，又是当时思想启蒙运动的一种结果。问题小说也体现了作家密切关心现实这一优良的传统。

推荐阅读 ＞ ＞ 《冰心选集》，冰心著，人民文学出版社 2000 年版。

橘灯》，以及《冰心小说散文选》等。"文化大革命"期间，香港朝阳出版社还出版了她的散文集《樱花和友谊》、《我们这里没有冬天》。粉碎"四人帮"以后，她开始在《儿童时代》上发表《三寄小读者》。

冰心出身名门，长期就读于教会学校。和谐幸福的家庭生活，基督教博爱思想的熏陶，泰戈尔"爱的哲学"与文学的影响，以及她个人温婉雅致的气质，都影响着她的散文风格，有人把她的这种独特风格称为"冰心体"。所谓冰心体的散文，是以行云流水般的文字，宣扬"爱的哲学"，包括母亲之爱、自然之爱、儿童之爱，以及对祖国、故乡、家人等的眷念。

冰心创作的主要成就体现在诗歌和散文方面，在《春水》和《繁星》两本诗集中，她就像天真无邪的儿童那样，歌颂了母爱、人类之爱和大自然的景色，让读者真切地感受到她纯洁的心灵和真诚的感情。冰心小诗中的母爱往往有双重内涵：一是母爱对诗人的浸润；二是诗人对母爱的深情颂赞。可以说，正是对母爱的深情赞颂，奠定了这两部作品深沉细腻的感情基调。与颂扬母爱紧密相连的，便是对童真、童趣、童心及一切新生事物的珍爱，在诗人的眼里，充满纯真童趣的世界才是人间最美的世界。在这两部作品里，冰心把对母爱的歌颂、对童真的呼唤、对自然的咏叹完美地融合在一起，营造出一个至善至美的世界，感情诚挚深沉，语言清新典雅，给人以无穷的回味和启迪。在艺术上，《繁星》、《春水》兼采中国古典诗词和泰戈尔哲理小诗之长，善于捕捉刹那间的灵感，以三言两语抒写内心的感受和思考，形式短小而意味深长。特别是在语言上，清新淡雅而又晶莹明丽，明白晓畅而又情韵悠长，具有独特的艺术魅力。

《繁星》书影

《春水》书影

这两本集子都在 1923 年出版。《春水》写于 1922 年，《繁星》是冰心从她 1920 年至 1921 年陆续写下的 300 多首小诗中，选出"更有诗意的，更含蓄的"164 段合为一集的。

1919 年 9 月 18 日至 22 日，北京《晨报》连载冰心第一篇小说《两个家庭》，这是她第一次使用"冰心"作为笔名。

沈从文的湘西世界
《边城》

沈从文（1902～1988年），现代小说家、散文家，出身于行伍世家，原名沈岳焕，湖南凤凰（今属湘西土家族苗族自治州）人，苗族。1918年，他小学毕业后随本乡土著部队到沅水流域各地，随军在川、湘、鄂、黔4省边区生活。1923年他离开湘西来到北京，开始了文学活动。

从1926年出版第一本创作集《鸭子》开始，至20世纪40年代，沈从文共出版了70多种作品集，被人称为多产作家。刊行的作品主要有：短篇小说集《蜜柑》、《神巫之爱》、《石子船》，中篇小说《一个母亲》、《边城》，长篇小说《旧梦》、《长河》，散文集《记丁玲》、《从文自传》，论文集《费邮存底》、《云南看云集》，批评专集《现代中国作家评论选》，以及多种选集和多卷本《沈从文文集》等。

沈从文旧照

一位自称"乡下人"的中国现代作家，从他的作品中，人们可以触摸到处于现代文明包围中的少数民族的孤独感。

沈从文是一位远离政治的作家，他潜心于表现"人性最真切的欲望"，擅长从伦理道德的角度去审视和剖析人生，进而抨击现代异化的人性，讴歌古朴美好的人性。这个创作的总主题，在他的中篇小说《边城》里表现得最为突出。他创作《边城》时正生活在国民党统治下的城市里，由于对社会政治的疏离、对都市人生的厌倦和对现实人生的困惑，他把民族出路的探索和变革现实的希望寄托在完美人生形式的再造上。

幽幽的远山，清澈的溪水，翠绿的竹篁，以及赛龙舟、唱山歌等浓郁的民族风情，给读者展现的是一处安静和平、淳朴浑厚的天然乐园。在这个古朴而又绚丽的风俗画卷中，发生了一个美丽得令人忧愁的爱情

推荐阅读 〉 〉

《边城》，沈从文著，人民文学出版社2000年版。

故事。沐浴着湿润与和谐的水边小城，蓬勃着人性的率真与善良，"文明"社会古旧的礼法与习俗在自然人性面前难以施威，然而当生活中的各种情感都顺乎自然向前发展时，却有着这样或那样的阴差阳错与偶然。在端午赛龙舟的盛会上，女主人公翠翠与相依为命的外公失散，当地船总的小儿子傩送帮助她顺利地返回渡口，从此翠翠便有了一件无法明言的心事。而傩送的哥哥天保也爱上了翠翠，虔诚地派人说媒。傩送与哥哥天保相约为翠翠唱歌，让翠翠自己选择。天保自知唱歌不是弟弟的对手，也为了成全弟弟，于是外出闯滩，不幸遇难。傩送因哥哥的死无心留恋儿女之情，也驾船出走了。一直为翠翠的未来担忧的外公经受不住这样的打击，在一个暴风雨之夜溘然长逝。孤独的翠翠，就这样长年地守着渡船，等待着那个走进她心灵的年轻人。

《边城》是沈从文努力建构的充满自然人性与牧歌情调的世外桃源，在这里他创造出闪耀着神性之光的理想人物，体现着人性中庄严、健康、美丽、虔诚的一面。翠翠在青山绿水之中长大，大自然既赋予了她清水芙蓉的丽质，也培育了她清澈纯净的性情。她的人性光华，在对爱情理想的探寻中显得分外娇艳灿烂。其他人物如外公的古朴厚道，天保的豁达大度，傩送的笃情，顺顺的豪爽，无不是独特的湘西世界里和谐的生命形态和美好人性的象征。作家把自我饱满的情愫投注到边城子民的身上，展现了一个诗意的自然环境与人类社会中的人性美和人情美。

《边城》插图　当代　黄永玉

传统与现实的碰撞让沈从文有了一种生命的冲动，于是，他忠实记录下了这个地方生命的庄严与美丽。在他笔下，纯洁的"水精灵"翠翠那未受现代文明污染的心灵成为人世间最美丽的风景，令人如醉如痴。

延伸 阅读

沈从文的小说：沈从文创作的小说主要有两类，一种是以湘西生活为题材，一种是以都市生活为题材，前者通过描写湘西人原始、自然的生命形式，赞美人性美；后者通过都市生活的腐化堕落，揭示都市自然人性的丧失。其笔下的乡村世界是在与都市社会对立互参的总体格局中获得表现的，而都市题材下的上流社会"人性的扭曲"是在"人与自然契合"的人生理想的烛照下获得显现的，正是他这种独特的价值尺度和内涵的哲学思辨，构成了他笔下的都市人生与乡村世界的桥梁，也正由于这种对以金钱为核心的"现代文学"的批判，以及对理想浪漫主义的追求，使得他写出了《边城》这样的理想生命之歌。

现代话剧的高峰
《雷雨》

曹禺（1910～1996年），现代剧作家，生于天津一个没落的官僚家庭，名添甲，学名万家宝。童年时，父亲常常告诫他，不要忘记自己是"窦人之子"。他自幼天资聪慧，但性格孤僻。他受过较好的启蒙教育，很早就涉猎了大量的古典小说，并且是个小戏迷，觉得戏剧是"一个美妙迷人的东西"。1922年曹禺考入南开中学，首次以"曹禺"为笔名发表了小说《今宵酒醒何处》。同时，

《雷雨》是一幕杰出的现实主义的家庭悲剧。戏剧集中在一天的上午到午夜两点钟，只有两个舞台背景：周家客厅和鲁家住房。在这简单的时间和场景之中，展开了一个长达30年的故事。

还崭露戏剧表演的天赋，先后演过《少奶奶的扇子》、《打渔杀家》、《南天门》、《国民公敌》等多部戏，最为成功和为他带来莫大声誉的是他男扮女装演《玩偶之家》的女主角娜拉。1928年曹禺被保送进入南开大学政治系学习，后又考入清华大学西洋文学系。在清华期间，他仍积极参加戏剧演出，有时还集导、编、演于一身。1933年，23岁的曹禺创作了《雷雨》，成为中国剧坛上升起的一颗光芒四射的新星。随后，他陆续发表了《日出》、《原野》、《北京人》。抗战爆发后，他前往重庆、江安。1947年奔向解放区。新中国成立后，长期任文艺界领导职务。1951年，北京人民艺术剧院成立，担任首任院长。

曹禺的代表作《雷雨》通过一个带有浓厚封建色彩的资本家家庭内部的尖锐冲突，以及周鲁两家错综复杂的矛盾纠葛，生动地展现了这个具有典型意义的剥削阶级家庭的全部罪恶历史，把旧社会人吃人的现象，把

曹禺像

在清华大学毕业前夕，曹禺完成了他的话剧代表作——《雷雨》。这部剧作以高度的艺术成就和现实主义的艺术力量震动了当时的戏剧界，使中国有了足够与世界优秀剧作相媲美的作品，也标志着中国话剧艺术开始走向成熟，几十年来一直是最受观众欢迎的话剧之一。

封建家庭的腐朽、没落、污浊的内幕，做了深刻而又精致的描绘。透过这个家庭，可以看到半殖民地半封建社会的罪恶和黑暗和它必然灭亡的命运。

《雷雨》剧照（北京人民艺术剧院 1989 年演出）

剧本通过周朴园这个形象对封建专制统治作了深刻的揭示。他年轻时爱上了女佣梅妈的女儿侍萍，但是为了娶一位有钱又有门第的小姐，在家人逼使侍萍投河自尽时他并没有反对。尽管 30 年来他一直为此而忏悔，而侍萍再次出现在他面前时，他依然表现得十分自私。对待妻子繁漪的态度，则是一种典型的家长专制，例如为了要她给孩子们"做一个服从的榜样"，他逼迫她喝药，这种专制是从精神方面对于他人意志的压迫与控制。

繁漪作为一位追求自由的女性，她在家庭生活中受着周朴园的封建专制的精神折磨；而周萍背弃爱情的行为，又使她陷入了更深的绝望之中。两方面的打击扭曲了她的性格，她变得忧郁而阴鸷，内心的爱变成恨，她不顾一切地反抗，毫无理智地去报复，既打乱了封建家庭的秩序，也毁灭了她自己。

与这位上层女性相对照是鲁侍萍，作家从历史和命运的角度，揭示了传统妇女所受的压迫和欺凌。受尽坎坷磨难的侍萍重回周公馆，但是却绝望地发现女儿四凤竟然在重演自己当年的悲剧，她唯一的希望是带着女儿离开周家，逃避这可怕的命运，可是她最后的人生希望仍然受到了毁灭性的打击。

在剧本的尾声，无辜的青年一代都命归黄泉，只留下了和悲剧性的历史有着牵连的年老一代：周公馆变成了教会医院，楼上和楼下分别住着两位疯了的妇人——繁漪与侍萍。

结构的紧凑和精练、情节的紧张发展和矛盾的高度集中，构成《雷雨》的显著特点。作者善于把各种戏剧冲突在作品里高度集中起来，使繁复的生活内容通过特定的场景和有限的画面精巧地表现出来，从而显示了作者提炼生活素材的卓越才能。并且，剧中各种情节都有清晰的线索，而又环环紧扣。它没有穿插式的多余人物，每一个人物的出现都能适应情节的发展。此外，细节的描写，环境的安排，也都起了为主题思想服务的作用。这一切，使剧本在艺术上构成了一个浑然的整体。

推荐阅读 >> 《曹禺选集》，曹禺著，人民文学出版社 1998 年版。

土地的儿子艾青

《大堰河》初版封面

有评论家说："艾青最真切的诗情都是献给农民的：《大堰河——我的保姆》就是一个地主阶级的叛逆的儿子献给他的真正母亲——中国大地上善良而不幸的普通农妇的颂歌。这首诗可看作是艾青的诗的宣言书：他至高无上的诗神是养育了他的以农民为主体的中国普通人民。"

艾青（1910～1996年），现代诗人，原名蒋海澄，浙江金华人。出身于一个地主家庭，但是因为"命相"不好，出生后被父母送往本村一个贫苦农妇"大叶荷"家里寄养。初中毕业以后，赴法国留学，专攻绘画艺术，他在巴黎度过了3年精神自由而物质贫困的生活，这一期间他接触了西方大量的哲学与文学著作。回国后，他加入了革命性质的左翼美术家联盟，创办"春地艺术社"。不久即以"颠覆政府"的罪名被投入了监狱，度过了3年铁窗生涯。狱中的艾青开始了诗歌创作，《透明的夜》是他的第一首诗，而《大堰河——我的保姆》则是他的成名作和代表作。1939年，他出版了《北方》和长诗《向太阳》两本诗集。抗战期间是他创作的高潮期，出版了《北方》、《向太阳》、《旷野》、《火把》、《黎明的通知》、《雷地钻》等9部诗集。他以自己的作品，悲愤地诉说着民族的苦难，放声赞颂那些为祖国和民族挺身而战的战士。20世纪40年代初，艾青奔赴延安，任《诗刊》主编。新中国成立后，他著有诗集《宝石的红星》、《黑鳗》、《春天》、《海岬上》。1957年被错划为右派，创作因此中断了20年。直到1976年重又执笔，出现了创作的另一个高潮，写作并发表了《鱼化石》等优秀作品。在中国新诗发展史上，艾青是继郭沫若、闻一多等人之后又一位推动一代诗风、并产生过重要影响的诗人。

艾青的诗一方面保持了革命现实主义流派"忠实于现实的战斗的传统"，并克服了其"幼稚的叫喊"的缺点，其诗作紧密结合现实，集中表现了民族的苦难和奋起，感情真挚，战斗性强；另一方面又吸收了浪漫主义与象征主义诗歌艺术的精华，语言生动、朴素，形式自由。他的诗把个人的悲欢融合到时代的悲欢之中，鲜明地传达出时代的呼唤和人民的心声。

艾青像

这位心贴着大地的行吟诗人，他的诗也如大地之魂一样博大、朴素而庄重，他的名句"为什么我的眼里常含泪水？因为我对这土地爱的深沉……"（《我爱这土地》），更是引起了几代中国人心灵的共鸣。

推荐阅读 >> 《艾青传》，程光炜著，北京十月文艺出版社1999年版。
《艾青诗选》，人民文学出版社1998年版。

土地是艾青常用的一个意象，也是他的诗歌的生命所系。《复活的土地》、《雪落在中国的土地上》、《北方》、《冬天的池沼》等等，汇集着诗人的土地之爱。在对"土地"的吟唱之中，凝聚的是诗人对于祖国、对于大地母亲最为深沉的爱。诗人对于土地的热爱，也饱含着对生活在这片土地上的劳动者的爱，对于他们命运的关注与探索，《大堰河——我的保姆》就是一个地主阶级叛逆的儿子献给他的真正母亲——中国大地上善良而不幸的普通农妇的赞歌。诗以"我"与乳母大堰河及其一家的关系为主线，以大堰河一生的悲惨遭遇为副线，深刻地展示了旧中国农村凋敝衰败的景象和勤劳善良的中国农民的凄苦人生。艾青以真诚的赤子之心，赞美了养育自己的大堰河，为她一生凄苦的命运抒发悲愤与不平，倾注了对于被侮辱与被损害的劳动者的深切关怀。

艾青是一位忧郁的诗神，诗人的忧郁里，浸透着对于祖国、人民极其深沉的爱，更表现了诗人对于生活的忠实与思索。正是这种"艾青式的忧郁"，成就了现代诗歌的光辉高峰。

走进"围城"的 钱钟书

钱钟书独步、机智的书面讽刺语言，使《围城》成为中国现代文学史上不可重复的优秀之作。此图为钱钟书及其夫人杨绛（后排）与冰心的合影。

钱钟书（1910～1998年），现代文学研究家、作家，生于无锡的一个书香门第，据说他满周岁"抓周"，抓了一本书，因此取名为钟书。20岁时钱钟书进入清华大学学习，1933年从清华毕业后，他曾在上海光华大学任教。1935年考取庚款赴英国牛津大学留学两年，随后又转赴法国巴黎索邦大学修学一年。1938年回国，被清华大学破例录用为教授。后曾在湖南蓝田师范学院、上

根据同名小说改编的电视剧《围城》剧照
钱钟书先生将自己的语言天才并入极其渊博的知识，添加上一些讽刺主义的幽默调料，
以一书而定江山——人生的酸甜苦辣千般滋味，均在《围城》中得到了淋漓尽致的体现。

海震旦女子文理学院、暨南大学任教，并兼任南京中央图书馆英文馆刊《书
林季刊》主编。在这期间，钱钟书所出版的著作有自订诗集《中书君诗》
与《中书君近诗》、散文集《写在人生边上》、短篇小说集《人·兽·鬼》、
长篇小说《围城》和诗话《谈艺录》等。新中国成立以后，他的主要精力
放在学术研究上，主要著作有《宋诗选注》、《管锥编》、《也是编》、《七
缀集》等。

　　钱钟书的代表作《围城》写于1944～1946年间，该书一发表便被誉
为是一部新《儒林外史》。书里有一段很有意思的对话，

过锡兰访古里扬博士　钱钟书

说英国哲学家罗素曾引过一句英国古话：结婚像金漆的
鸟笼，笼外的鸟想住进去，笼内的鸟想飞出来；所以结
而离、离而结，没有了局。法国也有相似的话，说结婚
是被围困的城堡，城外的人想冲进去，城里的人想逃出
来。这就是小说名字的由来，也是小说的用意所在。

　　抗战初期，留学生方鸿渐和几个同伴搭法国轮船回
到了万方多难的祖国。小说即是以他的生活道路为主线，
建构的是一个令人眼花缭乱的知识分子的世界，这里有
高松年那样道貌岸然的伪君子，也有汪处厚那样依附官
僚的可怜虫；有李梅亭那样满口仁义道德，内心男盗女
娼的半旧遗老，也有韩学愈那样伪造学历、招摇撞骗的

推荐阅读 〉 〉

《围城》，钱钟书著，人民文学出版社2000年版。

假洋博士；有苏文纨和范懿那样混迹学界而一心在情场上争强斗狠的大家闺秀，也有陆子潇和顾尔谦那样一心攀龙附凤的势利小人……这其中，也还有方鸿渐、赵辛楣、孙柔嘉这样尚存几分正气的人物，但是在那个乌烟瘴气的环境中，他们不过是"零余人"，让社会的惰力耗尽他们的全部热情和聪明才智。

在《围城》里，所有的人物都是盲目的追梦者，主人公方鸿渐也不例外。他的旅途正是一个精神追寻的历程，在与鲍小姐的追求与引诱的游戏中，在苏小姐、他、唐晓芙的错位追求中，在与孙柔嘉的婚恋中，在谋职中，无一不是以追求始，以幻灭终。对于他来说，不仅是婚姻，人生万事都是围城。小说的最后，夫妻俩劳燕分飞，他准备到重庆去，而重庆未必不是他的另一个围城。

正值抗战烽火燃遍神州大地，中华民族面临生死存亡的严重关头，方鸿渐等人却游离于民族革命战争的大潮之外，这类灰色的知识分子，在当时的旧中国是大量存在的，钱钟书在《围城》这部长篇小说里对他们进行了集中的讽刺性描写，自有其不可忽视的现实主义的典型意义和不可替代的历史与美学价值。